»Hoffentlich lässt er sich verladen und macht kein Theater!« Ich führte ihn aus seiner Box in die Schmiedeecke und band ihn dort an, dann nahm ich ihm seine Decke ab. Doro kontrollierte die Zöpfchen, die alle noch perfekt aussahen.

»Wenigstens hat er heute Nacht wohl auch gut geschlafen«, stellte ich fest. »Sein Schweif ist voller Stroh.«

Ich bürstete Won Da Pies Fell, das nach dem Scheren vor ein paar Wochen wieder ein wenig nachgewachsen war und herrlich glänzte. Dann kratzte ich die Hufe aus, fettete sie ein und versuchte, die neuen dunkelblauen Bandagen mit den wattierten Unterlagen an seinen Beinen zu befestigen, aber das gelang mir nicht, denn mein Pferd wollte keine Sekunde still stehen. Ich war nach ein paar Minuten schweißgebadet.

»Ich krieg's nicht hin«, keuchte ich und wischte mir die Haare aus dem Gesicht. »So ein Mist!«

»Warte, ich helfe dir.« Dragon-Mum tauchte wie aus dem Nichts in der Schmiedeecke auf. Sie klopfte Won Da Pie den Hals und band ihn los. »Halte ihn einfach nur fest.«

Ich gehorchte und beobachtete staunend, wie schnell und gekonnt Katies Mutter mein Pferd einbandagierte. Sie konnte einfach alles und das doppelt so schnell wie andere Menschen.

»So. Jetzt kann er sich nicht verletzen, wenn er auf dem Transporter unruhig werden sollte.«

Dann fiel ihr Blick auf mich und ein Ausdruck der Missbilligung flog über ihr Gesicht.

»Charlotte, du siehst ungepflegt aus«, sagte sie und ich

fühlte mich prompt wie ein Schmuddelkind. »Komm, ich flechte dir einen Zopf.«

Doro grinste spöttisch und wandte sich ab. Katies Mutter schnappte sich die Schweifbürste und löste das Haargummi aus meinem Pferdeschwanz, der eigentlich keiner war. Mit energischen Strichen bürstete sie mein dunkelblondes Haar durch, dann flocht sie mir in Windeseile einen Zopf.

»Autsch!«, protestierte ich. »Das ist viel zu straff! Ich kann ja kaum noch meine Augenbrauen bewegen.«

»Das musst du auch nicht«, erwiderte sie, begutachtete kritisch ihr Werk und war zufrieden.

»Danke«, murmelte ich. »Es ist total nett, dass Sie mich und Wondy mit aufs Turnier nehmen und dafür extra so früh losfahren.«

Mein A-Springen fing nämlich schon um neun Uhr an, Katie war jedoch erst um zwei Uhr mittags dran.

»Kein Thema. Jetzt leg deinem Pferd noch die Abschwitzdecke auf und mach den Deckengurt drüber, dann können wir verladen.« Und schon marschierte sie davon.

»*Charlotte, du siehst ungepflegt aus*«, äffte Doro sie nach, als sie außer Hörweite war. »Die hat sie wohl nicht mehr alle! *Ich* hätte mir von der keinen Zopf flechten lassen!«

Sie schüttelte ihre Locken und schnaubte empört.

»Verglichen mit Katie sehe ich wirklich schlampig aus«, gab ich zu und warf Won Da Pie die hübsche graue Decke über, die ich ebenfalls neu gekauft hatte. »Ich verstehe gar nicht, wie sie es schafft, immer picobello auszusehen! Ich muss nur den Stall betreten, schon habe ich schwarze Fingernägel und überall Flecken.«

»Simon findet dich auch so toll«, entgegnete Doro und sofort flatterten die Schmetterlinge in meinem Bauch. »Lass dir von der bloß nichts erzählen!«

Ich hatte die Verachtung in der Stimme meiner Freundin bemerkt, sagte aber nichts. Dabei fand ich den geflochtenen Zopf ziemlich cool und wünschte, ich wäre geschickter, um mir selbst auch mal andere Frisuren machen zu können als immer nur den langweiligen Pferdeschwanz.

Mittlerweile war es heller geworden. Die Vögel stimmten ihr Morgenkonzert an, der Misthaufen dampfte in der kühlen Luft des frühen Apriltages. Der nahe Wald verströmte jenen köstlich erdigen Geruch, der so typisch für den Frühling war. Ich fand, der Wald roch in jeder Jahreszeit anders, und ich würde die Nähe zum Wald schmerzlich vermissen, wenn der Reitstall auf die andere Seite der Stadt umzog. Es war nämlich der letzte Frühling, den wir hier mit den Pferden erlebten. Ende des Jahres sollte die neue Reitanlage fertig sein und dann würden hier die Bagger anrücken, um den alten Stall nach über sechzig Jahren abzureißen und Platz für irgendwelche Wohnblöcke zu schaffen.

Herr Weyer stand neben Frau von Richter vor der Stalltür, als ich mit Won Da Pie aus der Schmiedeecke kam.

»Viel Erfolg heute Morgen! Und denk an das, was ich dir gesagt habe. Das erste Springen ist ein Stil-Springen«, erinnerte er mich. »Heute Nachmittag komme ich nach Bischofsheim zum L-Springen.«

Katie führte Asset aus dem Stall und der Fuchs trottete gelassen neben ihr die ziemlich steile Verladerampe hoch. Er hatte das schon Hunderte von Malen gemacht und für ihn war eine Fahrt mit dem Transporter längst kein Abenteuer mehr. Won Da Pie hingegen machte wie befürchtet ein Riesentheater: Er wieherte und tänzelte, unter seinen Hufeisen stoben Funken, und er zerrte mich einfach hinter sich her. Wahrscheinlich spürte er meine eigene Nervosität.

»Hoho, gaaaanz ruhig!«, versuchte ich mein Pferd zu beruhigen, aber vergeblich.

»Lass mich das mal machen«, sagte Dragon-Mum und nahm mir den Führstrick aus der Hand. Sie ruckte einmal nachdrücklich daran, Won Da Pie besann sich prompt auf seine gute Erziehung und war mit einem Mal lammfromm. Bevor ich mir Sorgen darüber machen konnte, ob er wohl auf den Lkw gehen würde, polterte er schon gehorsam neben Katies Mutter die Rampe hoch. Katie klappte die zweite Trennwand hinter ihm zu und schob den Metallsplint in das dafür vorgesehene Loch.

»So, dann kann's losgehen.« Frau von Richter hatte mein Pferd angebunden und verließ mit Katie den Lkw. Zusammen mit Herrn Weyer klappte sie die Verladerampe hoch.

»Also, sie kann ja sein, wie sie will, aber deine Mutter ist echt 'ne Pferdeflüsterin«, bemerkte ich beeindruckt.

»Na ja.« Katie zuckte mit den Schultern und grinste schief. »Sie hat halt schon oft Pferde verladen.«

»Kommt, Mädels, einsteigen! Los geht's!« Dragon-Mum klatschte in die Hände und wir kletterten in das große Führerhaus. Wenig später rumpelten wir die Auffahrt hinunter.

DAS TURNIER IN BISCHOFSHEIM

Katie saß auf dem Beifahrersitz, Doro und ich hatten es uns auf einer Bank in der luxuriösen Wohnkabine bequem gemacht. Hier gab es eine kleine Küchenzeile mit Kühlschrank, Spülbecken, Mikrowellenherd, Kochplatte und einer Kaffeemaschine, dazu eine gemütliche Sitzecke mit einem Tisch und sogar einen Fernseher! In einem der Einbauschränke hingen unsere Reitjacketts. Da ich selbst keines besaß, hatte Katie mir großzügig angeboten, ich könne eines ihrer alten Jacketts ausleihen, denn sie besäße einen ganzen Haufen in allen möglichen Farben. Ich hatte sie alle probiert und mich für ein dunkelgraues Jackett entschieden, das mir wie angegossen passte.
An einer Schnur an der Wand waren unzählige Schleifen in allen Farben von Gold bis Grün aufgereiht, und die meisten von ihnen hatte Katie errungen. Ihr Bruder war längst nicht so erfolgreich wie sie, obwohl Star Appeal auch ein sehr gutes Pferd war. Durch eine Tür konnte man von der Wohnkabine aus das Pferdeabteil betreten, aber vorne am Armaturenbrett befand sich auch ein Monitor, auf dem man die Pferde beobachten konnte. Won Da Pie war ein bisschen unruhig, obwohl Frau von Richter bei der Fahrt durch Bad Soden jede Kurve extrem langsam nahm.

»Soll ich die Adresse ins Navi eingeben?«, fragte Katie.

»Kannst du machen«, erwiderte Dragon-Mum. »Ich kenne die Strecke zwar, aber dann haben wir eine genaue Ankunftszeit.«

Katie tippte die Adressdaten des Turnierplatzes in das Navigationsgerät ein und widmete sich danach ihrem Smartphone. Sie konnte auf die Webseite des Turnierbüros gehen, das die Organisation der Veranstaltung übernommen hatte, und dort die Startlisten für die Springprüfungen abrufen.

»Ich glaub's nicht!«, rief sie nach einer Weile. »Diese blöde Johanna Messner reitet den Aquino im L! Das ist ja wohl echt das Letzte!«

»Wieso?«, fragte Doro neugierig.

»Aquino wird normalerweise von Johannas Vater geritten.« Katie drehte sich zu uns um. »Und der hat mit dem Pferd schon S-Springen gewonnen.«

»Wenn die Prüfung so ausgeschrieben ist, dass sie das Pferd dort reiten darf, dann ist das auch okay«, sagte Dragon-Mum.

»Johanna *hasst* mich«, behauptete Katie und kicherte. »Ich war letztes Jahr in jedem Springen vor ihr platziert, da hat sie wohl keinen Bock mehr drauf, deshalb reitet sie jetzt Aquino. Aber Asset ist viel schneller als dieses Riesenschiff!«

»Kennst du ein paar von den anderen Reitern?«, erkundigte ich mich und bewegte meine Augenbrauen, um den Zopf etwas zu lockern.

»Ja, ich kenn die alle«, antwortete Katie, ohne den Blick

von ihrem Handy zu heben. »Immerhin verbringen wir seit Jahren fast jedes Wochenende auf irgendeinem Turnier. Irgendwann kennt man jeden Reiter, jedes Pferd und jeden Richter aus der Gegend.«

»Aha.«

»Im Stil-A richten übrigens der Werner und der Kirchberg, zwei Opas mit Brillengläsern dick wie Sektflaschenböden«, sagte sie mit einem verächtlichen Unterton. »Die muss man nur ganz lieb anlächeln beim Grüßen, dann hat man schon fast gewonnen, wenn man nicht gerade vom Pferd fällt.«

»Also wirklich, Katharina!«, tadelte Dragon-Mum ihre Tochter. »Der Herr Werner ist höchstens sechzig und kein Opa!«

»Bin mal gespannt, wie die die steile Treppe auf den Richterturm in Bischofsheim hochkommen. Und dann hocken sie da wie die zwei Opas in der Muppet Show!« Katie prustete los.

»Die beiden sind sehr korrekt und gerecht«, nahm Dragon-Mum die Richter in Schutz. »Ich weiß gar nicht, warum du so schlecht über sie redest. Du hast von ihnen immer gute Noten bekommen.«

»Was auf Turnieren auch extrem wichtig ist, ist das Futter.« Katie beachtete den Einwand ihrer Mutter nicht und steckte ihr Smartphone weg.

»Futter? Für die Pferde?«, fragte ich erstaunt.

»Nein, Quatsch! Das Essen.« Katie lachte. »Wenn man drei Tage lang von morgens bis abends auf einem Turnier rumhängt und es gibt nur fettige Bratwurst, Pommes, Kartoffelsalat aus dem Eimer und Mettbrötchen, bei denen einem die Fleischfetzen den ganzen Tag zwischen den Zähnen hängen, dann ist das grausam.«

Über so etwas hatte ich gar nicht nachgedacht.

»Deshalb habe ich immer was Anständiges zu essen dabei«, warf Dragon-Mum ein. »Viel wichtiger sind aber die äußeren Bedingungen: die Qualität der Böden auf Turnier- und Abreiteplatz, die Parkmöglichkeiten und die ganze Infrastruktur eines Turniers. Die Reitanlage in Bischofsheim liegt zwar nicht sehr idyllisch, aber ganz in der Nähe der Autobahn. Und die Turnierhalle ist größer als mancher Außenreitplatz.«

»Hoffentlich lassen sie einen wieder auf dem Reitplatz parken und nicht auf irgendeiner nassen Wiese«, bemerkte Katie. »Vor zwei Jahren mussten sie nämlich die Lkws mit einem Traktor auf den matschigen Acker ziehen und abends wieder raus. Ihr könnt euch vorstellen, wie alles ausgesehen hat: die Stiefel, die Pferde, das Sattelzeug und der Lkw, alles war total verschmoddert.«

Frau von Richter fuhr beim Main-Taunus-Zentrum auf die Autobahn Richtung Wiesbaden und Won Da Pie beruhigte sich, weil es nur noch geradeaus ging.

Ich hatte schon oft erlebt, wie Isa oder Nicole mit ihren Pferden auf ein Turnier gefahren sind. Hin und wieder hatten Alex oder Gunther sie mit dem uralten Vereins-Lkw gefahren, meistens verluden sie die Pferde jedoch auf einen Pferdehänger. Auch Herr Lauterbach, dem mein Pflegepferd Gento gehört hatte, war im Sommer an beinahe jedem Wochenende auf irgendein Reitturnier gefahren und ich hatte immer davon geträumt, das auch eines Tages tun zu dürfen. Nun war es endlich so weit und es war so ganz anders, als ich es mir vorgestellt hatte. Frau von Richter und Katie unterhielten sich während der Fahrt über so unspektakuläre Dinge wie einen lang verschollenen Lieblingspullover, der zufällig im Sack für die Altkleidersammlung aufgetaucht war, über Jacketts, die noch bei der Reinigung abgeholt werden mussten, und über einen Nachbarn, der seine gelben Säcke immer zu früh auf den Bürgersteig stellte, sodass sie von Elstern und Krähen aufgepickt wurden und der ganze Müll auf der Straße herumflog.

Von Nervosität wegen des bevorstehenden Turniers war beiden nichts anzumerken. Ich war verwundert, ja, fast ein wenig enttäuscht darüber, wie gleichgültig den von Richters alles zu sein schien. Aber dann begriff ich, dass das, was für mich den absoluten Höhepunkt meines bisherigen Lebens als Reiterin bedeutete, für Katie und ihre Mutter längst zu einer alltäglichen Routine geworden war. Es war so ähnlich wie bei meinem großen Bruder Phil, der früher an beinahe jedem Wochenende zu Fußballspielen gefahren war. Eine ganze Weile war jedes Mal ein großes Trara darum gemacht worden, am Kühlschrank in der Küche hatte unübersehbar ein Spielplan der Jugendmannschaft gehangen, in den Phil akribisch jedes Ergebnis eingetragen hatte. Er hatte die ganze Familie nach einem Spiel mit ausführlichen Berichten über die Fahrt, den Zustand des Platzes, den Spielverlauf und jede Schiedsrichterentscheidung genervt, aber irgendwann hatte er nur noch beiläufig erwähnt, dass er wieder ein Spiel habe. Der Saisonspielplan war an das Pinnbrett im Flur gewandert, wo er zwischen einem Dutzend anderer Zettel im Laufe der Saison verschwand, und wenn man Phil abends fragte, wie das Spiel gelaufen wäre, antwortete er wortkarg. 2:1 gewonnen oder 3:2 verloren und das war's.

Kein Zweifel, mein Bruder hatte das Fußballspielen immer geliebt und viel trainiert, aber im Laufe der Zeit war es für ihn ein normaler Bestandteil seines Lebens geworden. Ob es mir eines Tages auch so gehen würde? Würde ich, wie Katie, auch so oft auf Turniere fahren, dass es nichts Besonderes mehr war?

Mein Handy gab einen Piepston von sich und ich zuckte zusammen. Aber zu meiner Enttäuschung war es nur eine Nachricht von Mama, die mir viel Glück wünschte. Papa und sie wollten zusammen mit meinen jüngeren Geschwistern heute Nachmittag aufs Turnier kommen.

»Und? War *er* das?«, flüsterte Doro neugierig.

»Nein, nur meine Mutter«, erwiderte ich und tippte eine rasche Antwort. »Sie kommen heute Nachmittag. Meinst du, sie fragt mal nach, wie Wondy sich hat verladen lassen oder wie er sich auf dem Lkw benimmt? Kein Wort! Das interessiert sie überhaupt nicht!«

»Unsere Eltern haben eben keinen blassen Schimmer von Pferden«, antwortete meine Freundin. »Und ich bin echt froh darüber. Stell dir mal vor, wir müssten mit denen zum Turnier fahren oder sie wären andauernd im Stall, so wie Dragon-Mum! Das würde mir ganz schön stinken!«

»Stimmt auch wieder.« Ich steckte mein Handy weg, nachdem ich noch einmal gecheckt hatte, ob ich nicht eine Nachricht von Simon übersehen hatte. Leider nein. Er hatte mir heute noch nicht geschrieben und das wunderte mich, denn er wusste doch, dass es für mich ein ganz besonderer Tag war. Andererseits war er nicht verpflichtet, mir zu schreiben. War er vielleicht sauer, weil ich ihn nicht gefragt hatte, ob er mitfahren wollte?

Während ich mir darüber den Kopf zerbrach, setzte Dragon-Mum den Blinker und wir fuhren von der Autobahn ab. Wenig später bog sie hinter einem Auto mit Pferdehänger und einem anderen Lkw in den Feldweg ein, der zur Bischofsheimer Reitanlage führte.

»Sehr gut«, bemerkte Katie zufrieden. »Man darf in diesem Jahr wohl auf dem Springplatz parken.«

»Oh Mann!«, rief Doro beim Anblick der vielen Pferdetransporter, die bereits da waren. »Hier ist ja die Hölle los!«

»Irgendwo müssen ja die 132 Starter im A-Springen herkommen«, entgegnete Katie trocken. »Aber in Bischofsheim ist immer viel los. Es ist das erste größere Turnier der Saison und die Halle ist gigantisch. Da reitet jeder gerne.«

»Ich glaub, mir wird schlecht«, murmelte ich.

»Ach Quatsch!«, rief Katie munter und öffnete die Tür, als der Lkw zum Stillstand kam. »Schnapp dir dein Jackett und die Kappe! Wir gehen jetzt erst mal den Parcours ab.«

Zusammen öffneten wir die Verladerampe und Wondy wieherte sofort schrill. Er versuchte, über die Trennwand zu schauen und scharrte mit dem Vorderhuf.

»Gleich bist du dran, mein Schöner«, vertröstete ich ihn. »Hab noch etwas Geduld.«

Überall um uns herum wurden Pferde ausgeladen und gesattelt, einige Reiter machten sich bereits auf den Weg in die Abreitehalle. Wir blieben vor einem Wohnwagen stehen, in dem die Meldestelle untergebracht war, und Katie besorgte eine Starterliste.

»Vielleicht sollten wir auch schon mal satteln«, sagte ich unsicher.

»Jetzt ist es halb neun«, beruhigte mich Katie und reichte mir die Liste. »Die Prüfung beginnt um neun und du bist die 26. Starterin in der ersten Abteilung. Du hast also noch jede Menge Zeit.«

Es war ein toller Anblick, meinen Namen auf der Liste zu lesen! Doro und ich folgten Katie und Dragon-Mum in eine große Halle, die normalerweise zum Putzen der Pferde genutzt wurde. Es gab ein Solarium für Pferde und eine Waschecke. Während des Turniers waren hier jedoch Verkaufsstände aufgebaut, eine provisorische Küche und viele Tische und Bänke, an denen schon Leute saßen, Kaffee tranken und frühstückten. Einige von ihnen grüßten Katie und ihre Mutter.

»Ich hole mir einen Kaffee«, sagte Dragon-Mum. »Schaut ihr euch den Parcours an.«

»Alles klar.« Katie nickte, dann knuffte sie mich in die Seite. »Zieh das Jackett an und setz die Kappe auf. Den Parcours darf man nur im ›korrekten Reitanzug‹ besichtigen, wie es so schön heißt.«

Ich wurschtelte mich aus meiner Jacke und schlüpfte in das graue Jackett. Die Kappe passte dank des Zopfes viel besser als sonst und rutschte nicht mehr.

»Ah, da ist übrigens der Kirchberg«, zischte Katie. »Pass auf, der steht auf mich!«

Sie knipste ein strahlendes Lächeln an.

»Hallo, Herr Kirchberg!«, sagte sie zu einem älteren grauhaarigen Herrn in einem karierten Sakko.

»Hallo, Katie«, antwortete der Richter freundlich. »Na, seid ihr gut über den Winter gekommen?«

»Ja, alles fit.« Sie strahlte. »Unsere Pferde stehen seit Anfang des Jahres in Bad Soden.«

»Davon habe ich schon gehört.« Richter Kirchberg lächelte. »Und auch von der großartigen Aktion zur Rettung des Reitstalls. Wirklich toll, was die jugendlichen Vereinsmitglieder auf die Beine gestellt haben. Aber was machst du so früh hier? Im Stil-A wirst du ja wohl nicht reiten, oder?«

»Nein, ich nicht.« Katie legte den Arm um meine Schulter. »Aber meine Freundin Charlotte Steinberg. Es ist heute ihr erstes Turnier! Sie war es übrigens, die den Ritt durch die Stadt und die Spende von einer Million Euro für die neue Reitanlage organisiert hat.«

»Ach, du bist das!« Der Richter musterte mich neugierig durch seine dicken Brillengläser, und ich spürte, wie mir unwillkürlich das Blut ins Gesicht schoss. »Mein Freund Herrmann Stark hat mir alles über das große Engagement der Jugendlichen erzählt. Na, du scheinst ja eine couragierte junge Dame zu sein.«

Doro, die mit meiner Jacke über dem Arm hinter der Bande stand, verzog das Gesicht und grinste.

»Äh … na ja … ja«, druckste ich verlegen herum – obwohl ich normalerweise nicht gerade auf den Mund gefallen war. Ich hatte nur nicht damit gerechnet, dass hier auf dem Turnier jemand darüber Bescheid wusste.

»Wir müssen jetzt den Parcours abgehen«, sagte Katie und hakte sich bei mir ein.

»Ja, tut das mal«, erwiderte Herr Kirchberg. »Viel Erfolg bei deinem ersten Turnier, Charlotte.«

»Da... danke«, stotterte ich und taumelte benommen neben Katie her in die Reitbahn, in der schon viele andere Reiter zwischen den bunten Hindernissen unterwegs waren und die Abstände zwischen den einzelnen Sprüngen abmaßen.

»Sag mal, spinnst du?«, zischte ich Katie zu.

»Lief doch super«, erwiderte sie und kicherte leise. »Beim Kirchberg hast du jetzt schon mal gute Karten. Und er wird gleich seinen Kollegen erzählen, wer du bist.«

»Aber wenn ich mich blamiere?« Ich blieb stehen. »Dann werden sie alle über mich lachen und ...«

»Du blamierst dich nicht!«, unterbrach Katie mich ganz im Tonfall ihrer Mutter. »Won Da Pie ist ein super Pferd und du bist mit ihm schon oft genug vor sehr viel mehr Publikum geritten als hier! Denk doch nur an deine Vorführung bei der Willkommensfeier für den Weyer und an unsere Ritte beim Tag der offenen Tür.«

Ich blickte mich in der Halle um, die mindestens so groß war wie der Springplatz bei uns zu Hause, und atmete tief durch.

»Du hast recht«, sagte ich entschlossen. »Ich blamiere mich nicht!«

»So ist's richtig.« Katie nickte. »Und jetzt komm. Hier ist der Start und der rot-weiße Oxer dort ist Sprung Nummer eins!«

Ich ging mit ihr von Hindernis zu Hindernis und hörte aufmerksam auf das, was sie mir sagte. Im Vergleich zu dem, was ich mit Wondy zu Hause gesprungen war, waren die Hindernisse ziemlich niedrig, aber das war nicht unbedingt ein Vorteil, denn mein Pferd neigte dazu, niedrige Sprünge nicht ernst zu nehmen. Wir beendeten unseren Rundgang, Doro erwartete uns am Einritt und reichte mir meine Jacke mit einer angedeuteten Verbeugung.

»Und?«, erkundigte sie sich. »Ist es schwierig?«

»Nicht besonders«, antwortete ich. »Mal sehen, wie Wondy die Halle findet und die bunten Plakate an der Bande.«

»Mach dir einfach nicht so viele Gedanken«, riet Katie mir. »Turnierreiten macht Spaß! Und selbst wenn man nicht gewinnt, ist es ein super Training.«

»Nicht zu fassen, solche Worte aus *deinem* Mund zu hören, Katie«, sagte jemand und wir drehten uns um. Vor uns stand ein dünnes dunkelhaariges Mädchen in weißen Reithosen, die Hände in den Taschen einer knallorangefarbenen Daunenjacke und grinste spöttisch. Sie trug *Burberry*-Kniestrümpfe und Uggs statt Reitstiefeln und sie hatte ihre Augen so stark geschminkt, als ob sie auf dem Weg zu einer Party wäre.

»Hi, Johanna«, sagte Katie und lächelte zuckersüß. »Reitest du jetzt etwa auch das Stil-A?«

Das musste die Johanna sein, von der Katie vorhin auf der Fahrt behauptet hatte, sie würde sie hassen!

»Nein, aber meine kleine Schwester«, entgegnete das Mädchen herablassend. »Ich reite später das L und morgen das M.«

»Wie schön – ich nämlich auch! Dann sehen wir uns ja noch.«

Die beiden lächelten sich kühl an, und es war nicht zu übersehen, dass sie sich nicht ausstehen konnten.

»Ich hab gehört, ihr seid mit Weyer in den Stall nach Bad Soden gezogen«, fuhr Johanna fort. »Soll ja ein echt übles Dreckloch sein. Kann man in der Mini-Halle überhaupt richtig trainieren?«

Ich öffnete schon meinen Mund, um dieser arroganten Ziege ein paar Takte zu erzählen, aber Katie kam mir zuvor.

»Du wirst es schon sehen«, sagte sie so überheblich wie damals, als sie zum ersten Mal bei uns im Stall aufgetaucht war. »Asset war auf jeden Fall noch nie besser drauf als im Moment.«

»Da bin ich ja mal gespannt.« Johanna zog mindestens genauso überheblich die Augenbrauen hoch und stakste davon.

»Wer ist denn die verhungerte Bohnenstange?«, fragte Doro.

»Die blöde Nuss ist meine ganz spezielle Freundin Johanna Messner.« Katie verdrehte die Augen und schnaubte. »Habt ihr die Jacke gesehen? Die ist von *Napapijri*, kostet mindestens dreihundert Euro!«

Doro und ich interessierten uns nicht sonderlich für Klamotten und zuckten unbeeindruckt die Schultern.

»Na ja, egal. Ihren Eltern gehört der Platanenhof in Bad Homburg«, fuhr Katie fort. »Wir hatten auch mal unsere Pferde bei denen stehen und Herr Weyer hat dort Unterricht gegeben. Aber die Messners sind total ätzende Besserwisser, dauernd gab es wegen irgendetwas Stress. Vor einem Jahr sind vierzehn Einsteller mit dreiundzwanzig Pferden auf einmal dort ausgezogen und die Messners geben bis heute Herrn Weyer die Schuld daran.«

»Wieso das denn?«, wollte Doro erstaunt wissen.

»Weil wir alle zusammen mit dem Weyer in einen anderen Stall gegangen sind.« Katie grinste spöttisch. »Seitdem hat Messners Anlage voll den üblen Ruf und steht halb leer.«

Die Reiterinnen und Reiter verließen die Halle, jemand schloss die Bandentür. Die erste Starterin kam in die Bahn getrabt.

»Es geht los und ich hab noch nicht mal gesattelt!«, rief ich erschrocken. »Wir müssen uns beeilen!«

»Nein, wir schauen bei den ersten drei Startern zu.« Katie war die Ruhe selbst. »Nach dem sechzehnten Starter gibt es eine Pause, damit der Boden glatt gezogen werden kann, und dann hast du noch mal zehn vor dir. Keine Panik.«

Sie hatte leicht reden! Ich war das reinste Nervenbündel. Wäre ich mit meinen Eltern hierhergefahren, hätte ich sofort nach unserer Ankunft hektisch mein Pferd gesattelt und mit dem Abreiten begonnen. Ganz sicher hätte ich vergessen, den Parcours abzugehen und über eine Stunde mein Pferd abgeritten, bis es vor Erschöpfung jeden Sprung umgerissen hätte.

Die ersten beiden Reiter hatten jeweils Fehler und bekamen Wertnoten im Fünferbereich. Die dritte Reiterin ritt sehr schön und gleichmäßig und wurde mit einer 7,5 belohnt.

»Wow«, sagte ich. »Das schaffe ich nie.«

»Falsche Einstellung«, tadelte mich Frau von Richter, die plötzlich hinter uns stand. »Du solltest sagen: *Wow, das war toll! Genauso will ich das auch machen*. Kommt, Mädchen, wir gehen satteln.«

»Hör auf meine Mom.« Katie grinste schief. »Autosuggestion ist ihre große Stärke.«

»Auto... *was?*«, fragte ich und wechselte einen Blick mit Doro.

»Autosuggestion. Selbstbeeinflussung«, erklärte Katie leise. »Positives Denken und so was. Klingt zwar ein bisschen freaky, aber es klappt. Schaut euch meine Mutter an. Die Frau kriegt einfach *alles* hin. Daneben fühlt man sich ziemlich mickrig.«

In ihrer Stimme lag Bewunderung, aber auch Resignation. Es musste einen ziemlich unter Druck setzen, eine so perfekte Mutter zu haben.

Jetzt wird's ernst!

Won Da Pie ließ sich brav die Rampe herunterführen und stand still wie ein Denkmal, als Doro und ich ihm die Bandagen von den Beinen wickelten. Katie nahm die Decke ab, ich legte meinem Pferd die hellgraue Turnierschabracke und den Sattel auf den Rücken. Aus dem Fundus an Sattelzeug, den die von Richters in der Sattelkammer des Lkw lagerten, bekam Wondy ein elastisches Vorderzeug mit Martingal verpasst, an dem Katie die Startnummern befestigte. Ich schnallte die Gamaschen an die Vorderbeine und Doro wischte noch einmal das glänzende Fell mit einem Mikrofasertuch ab.

»Er sieht einfach toll aus!«, bewunderte ich mein Pferd, das mit gespitzten Ohren den ganzen Trubel ringsum neugierig beobachtete.

»Absolut!«, bestätigte Katie. »Wo ist bloß das Zottelmonster hin?«

Sie kicherte albern und ich drohte ihr spaßhaft mit dem Zeigefinger. Es war erst vier Monate her, dass Katie zum ersten Mal im Reitstall aufgetaucht war und Won Da Pie als »Zottelmonster« bezeichnet hatte – und sie hatte damit leider recht gehabt, denn er hatte im Winter ein unglaublich dickes Fell bekommen und wie ein Shetlandpony ausgesehen, nicht wie ein junges Warmblutpferd! Mich hatte das so tief gekränkt, dass ich ihn noch am selben Tag mit Isas Hilfe geschoren hatte. Und das war die beste Maßnahme überhaupt gewesen, denn seitdem schwitzte er kaum noch und ich musste ihn nach dem Reiten nicht endlos lang trocken reiten. Ich zog den Gurt fest, die Steigbügel herunter und schwang mich in den Sattel.

»Warte, Charlotte«, sagte Frau von Richter. »Ich will Won Da Pie noch eine rote Schleife in den Schweif binden.«

»Wieso das denn?«, fragte ich.

»Er keilt gerne aus«, erklärte sie. »Die rote Schleife signalisiert den anderen Reitern, dass sie Abstand halten müssen.«

»Okay …« Ich kam mir megaahnungslos vor, dabei hatte ich geglaubt, ich wüsste über Pferde inzwischen gut Bescheid! Ob ich mir wohl all das, was ich in den letzten zwei Stunden gelernt und gehört hatte, merken konnte?

Ich ritt im Schritt zur Abreitehalle hinüber. Frau von Richter, Doro und Katie folgten mir, Doro trug die Abschwitzdecke über dem Arm.

»Oh mein Gott!« Ich parierte erschrocken in der offenen Hallentür durch, als ich das Chaos sah, das in der Halle herrschte. »Da soll ich rein?«

Pferde trabten, galoppierten oder gingen Schritt, gleichzeitig sprangen Reiter über einen Steilsprung oder einen Oxer in der Mitte der Bahn.

»Solange du Schritt reitest, bleibst du auf dem zweiten Hufschlag«, sagte Katie. »Trab und Galopp auf dem ersten Hufschlag. Und wenn du einen Sprung anreitest, rufst du vorher ›Steil‹ oder ›Oxer frei, bitte‹, damit die anderen Bescheid wissen.«

Ich schluckte und lenkte Wondy todesmutig in die Halle. Glücklicherweise störte sich mein Pferd nicht an den galoppierenden und springenden Pferden, den herumwuselnden Menschen und daran, dass hin und wieder klappernd die Stangen fielen. Er benahm sich so, als ob er sein ganzes Leben auf irgendwelchen Turnieren verbracht hätte, und da fiel mir ein, dass das für ihn tatsächlich nichts Neues war, denn er war als ganz junges Pferd in Frankreich bereits auf Turnieren gestartet! Mit einem Mal war ich erleichtert. Um mein Pferd musste ich mir keine Sorgen machen. Dieser Gedanke beruhigte mich so sehr, dass auch meine Nervosität abflaute. Ich gurtete noch einmal nach, dann ließ ich Won Da Pie traben und galoppieren. Die Stimme des Ansagers erklang aus einem Lautsprecher in der Halle. Die Pause war vorbei, ich hatte noch neun Starter vor mir. Katie stapfte furchtlos durch die Pferde und stellte sich neben den Steilsprung.

»Ich mache dir jetzt ein Kreuz, da kommst du ein paar Mal aus dem Trab drüber!«, rief sie mir zu und ich nickte. Es war gar nicht so einfach, an den Sprung zu kommen, dauernd ritt mir ein Mädchen mit einem hellen Fuchs in die Quere.

»Steilsprung frei, bitte!«, schrie ich ihr schließlich fast ins Ohr, aber ihr Gesicht blieb ausdruckslos, als hätte sie mich gar nicht gehört. War sie vielleicht taub? Dann klappte es aber doch, denn ich schnitt ihr einfach den Weg ab.

Katie erhöhte nach und nach den Steilsprung und Wondy

sprang wirklich super! Er war viel vorsichtiger als zu Hause bei den kleinen Sprüngen und zwei Mal musste ich aufpassen, nicht in hohem Bogen aus dem Sattel zu fliegen, solche Riesensätze machte er. Nachdem ich Steilsprung und Oxer oft genug überwunden hatte, musste ich aus der Halle quer über den Hof zum Seitentor der großen Halle reiten. Doro warf Wondy die Abschwitzdecke über die Kruppe, damit er sich in der kalten Luft draußen nicht erkältete. Das Mädchen mit dem hellen Fuchs war vor mir an der Reihe und ich begriff, dass es die Schwester von Johanna Messner sein musste, denn die lief in ihrer 300-Euro-Jacke neben dem Pferd her.

»Ich gehe in die Halle und filme euch!«, rief Doro mir zu. »Toi, toi, toi!«

»Danke!«, erwiderte ich.

Ich ritt im Kreis herum und ging in Gedanken noch einmal den Parcours durch. Endlich öffnete sich die Tür und die Fuchsreiterin kam heraus, knallrot im Gesicht und mit zusammengepressten Lippen. Sie gab ihrem Pferd wütend die Sporen und riss es gleichzeitig grob im Maul.

»Jetzt geht's los, Wondy«, sagte ich zu meinem Pferd, nahm die Zügel kürzer und ritt ein. Der Parcoursdienst war noch damit beschäftigt, das Hindernis Nummer 4 wieder aufzubauen.

»Am Start ist die Nummer 628, Won Da Pie, geritten von Charlotte Steinberg für den Reit- und Fahrverein Bad Soden!«, tönte es aus den Lautsprechern.

Ich trabte bis vor den Richterturm, parierte durch und grüßte. Die Richter nickten mir zu, einer hob zum Gruß seinen Hut an. *Wie die Opas bei der Muppet Show*, schoss es mir durch den Kopf und ich musste grinsen. Won Da Pie sah sich neugierig um und mein Blick streifte über die Zuschauer, die an der langen Seite hinter der Bande standen. Ich entdeckte Doro auf den untersten Stufen der Treppe, die zum Richterturm hinaufführte, mit dem Handy in der Hand. Dragon-Mum stand etwas weiter vorne neben einem dunkelhaarigen Jungen in einer blauen Jacke. Mein Herz machte einen Hüpfer. War das etwa Simon?

Die Glocke ertönte, der Start war frei! Ich ließ Won Da Pie angaloppieren und konzentrierte mich auf ihn und die Hindernisse, vergaß die Richter und die Zuschauer und meine Nervosität.

Reite weite Bögen, hatte Katie mir gesagt. *Immer auf den korrekten Galopp achten und wenn möglich zwischen den Hindernissen im leichten Sitz reiten!*

Won Da Pie spitzte die Ohren und zog den ersten Sprung an. Schon waren wir drüber! Rechte Hand, ein gelb-weißer Steilsprung, dann auf der Diagonalen ein grüner Steilsprung, anschließend links herum. Sprung vier war der hellblaue Oxer mit der blauen Plane darunter, den die Männer vom Parcoursdienst gerade wieder aufgebaut hatten. Kein Problem für mein Pferd! Ich spürte, dass es Won Da Pie richtig Spaß machte und er am liebsten viel schneller galoppiert wäre. Er schlug ungeduldig mit dem Kopf, aber es gelang mir, ihn am Losstürmen zu hindern. Als wir das letzte Hindernis fehlerfrei überwunden und die Ziellinie passiert hatten, legte Won Da Pie die Ohren an und schlug ein paarmal kräftig nach hinten aus.

»Hey! Heute Nachmittag darfst du ja wieder springen«, versprach ich ihm lachend und klopfte ihm den Hals. Ich war glücklich und erleichtert und auch wenn ich keine Ahnung hatte, ob wir gut oder schlecht gewesen waren, so hatte es mir unglaublich viel Spaß gemacht. Im Schritt ritt ich am langen Zügel auf den Ausritt zu, dort wartete Katie bereits mit der Decke und grinste breit.

»Das war megageil!«, rief sie begeistert und klopfte Wondy auf die Kruppe.

Das große Tor ging auf und die nächste Reiterin ritt an mir vorbei in die Bahn.

»Die Startnummer 628 erhält die Wertnote 6,9 ohne Abzug«, sagte der Turniersprecher im selben Moment. »Das ist Platz 4 im laufenden Wettbewerb.«

»Oh, wow!« Katie hüpfte neben mir her. »Echt spitze!«

Doro kam angerannt und klopfte Wondy den Hals. Ich saß ab, lockerte den Sattelgurt und umarmte mein Pferd überglücklich.

»Ach, Wondy, du warst einfach super!«, flüsterte ich ihm ins Ohr. Alle Sorgen, die ich mir seit Wochen gemacht hatte, waren völlig unnötig gewesen! Wondy hatte sich besser benommen, als ich es je für möglich gehalten hätte.

Da fiel mir etwas ein.

»Sag mal, Doro, hab ich mich eben getäuscht oder stand Simon neben Katies Mutter?«, fragte ich meine Freundin.

»Nein, du hast dich nicht getäuscht«, erwiderte jemand und ich fuhr herum. Vor mir stand Simon! Für ein paar Sekunden setzte mein Herzschlag aus und mir klappte der Mund auf.

»Ich hatte heute nichts Besseres vor und dachte, ich schaue mal, wie meine Vorstandskollegin sich auf ihrem ersten Turnier schlägt.« Er lächelte dieses süße Lächeln, das so ganz anders war als früher, als ich ihn noch für einen eingebildeten Affen gehalten hatte.

Niemand außer Doro wusste, dass Simon und ich seit Wochen oft miteinander telefonierten und uns schrieben, aber das vergaß ich vor lauter Glück und Freude über meinen Ritt. Ich drückte meiner Freundin Won Da Pies Zügel in die Hand, fiel Simon um den Hals und er zog mich an sich.

»Du bist wirklich toll geritten«, lobte er und der Blick aus seinen haselnussbraunen Augen ließ meine Knie weich werden. Und bevor ich mich's versah, gab er mir einen Kuss.

»Uiii!«, machte Katie hinter mir und kicherte.

»Dragon-Mum ist im Anmarsch!«, zischte Doro warnend und Simon ließ mich los.

»Das war ein sehr ordentlicher Ritt, Charlotte«, sagte Frau von Richter freundlich. »Herzlichen Glückwunsch zum vierten Platz!«

»Da… danke«, stotterte ich, als mir nun auch Simon, Doro und Katie gratulierten, denn die Prüfung war beendet und das Ergebnis stand fest. Ich musste wieder aufsitzen und zur Siegerehrung in die Halle reiten. Aber ich schaffte es kaum, meinen Fuß in den Steigbügel zu stellen, weil meine Beine so sehr zitterten. Als es mir dann gelang, bemerkte ich, dass ich vergessen hatte, den Gurt wieder festzuziehen und der Sattel rutschte zur Seite.

»Los, Simon«, schlug Doro vor. »Lass uns in die Halle gehen. Ich will die Siegerehrung filmen.«

»Ich komme mit«, sagte Frau von Richter. »Katie, du gehst mit Charlotte dann zum Lkw, okay?«

»Klar, Mum.« Katie nickte. Sie half mir, den Sattel zu richten und wartete, bis ihre Mutter verschwunden war, dann ergriff sie meinen Arm.

»Sag mal, was war denn das eben?«, fragte sie und ihre Augen blitzten neugierig. »Du und Simon?«

»Irgendwie schon«, entgegnete ich verwirrt.

»Wie – *irgendwie schon?* Er hat dich gerade *geküsst!*«

»Oh, okay … Das … das habe ich mir also nicht eingebildet, oder?« Ich war so benommen, dass ich mich an mein Pferd lehnen musste. Noch nie in meinem Leben war ich von einem Jungen geküsst worden!

»Nee, allerdings nicht!«, gluckste Katie belustigt.

»Hallo! Nummer 628! Bitte einreiten!«, rief der Mann an der Hallentür und winkte mir ungeduldig. »Los, aufs Pferd, Mädchen!«

Ich schwang mich in den Sattel und ritt in die Halle. In meinem Kopf herrschte ein einziges Chaos. Wie war Simon überhaupt hierhergekommen? Was hatte das zu bedeuten? Nach jener denkwürdigen Stadtverordnetenversammlung Anfang Februar, auf der wir für den Neubau der Reitanlage gekämpft hatten, hatte er mich umarmt und ich wusste, dass er mich mochte. Aber außer einigen Telefonaten und WhatsApps, in denen es meistens um Projekte des Jugendvorstands oder andere Stallangelegenheiten ging, war nichts zwischen uns gewesen. Seitdem hatte er mich nicht mehr umarmt, und wenn wir uns im Stall sahen, war er nett zu mir, mehr aber auch nicht. Und jetzt kam er extra dreißig Kilometer angefahren, um mich bei meinem ersten Turnierstart zu sehen, und *küsste* mich vor allen Leuten?!

Die Lautsprecheransagen hörte ich kaum, so sehr beschäftigte mich das, was eben da draußen vor der Halle passiert war. Hatte Simon vielleicht darauf gewartet, dass *ich* irgendetwas tat?

»Lotte! He!«, hörte ich Doros und Katies Stimmen.

»Du bist aufgerufen worden«, sagte ein Mädchen auf einem Schimmel zu mir.

Ich fasste eilig die Zügel kürzer und trabte nach vorne, wo bereits drei Reiter nebeneinanderstanden. Mist, wo musste ich hin? Nach links oder nach rechts?

»Komm am besten zu uns!«, rief der Richter, der schon die blaue Schleife in der Hand hielt. Ich parierte also links neben einer Reiterin auf einem Dunkelbraunen durch und sah stolz zu, wie Herr Kirchberg Won Da Pie die Schleife ans Vorderzeug heftete. Dann reichte er mir die Hand.

»Du bist sehr schön geritten«, sagte er. »Herzlichen Glückwunsch für diesen Ritt und die Platzierung. Du hast ein wirklich gutes Pferd.«

Er klopfte Won Da Pie den Hals.

»Danke«, antwortete ich. »Ja, er kann viel mehr als ich und er springt total gerne.«

»Das sind die besten Voraussetzungen für eine junge Reiterin.« Der Richter nickte. »Dann weiterhin viel Erfolg. Und richte meinem Freund Herrmann Stark schöne Grüße aus.«

»Das mache ich.«

Nach mir wurden noch vier andere Reiter platziert, dann setzte die Musik zur Ehrenrunde ein und wir galoppierten hintereinanderher auf dem Hufschlag um die Bahn.

Katie lief neben Wondy und mir zum Lkw, wo bereits Frau von Richter, Doro und Simon auf uns warteten. Wir sattelten Wondy ab und ich gab ihm ein paar Karotten als Belohnung für seine tolle Leistung. Wieder ließ er sich anstandslos einbandagieren und verladen.

»Der Richter hat mir gesagt, dass ich Herrn Stark grüßen soll«, erzählte ich. »Offenbar kennen die sich.«

»Wahrscheinlich hat er dir deshalb so eine gute Note gegeben«, vermutete Doro.

»Meinst du?« Ich war plötzlich verunsichert.

»Stilnoten sind total subjektiv«, behauptete Doro. »Katie hat doch eben selbst gesagt, man müsste die Richter nur lieb anlächeln und schon hätte man eine gute Note!«

Damit hatte sie recht. Über diese Möglichkeit hatte ich noch gar nicht nachgedacht.

»Das glaube ich nicht«, mischte Katie sich ein. »Du bist echt gut geritten, Lotte! Aber selbst wenn es so wäre, wär's völlig egal. Richter sind auch nur Menschen. Manchmal mögen sie einen Reiter oder ein Pferd nicht und geben dann automatisch schlechtere Noten. So ist das beim Stilspringen! Gleich geht es um Fehler und Zeit und da ist es total schnuppe, ob ein Richter dich mag oder nicht.«

Ich nickte, aber Doros Worte hatten Zweifel in mir geweckt. War mein Ritt wirklich eine 6,9 wert gewesen oder nur der Tatsache geschuldet, dass Herr Kirchberg ein Kumpel von Herrn Stark war?

»Also, ich werde auf jeden Fall nur Fehler- und Zeit-Springen reiten und nicht diese blöden Stilspringen, wo man den Richtern quasi ausgeliefert ist!«, sagte Doro.

Die Leute neben uns versuchten ihr Pferd, einen großen Braunen mit Blesse, dazu zu bewegen, auf den Hänger zu gehen. Sie bearbeiteten das arme Tier mit einem Besen, versuchten, es mit zwei gekreuzten Longen die Rampe hochzuziehen, doch das Pferd rollte nur die Augen und weigerte sich beharrlich, in den Pferdehänger einzusteigen. Die Reiterin, ein dickes blondes Mädchen, heulte und schrie ihr Pferd wütend an, ihre Eltern waren entnervt.

»Das ist ja nicht mit anzusehen!«, sagte Frau von Richter plötzlich und marschierte zu dem Hänger hinüber. »Komm, Katie!«

»Ich bin doch nicht lebensmüde!«, widersprach Katie.

»Ich gehe mit.« Simon folgte Dragon-Mum.

»Wetten, dass sie es auch nicht hinkriegt?« Doro grinste boshaft.

»Wetten doch?«, entgegnete Katie.

Gespannt beobachteten wir, wie Frau von Richter nun mit ein paar Worten die aufgebrachte Familie abkanzelte, dem Vater der Dicken den Führstrick des Braunen aus der Hand nahm und das Pferd binnen zehn Sekunden auf den Hänger führte. Simon schloss die hintere Sicherheitsstange und das war's.

»Noch Fragen?« Katie sah Doro an und hob beinahe entschuldigend die Hände.

»Nee.« Doro schüttelte den Kopf. »Unglaublich.«

HERZKLOPFEN

Wir gingen in die Putzhalle und ich spendierte eine Runde Cola und einen Kaffee für Frau von Richter, um mit allen auf meine tolle erste Platzierung anzustoßen. Jedes Mal, wenn ich zufällig Simons Blick begegnete, begann mein Magen zu flattern.

»Wie machen Sie das bloß, dass Sie immer alles hinkriegen?«, fragte Doro Katies Mutter ganz direkt, wie es eben ihre Art war.

»Indem ich erst gar keine Zweifel zulasse«, erwiderte Dragon-Mum. »Wenn man an eine Sache herangeht und dauernd denkt, dass es schiefgehen könnte, dann wird es ganz sicher schiefgehen. Abgesehen davon kriege ich weiß Gott nicht alles hin.«

»Doch.« Katie verzog das Gesicht. »Tust du. Ich könnte eine Million Beispiele aufzählen.«

»Jetzt übertreib mal nicht«, wiegelte Dragon-Mum ab. »Ach, da drüben sind Sandra und Heidi. Wenn ihr etwas Vernünftiges essen wollt, im Kühlschrank im Lkw sind Geflügelsalat, Lachsterrine und Gemüsefrikadellen. Außerdem hab ich einen Kasten Bionade mitgenommen.«

Sie ging zu ihren Bekannten, die an einem der Tische saßen.

»Hat jemand Bock auf Geflügelsalat und Bionade?«, fragte Katie.

»Ich hab keinen Hunger«, lehnte ich ab. »Aber ich würd total gerne mal meinen Ritt anschauen und ich muss meinen Eltern schreiben, wie es gelaufen ist.«

Simon und Doro fanden die Aussicht auf die Köstlichkeiten jedoch sehr verlockend, deshalb beschlossen wir, es uns in der Wohnkabine des Lkw gemütlich zu machen. Bis zum Beginn des L-Springens hatten wir immerhin noch zwei Stunden Zeit. Katie schloss die Tür des Lkw auf, ich kletterte hinein und Simon folgte mir.

»Ach, ich hab ja ganz vergessen, dass ich noch Wasser für die Pferde holen wollte«, sagte Katie und ich bemerkte, dass sie Doro am Arm festhielt. »Kommst du mit, Doro?«

»Ich hab aber Hunger …«, protestierte Doro, doch Katie schlug ihr die Tür mit einem Knall vor der Nase zu.

Oh nein, Hilfe! Es war offensichtlich, dass sie Simon und mich allein lassen wollte und das war sicher nett von ihr gemeint, aber ich wusste nicht recht, ob ich mich darüber freuen sollte. Simon und ich standen uns unbehaglich gegenüber und die Vertrautheit, die sich in den letzten Wochen bei unseren Telefonaten eingestellt hatte, war einer eigenartigen Befangenheit gewichen. Ich kannte Simon seit drei Jahren, er war der große Bruder von Karsten, einem der besten Kumpel von Doro und mir. Ich sah ihn fast jeden Tag im Reitstall und gelegentlich auch im Schulbus, aber auf einmal war alles so anders und ich hatte keine Ahnung, wie ich mich verhalten und was ich sagen sollte. Ich traute mich kaum, Simon anzusehen.

»Wie … wie bist du eigentlich hierhergekommen?«, brach ich schließlich das Schweigen, bevor es peinlich wurde.

»Mit dem Roller«, antwortete Simon. »War das okay? Ich meine … ich … äh … ich dachte, dass du dich vielleicht freust.«

»Ja, das … das tue ich auch«, hörte ich mich stammeln. »Das … das war echt super.«

Wie idiotisch das klang! Um meine Verlegenheit zu überspielen, öffnete ich alle Schränke auf der Suche nach dem Kühlschrank.

»Lotte?«

»Ja?«

»Ich … ich weiß nicht so richtig, was ich jetzt machen soll«, sagte Simon mit unsicherer Stimme. »Ich hab noch nie eine Freundin gehabt.«

Dieses Geständnis erschütterte mich. Simon ging auf dieselbe Schule wie mein Bruder Phil und war mit ihm in einer Stufe, deshalb wusste ich, dass er der Schwarm von vielen Mädchen war, so gut, wie er aussah. Endlich hatte ich den Kühlschrank gefunden und starrte hinein, ohne wirklich etwas zu sehen.

»Ich … ich meine, ich … ich finde es total klasse, dass wir uns so gut verstehen und …« Simon brach ab und suchte nach den richtigen Worten. »Ach, verdammt, was rede ich denn hier!«

Das war völlig untypisch für den sonst so redegewandten, selbstsicheren Simon Orthmann, und mir dämmerte, dass er nicht weniger durcheinander war als ich.

»Kannst du mich vielleicht kurz angucken, Lotte?«

Ich schloss den Kühlschrank, nahm allen Mut zusammen und drehte mich um.

»Sag doch bitte auch mal was«, bat Simon und das klang fast ein bisschen verzweifelt. Katie und Doro waren zurück und polterten und klapperten draußen bei den Pferden herum.

»Irgendwie ist es am Telefon viel leichter«, sagte ich.

»Stimmt.«

Mein Herz hämmerte gegen meine Rippen. Er hatte mich vorhin umarmt und mir einen Kuss gegeben, weil ich ihm um den Hals gefallen war! Wartete er einfach nur auf ein Signal von mir? Was, wenn ich hier stehen blieb, reglos wie ein Möbelstück, bis meine Freundinnen die Pferde versorgt hatten und hereinkamen? Simon war so süß, seit Monaten dachte ich in jeder Minute an ihn und daran, wie es wohl sein musste, von ihm geküsst zu werden. Ein paar Mädchen aus meiner Klasse hatten schon einen Freund, warum nicht auch ich? Trotzdem zögerte ich, weil ich insgeheim befürchtete, alles könnte sich dadurch verändern. Was würde Karsten sagen, wenn er erfuhr, dass ich mit seinem Bruder zusammen war? Wie würden die anderen im Reitstall reagieren – und erst meine Eltern? Aber vielleicht würde es nicht unbedingt schlechter werden, nur … anders eben.

Ich streckte die Hand aus. Simon ergriff sie und legte sie an seine Brust.

»Spürst du, wie mein Herz klopft?«, flüsterte er. »Ich bin total aufgeregt.«

Und das war es, was mir plötzlich alle Angst nahm. Ihm

ging es nicht anders als mir! Ich lehnte mich an ihn und er schloss mich in seine Arme. Wir standen einfach nur da und mir schossen tausend Gedanken durch den Kopf. Es war total komisch und trotzdem wünschte ich, dieser Augenblick würde niemals zu Ende gehen.

»Lotte?«, flüsterte Simon in mein Ohr.

»Hm?«

»Könntest du dir vorstellen … meine Freundin zu sein?«

Ich hielt vor Schreck den Atem an. Hatte er das gerade wirklich gefragt oder spielte mir meine Fantasie einen Streich?

»Ich … ich weiß nicht«, stotterte ich erschrocken. »Ja … doch, ich glaub schon …«

»Ist das ein Ja?« Simon schob mich ein Stück von sich weg, um mich ansehen zu können.

»Äh … ja.«

»Puh!« Er stieß einen Seufzer aus. »Ich wollte dich das schon lange fragen, aber irgendwie war nie die richtige Gelegenheit dafür.«

Wir blickten uns an, dann grinsten wir beide und umarmten uns noch einmal.

»Wo bleiben eigentlich die anderen?«, fragte Simon. »Ich hab einen Riesenhunger!«

»Ich auch«, sagte ich und öffnete die Tür des Lkw. Doro und Katie saßen auf der Verladerampe.

»Wieso braucht ihr denn so lange? Wir sterben vor Hunger!«, rief ich. Die beiden fuhren herum und sprangen auf.

Und?, formte Doro lautlos mit den Lippen, und Katie sah mich ebenfalls gespannt an. Ich grinste nur vielsagend.

»Wir mussten ewig lange rumlaufen, bis wir einen Schlauch gefunden hatten«, sagte Katie laut und signalisierte mir stumm, dass sie sich freute. Ihr verdankte ich die zehn Minuten, die ich allein mit Simon gehabt hatte, und als sie an mir vorbei ins Wohnabteil kletterte, drückte ich dankbar ihren Arm.

Wenig später saßen wir an dem ausgeklappten Tisch und ließen uns die Köstlichkeiten schmecken, die Dragon-Mum eingepackt hatte. Für vier Leute war es ziemlich eng und es war aufregend, so dicht neben Simon zu sitzen. Immer wieder berührten sich unsere Knie, und als wir fertig waren mit Essen, ergriff er unter dem Tisch meine Hand und drückte sie kurz.

Ich kramte mein Handy hervor und sah, dass meine Mutter schon ein paarmal versucht hatte, mich anzurufen.

»Schick mir doch bitte das Video«, bat ich Doro. »Meine Mutter will sicher wissen, ob ich noch lebe.«

»Mir bitte auch«, sagte Simon.

Ich schickte das Video weiter an meine Mutter und schrieb dazu, dass ich Vierte in meinem ersten A-Springen geworden war. Simon und ich schauten uns zusammen meinen Ritt an und ich musste trotz der Zweifel, die Doro mit ihrer Bemerkung in mir gesät hatte, zugeben, dass es echt klasse aussah. Kaum zu fassen, dass ich noch vor einem knappen Jahr vor jeder Springstunde tausend Tode gestorben und eine kleine Schulreiterin gewesen war, die davon geträumt hatte, irgendwann einmal ein Pflegepferd zu haben! Mein Leben hatte sich innerhalb von zwölf Monaten vollkommen verändert. Ich hatte Gento als Pflegepferd bekommen und im Sommer wieder verloren. Dann hatte ich im Sommerurlaub auf der Insel Noirmoutier in Frankreich Nicolas und seine Pferde kennengelernt und bei ihm Won Da Pie gefunden. Ich hatte gelernt, meine Angst zu überwinden, hatte mit einem Mal ein eigenes Pferd und ich war in den Jugendvorstand gewählt worden. Aber ich hatte auch schlimme Enttäuschungen erlebt, wie die mit Inga, die ich für meine Freundin gehalten hatte. Was würde sie wohl dazu sagen, dass ich nun mit Simon zusammen war? Simon, in den sie so verknallt gewesen war, dass sie ihm zu Weihnachten sogar einen Schal gestrickt hatte?

Ich musste unwillkürlich kichern.

»Warum lachst du?«, wollte Simon wissen.

»Ich habe mich gerade gefragt, ob du noch den Schal hast, den Inga dir geschenkt hat«, antwortete ich.

»Was für einen Schal?« Simon legte die Stirn in Falten und dachte angestrengt nach. »Ach, jetzt erinnere ich mich! Dieser kratzige bunte Lappen. Den hab ich in der Schule als Wichtelgeschenk benutzt und das Mädchen, das ihn gekriegt hat, war voll sauer.«

Doro und ich prusteten los und lachten, bis uns die Tränen über die Wangen liefen.

»Wo ist diese Inga denn eigentlich abgeblieben?«, wollte Katie wissen.

»Sie reitet nicht mehr«, sagte Doro knapp.

Die Geschichte mit Inga, die ihren Höhepunkt darin fand, dass sie meinen neuen Sattel mit einer Säure verätzt hatte, war Doro bis heute unangenehm. Aber auch ich hatte Inga früher für eine Freundin gehalten, bis ich begreifen musste, dass sie total eifersüchtig auf mich war, weil Doro und ich enger befreundet und auch noch Nachbarn waren. Als ich in Frankreich im Urlaub gewesen war, hatte sie Doro überredet, hinter meinem Rücken mit ihr zusammen ein Pferd zu kaufen. Dieser Vertrauensbruch meiner besten Freundin hatte mich schwer enttäuscht und nur die Tatsache, dass ich Wondy bekommen hatte, hatte unsere Freundschaft gerettet.

Mein Handy piepste und ich las die Nachricht, die Mama mir geschrieben hatte.

»Sie wollen um zwei Uhr losfahren«, sagte ich.

»Oh, es ist schon halb eins!«, stellte Simon überrascht fest. »Ich muss dann langsam mal. Ich will noch reiten.«

Die Tür ging auf und Frau von Richter kletterte in die Wohnkabine. Wir bedankten uns für das Essen und standen auf.

»Wir haben Ihnen noch genug übrig gelassen«, sagte ich.

»Das ist nett von euch.« Dragon-Mum lächelte. »Hast du auch etwas gegessen, Katie?«

»Jede Menge!«, bestätigte Katie genervt. »Keine Sorge, Mum. Ich krieg schon keine Magersucht.«

»Hier ist die Starterliste für das L«, sagte ihre Mutter und hielt ihr ein Blatt hin. »Du bist als Zwölfte in der ersten Abteilung dran, Charlotte als Siebzehnte in der zweiten Abteilung. Wir haben also keinen Stress.«

Simon verabschiedete sich und ich begleitete ihn zu seinem Roller, den er zwischen ein paar Autos hinter der Abreitehalle abgestellt hatte.

»Schreibst du mir, wie es im L gelaufen ist?«, fragte Simon.

»Natürlich!«, entgegnete ich. »Und noch mal danke, dass du extra hierhergefahren bist.«

»Für dich würde ich überall hinfahren«, antwortete er und ich musste lächeln, weil das so pathetisch klang wie in einem kitschigen Liebesfilm.

Ich zögerte, doch dann gab ich ihm einen schüchternen Kuss. Simon umarmte mich und wünschte mir viel Glück für das nächste Springen.

»Fahr vorsichtig«, sagte ich zum Abschied, als er sich den Helm aufsetzte.

Simon schwang sich auf den Roller, ließ den Motor an und warf mir noch eine Kusshand zu, dann brauste er davon. Ich sah ihm nach, bis er am Ende des asphaltierten Feldwegs den Blinker setzte und nach rechts abbog, und stieß einen tiefen Seufzer aus. Allmählich beruhigte sich mein Herzschlag wieder. Jetzt hatte ich also ganz offiziell einen Freund, doch irgendwie war ich mir nicht sicher, ob ich mich darüber freuen sollte. Es war prickelnd und spannend, aber auch schrecklich verwirrend und beängstigend, und insgeheim war ich froh, dass Simon nun weg war und ich Zeit hatte, über all das, was heute geschehen war, nachdenken zu können. Ich mochte ihn, kein Zweifel, aber wenn ich ehrlich war, hatte ich eigentlich überhaupt keine Zeit in meinem Leben für einen Freund. Langsam ging ich zurück und überquerte den zum Transporterparkplatz umfunktionierten Springplatz, vorbei an den Reihen der Autos mit Pferdehängern und den Lkws, von denen einige noch größer waren als der von den von Richters. Pferde wurden ab- oder aufgeladen, gesattelt, herumgeführt, überall liefen

Hunde herum. Fetzen von Lautsprecheransagen wehten von der Halle herüber, dann hörte ich gedämpft die Musik der Ehrenrunde des Springens, das gerade zu Ende gegangen war.

Es war absolut aufregend, nun Teil dieser Welt zu sein, von der ich geträumt hatte, seitdem ich mit Papa einmal in Wiesbaden auf dem Pfingstturnier gewesen war. Und ganz plötzlich wurde mir bewusst, dass ich nicht einfach nur als Zuschauerin hier war, sondern als Teilnehmerin, die bei ihrem ersten Start gleich Vierte geworden war! Dies war mein allererstes Turnier, dem noch viele andere folgen würden, und genau das wollte ich – reiten, springen, besser werden! Nein, ich wollte keinen Freund haben! Vielleicht irgendwann einmal, aber nicht jetzt. Ach, hätte ich Simon auf seine Frage vorhin doch bloß nicht gleich mit »Ja« geantwortet, ich dumme Kuh!

GALOPPSPRÜNGE

»Erzähl, erzähl, erzähl!«, bestürmte Doro mich mit funkelnden Augen, als ich zum Lkw zurückkam. »Hat er dich noch mal geküsst? Ich will *alles* wissen!«

Meine Freundin platzte vor Neugier.

»Später!«, zischte ich ihr zu.

Katie saß schon auf dem Pferd und ritt gerade zur Abreitehalle hinüber. Won Da Pie protestierte mit lautem Wiehern dagegen, allein zurückgelassen zu werden. Er scharrte mit den Hufen und zerrte am Halfter, sodass der ganze Lkw wackelte.

»Gar nicht beachten!« Dragon-Mum hielt mich davon ab, zu meinem Pferd zu gehen, um es zu beruhigen. »Er muss das Alleinbleiben lernen.«

»Aber wenn er den Lkw beschädigt oder sich verletzt!«

»Der Lkw hält schon was aus. Falls nicht, dann übernimmt das eure Haftpflichtversicherung«, lautete die sachliche Antwort. »Du wirst schon sehen, er beruhigt sich ganz schnell.«

Doro und ich folgten Katies Mutter zur Abreitehalle, ich blickte mich aber immer wieder besorgt um. Wondys verzweifeltes Wiehern schnitt mir ins Herz.

»Ah, da kommt auch Herr Weyer.« Doro wies auf einen

schwarzen Geländewagen, der auf der Suche nach einem Parkplatz langsam den Weg zwischen Reitanlage und Koppeln entlangfuhr. »Ich glaub, die Nicole sitzt bei ihm im Auto! Sag bloß, die hat sich den Weyer gekrallt! Der hat doch angeblich eine Freundin!«

Wir beobachteten, wie der Reitlehrer sein Auto in eine Parklücke manövrierte.

»Das ist auf jeden Fall nicht die Nicole«, sagte ich beim Anblick der jungen blonden Frau, die auf der Beifahrerseite ausstieg. »Die da hab ich noch nie gesehen. Du?«

»Nee. Ich auch nicht.« Doro schüttelte den Kopf.

Wenig später stand Herr Weyer neben uns und beglückwünschte mich zu meinem vierten Platz.

»Darf ich euch Vivien Buchwaldt vorstellen? Meine Lebensgefährtin«, sagte er. »Vivien, das sind Charlotte und Dorothee.«

»Hi, freut mich, euch kennenzulernen.« Vivien lächelte freundlich und gab uns die Hand. Sie hatte ein nettes Lächeln und wirkte sympathisch.

Frau von Richter schien sie bereits zu kennen, denn sie begrüßte die Freundin unseres Reitlehrers mit Küsschen links und rechts.

»Wie schön, dich mal wiederzusehen!«, sagte Dragon-Mum. »Was macht das Studium?«

Typisch für Katies Mutter gleich mal nach dem Studium zu fragen, am besten sogar nach den Noten!

»Im Mai hab ich die letzten Prüfungen«, sagte Vivien. »Und dann ziehe ich zu Micha. Auf Dauer ist die Hin- und Herfahrerei einfach unpraktisch.«

»Reiten Sie auch?«, erkundigte sich Doro.

»Ja, aber ich reite western«, sagte Vivien. »Und früher bin ich voltigiert, aber jetzt, während des Studiums, fehlt mir die Zeit.«

»Vivien war Welt- und Europameisterin im Einzelvoltigieren«, klärte Dragon-Mum uns auf und wir waren beeindruckt.

»Oh, das ist ja cool!«, sagte Doro. Zwar hatten wir beide mit Voltigieren nichts am Hut, aber um Weltmeisterin zu sein, musste man schon mehr als bloß gut sein!

Vivien lächelte nur und zuckte die Schultern.

»Der Parcours ist zur Besichtigung freigegeben!«, ertönte es aus den Lautsprechern und die Reiter in der Abreitehalle parierten ihre Pferde durch, saßen ab und verschwanden Richtung Turnierhalle.

»Soll ich Asset solange herumführen?«, bot ich an.

»Nein, komm lieber mit in den Parcours«, sagte Katie. »Für dich ist es gleich derselbe, nur etwas niedriger.«

»Jetzt hab ich meine Reitkappe im Lkw liegen lassen!« Ich dachte an die Vorschrift, dass man einen Parcours nur im »korrekten Reitanzug« abgehen durfte.

»Ach, da wird schon keiner was sagen«, meinte Herr Weyer.

Zu dritt gingen wir also den Parcours für das L-Springen ab, der schon deutlich anspruchsvoller war als der im A-Springen vorhin. Es gab eine Kombination, die aus einem Steilsprung und einem Oxer bestand, eine Mauer und eine Triplebarre, außerdem wieder den blauen Oxer mit der Plane darunter.

»Denk dran, diesmal geht es um Fehler und Zeit«, erklärte Katie mir. »Also vergiss alles von wegen weite Bögen reiten und so.«

Sie stemmte die Hände in die Hüften, legte die Stirn in Falten und blickte sich um.

»Von drei auf vier kann ich vorne um Sprung Nummer sieben herumreiten, oder was denkst du, Micha?«, fragte sie den Reitlehrer.

»Ja, das sollte gehen«, erwiderte Herr Weyer. »Und die Distanz von sieben auf acht kannst du mit einem weniger reiten, also an der Hand vorwärts, genauso wie von zwei auf drei. Da kannst du gleich mal ein paar Sekunden einsparen.«

Jemand klopfte ihm im Vorbeigehen auf die Schulter, ein anderer Reiter rief ihm ein »Hallo« zu. Genau wie Katie schien Herr Weyer hier viele Leute zu kennen. Johanna Messner und der Mann, mit dem sie den Parcours besichtigte, würdigten unseren Reitlehrer jedoch keines Blickes.

»Hast du noch Fragen, Lotte?«, wandte sich Herr Weyer an mich.

»Was meinen Sie mit ›einem weniger in der Distanz‹?«, wollte ich wissen. »Was ist eine Distanz? Und was heißt ›an der Hand vorwärts‹?«

»Distanzen sind Hindernisfolgen, bei denen drei bis maximal sieben Galoppsprünge zwischen den einzelnen Sprüngen liegen«, erklärte Herr Weyer mir und wies auf den gelb-weißen Steilsprung mit der Nummer drei. »Von diesem Steilsprung bis zum Oxer Nummer vier sind es achtzehn Meter zwanzig.«

»Woher wissen Sie das?« Ich war erstaunt.

»Wir sind doch eben mit Katie den Parcours abgegangen.« Der Reitlehrer lächelte. »Ich mache zwischen den einzelnen Hindernissen Schritte, die genau einen Meter lang sind. Deshalb weiß ich das. Ideal wäre der Abstand, wenn er siebzehneinhalb Meter hätte, denn der Galoppsprung eines Pferdes hat ungefähr drei Meter fünfzig. Aber in einem L-Springen erhöht der Parcoursbauer die Schwierigkeit, indem er Kombinationen und Distanzen nicht ganz passend aufbaut. Damit verlangt er vom Reiter, sein Pferd zwischen den Hindernissen mehr vorwärts zu reiten oder zurückzuhalten. Verstehst du das?«

»Ich glaub schon.«

»Du kannst dich also entscheiden, ob du zum Beispiel mit fünf großen Galoppsprüngen oder sechs etwas kürzeren reiten möchtest«, fuhr Herr Weyer fort. »Katies Pferd hat einen großen Galoppsprung und viel Vorwärtsdrang, dazu hat es auch viel Springvermögen. Selbst wenn es bei fünf Galoppsprüngen – also einem weniger als vorgesehen – etwas zu groß an den nächsten Sprung käme, wäre das für Asset kein Problem. Bei einem triebigen Pferd, das vielleicht sogar Angst vor ungewöhnlichen Hindernissen hat, reitet man lieber einen Galoppsprung mehr, um die Spannung zu halten.«

»Und was soll ich machen?«, fragte ich.

»Won Da Pie hat auch einen großen Galoppsprung, ganz ähnlich wie Asset«, erwiderte der Reitlehrer. »Wenn du gut über den Steilsprung kommst, solltest du ihn einfach an der Hand weitergaloppieren lassen, also den Kontakt zum

Pferdemaul bewahren und nicht am Zügel ziehen oder alles wegschmeißen.«

Ich hörte aufmerksam zu und nickte.

»In einem Fehler-Zeit-Springen muss der Reiter eher die Tendenz nach vorne suchen, wenn er gewinnen will. Aber er sollte unbedingt vermeiden, sein Pferd zu stark vorwärts zu reiten, weil dann die Spannung verloren geht und das Pferd zu flach springt und womöglich einen Fehler macht.«

Bisher hatte ich mich immer auf mein Pferd verlassen und versucht, es so wenig wie möglich zu stören, doch jetzt begriff ich, dass ich viel mehr Einfluss hatte.

»Du machst instinktiv das meiste richtig«, sagte Herr Weyer, der mir wohl ansah, dass ich ein wenig überfordert war. »Außerdem ist Won Da Pie ein wirklich gutes Springpferd, denn er kann etwas, was viele Pferde ihr Leben lang nicht lernen: Er schafft es, sich den Absprungpunkt selbst zu suchen und ihn für sich passend zu machen. Er ist nämlich ein vorsichtiges Pferd und will Fehler vermeiden. Also denk am besten gar nicht so viel über Galoppsprünge nach, sondern reite so, wie du das bisher auch getan hast. Wenn du erst mal ein paar Parcours geritten bist, merkst du schon von selbst, wann du zureiten und wann du eher etwas halten musst. Wichtig ist, ein gutes Grundtempo zu reiten und das hast du bisher immer sehr gut gemacht.«

Die Glocke auf dem Richterturm läutete und der erste Starter der Prüfung trabte in die Bahn. Wir verließen den Parcours und stellten uns hinter die Bande neben Doro und Vivien.

»Das Beste, was man tun kann, ist, sich viele Springen

anzuschauen«, riet Herr Weyer mir und auch Doro. »Guckt genau zu, wie es die anderen machen! Vergleicht die Pferde mit euren. Dieser Schimmel hier zum Beispiel hat einen ziemlich kurzen Galoppsprung. Sein Reiter wird die Distanz von drei auf vier sicherlich mit sechs oder sogar sieben Galoppsprüngen reiten.«

Gespannt verfolgte ich den Ritt und zählte leise die Galoppsprünge mit. Herr Weyer behielt recht: Der Reiter im Parcours nahm seinen Schimmel nach Sprung drei deutlich zurück und ritt mit sieben Galoppsprüngen auf den Oxer zu. Plötzlich eröffnete sich mir eine völlig neue Perspektive und ich ärgerte mich insgeheim, dass wir vorhin im Lkw herumgesessen hatten, statt die Springprüfung zu verfolgen.

»Man lernt auch vom Zuschauen eine Menge«, sagte Herr Weyer. »Und irgendwann könnt ihr schon beim Anreiten erkennen, was passiert, ob es für das Pferd am Sprung dicht wird oder weit.«

Er klopfte mir leicht auf die Schulter, dann verschwand er mit Vivien, um Katie beim Abreiten zu helfen.

»Jetzt erzähl schon endlich«, sagte Doro, kaum dass die beiden gegangen waren. »Was ist jetzt mit Simon und dir?«

»Ich weiß auch nicht«, erwiderte ich, ohne die Reiterin, die gerade im Parcours war, aus den Augen zu lassen.

»Wie – du weißt auch nicht?« Doro ergriff meinen Arm.

»Simon hat gefragt, ob ich mit ihm gehen will, und ich hab so halb Ja gesagt«, antwortete ich schließlich und blickte meine Freundin an. »Aber ich bin mir nicht sicher, ob ich das wirklich will.«

»Das verstehe ich jetzt nicht.« Doro schüttelte ungeduldig den Kopf. »Seit Wochen laberst du mir wegen Simon die Ohren voll und jetzt …«

»Ich weiß, dass es blöd klingt«, unterbrach ich sie. »Ja, ich finde ihn echt süß, aber … aber … ich bin lieber mit dir zusammen und mit Katie und den Pferden! Irgendwie … ach … keine Ahnung.«

Wie konnte ich ihr erklären, dass es sich total komisch anfühlte, mit einem Jungen durch die Gegend zu laufen? Simon war viel ernsthafter als Oliver, Ralf und Karsten, mit denen man herumalbern, quatschen oder auch mal lästern konnte. Wieso glaubten überhaupt alle, es sei das Tollste auf der Welt, einen Freund zu haben? Eigentlich war ich bisher ziemlich zufrieden gewesen, so, wie alles war. Mir fehlte nichts, wir waren eine super Clique im Stall und das würde sich ganz sicher ändern, wenn die anderen von Simon und mir erfuhren. Aber ich wollte nicht, dass sich etwas änderte!

»Du magst Simon doch, oder nicht?« Meine Freundin war verwirrt.

»Ja. Schon.« Verflixt, jetzt stiegen mir tatsächlich die Tränen in die Augen! »Aber … aber … ich war total überrumpelt, als er da plötzlich vor mir stand und mich *geküsst* hat! Und dann war ich auf einmal allein mit ihm im Lkw und wusste gar nicht, was ich sagen oder tun sollte.«

»Oh Mann, und Katie dachte, du wolltest mit ihm mal allein sein«, erwiderte Doro. »Ich meine, du bist ihm um den Hals gefallen und … Ach, das ist ja blöd!«

»Sie hat's nur nett gemeint.« Ich blinzelte die Tränen

weg. »Meine Eltern drehen durch, wenn sie hören, dass ich einen Freund habe!«

»Das musst du denen ja nicht erzählen«, sagte Doro.

»Tu ich auch hundertprozentig nicht!«, antwortete ich. »Aber das spricht sich ganz sicher herum. Simon ist mit Phil in einer Stufe und im Stall werden das bald auch alle wissen.«

»Oh Mann«, murmelte Doro wieder. Es passierte nicht oft, dass meine Freundin ratlos war, aber jetzt war sie's. So ratlos wie ich selbst.

WON DA PIE ZEIGT, WAS ER KANN

»Da kommt Johanna Messner in den Parcours«, sagte Doro, nachdem wir eine Weile schweigend dem Springen zugesehen hatten. Die dürre Johanna saß auf Aquino, einem langbeinigen Braunen, der mit ihrem Vater schon S-Springen gewonnen hatte. Für ihn dürften die Hindernisse also kein Problem sein. Johanna begann in einem flotten Tempo und ritt in jeder Distanz einen Galoppsprung weniger, aber dann schien sie Mühe zu haben, das Pferd unter Kontrolle zu behalten. Vor dem siebten Sprung riss sie es ziemlich hart im Maul, aber Aquino stürmte einfach weiter und dann passierte, wovor Herrn Weyer mich eben gewarnt hatte: Er wurde zu flach und fegte die oberste Stange des Oxers herunter, die mit einem dumpfen Plumps im Sand landete. Johanna waren Zorn und Enttäuschung ins Gesicht geschrieben, als sie im Schritt zum Ausgang ritt. Ihre Zeit war sehr gut, ohne den Fehler läge sie in Führung. Direkt nach ihr war Katie mit Asset an der Reihe. Sie trabte herein, hielt unterhalb des Richterturms an und grüßte. Asset blickte sich um, ganz so, als ob er selbst schon mal gucken wollte, wo er gleich Zeit sparen konnte. Die Glocke ertönte und Katie galoppierte an. Sie folgte den Ratschlägen, die Herr Weyer ihr vorhin beim Parcoursabgehen gegeben hatte, und man konnte sehen, dass Asset und Katie ein eingespieltes Team waren. Da gab es kein Ziehen und Zerren wie bei vielen anderen Reitern, keine Unsicherheit und kein Stocken. Es war ein flüssiger, fehlerfreier Ritt, mit dem Katie sich an die Spitze der derzeitigen Wertung setzte. Sie grinste zufrieden zu uns herüber und klopfte Asset den Hals.

»Hach, so möchte ich das auch können«, seufzte ich.

»Mit so 'nem Superpferd wie Asset ist das ja auch easy«, entgegnete Doro. »Der hat mal richtig viel Geld gekostet! Da können wir beide mit unseren Billigpferden nicht mithalten.«

Ich sah meine Freundin erstaunt an. Hörte ich da so etwas wie Eifersucht aus ihren Worten heraus?

»Komm, wir schauen mal nach Katie«, schlug ich vor.

»Ich will mir lieber noch ein paar Reiter anschauen«, antwortete Doro. »Sie hat doch ihre Mutter und den Weyer, die ihr helfen.«

»Ich möchte sie aber was zum Parcours fragen.«

»Dann geh doch!« Doro wandte sich wieder um. Ich war etwas irritiert, aber in letzter Zeit kam es häufiger vor, dass sie immer genau das Gegenteil von dem wollte, was ich vorschlug.

»Bis gleich, dann«, sagte ich und ging.

Die Tische und Bänke in der Halle waren voll, es roch nach Bratwurst und Frittierfett. Vor der Essenstheke drängten sich die Leute, am Getränkestand hatten sich lange Schlangen gebildet und auch an den Ständen, die Reitzubehör anboten, war viel los. Es wurde gelacht, gefachsimpelt und gequatscht, nach dem langen Winter ohne Turniere sahen sich viele Leute zum ersten Mal seit Monaten wieder und tauschten Neuigkeiten aus. Ich drängte mich durch die Menge. Viele der Reiter und Zuschauer schienen das Turnier für einen Familienausflug zu nutzen, sie kamen mit Kindern und Hunden und es herrschte ein fröhliches Durcheinander. Auf dem Weg zur Abreitehalle ging ich bei der Meldestelle vorbei und nahm mir eine Kopie der Starterliste für die zweite Abteilung des L-Springens vom Stapel. Ich war unverändert siebzehnte Starterin.

Katie ritt am langen Zügel auf dem Hof vor der Abreitehalle im Kreis. Als sie mich erblickte, parierte sie durch und saß ab.

»Das war echt spitze!«, sagte ich begeistert.

»Ja, Asset ist klasse gesprungen!« Katie strahlte über das ganze Gesicht. »Und meine Zeit war super.«

»Zählst du im Parcours die Galoppsprünge, die du zwischen den Hindernissen reitest?«, erkundigte ich mich und Katie schüttelte den Kopf.

»Ich weiß ungefähr, wie ich die Distanzen reiten will«, erwiderte sie und wehrte Asset, der seinen Kopf an ihrer Schulter reiben wollte, freundlich, aber bestimmt ab. »Ich merke, wie er drauf ist, und reite ihn dementsprechend. Im M-Springen, wenn die Hindernisse höher sind, reite ich eher einen Galoppsprung mehr, weil er sonst zu flach wird.«

»Aha.« Das war mir alles zu hoch.

Katie musste an meinem Gesichtsausdruck wohl erkannt haben, dass ich ziemlich verunsichert war.

»Wenn du erst ein paar Springen geritten bist, spürst du das«, versicherte sie mir. »Jetzt reite bloß nicht da rein und denke, du müsstest immer mitzählen! Reite einfach so wie vorhin im A!«

»Lotte! Lotte!«, rief ein helles Stimmchen und ich drehte mich um. Mein kleiner Bruder stürmte mit leuchtenden Augen auf mich zu. »Wir haben gerade schon unser Pferd auf dem Lkw besucht! Der ist ja voll riesig, boah!«

Katie grinste.

»Und? Ist Wondy brav?«, fragte ich Florian.

»Ja, ganz lieb!« Er nickte heftig. »Ich hab ihm eine Karotte gegeben. Das war doch okay, oder?«

»Ja, klar.«

Mein Bruder interessierte sich nicht sonderlich für Pferde, aber er war stolz darauf, dass wir außer einem Hund auch ein Pferd besaßen, und gab bei seinen Freunden gerne mit dem ungewöhnlichen Familienmitglied an.

Papa, Mama und Cathrin kamen nun auch und meine Eltern gratulierten mir zu meinem vierten Platz.

»Hier ist ja wirklich eine Menge los«, stellte Papa fest. »Ich habe mir das Turnier gar nicht so groß vorgestellt!«

»Wo ist Doro?«, erkundigte Mama sich. »Sie wollte doch mitfahren, oder?«

»Sie ist in der Reithalle und schaut sich das Springen an«, erwiderte ich.

Frau von Richter, Herr Weyer und Vivien gesellten sich zu uns. Nachdem Dragon-Mum sich im Januar bei der Willkommens- und Abschiedsfeier für Herrn Weyer und Herrn Kessler erst mal bei uns und unseren Eltern unbeliebt gemacht hatte, schien sie sich jetzt recht gut mit Papa und Mama zu verstehen, denn sonst hätten meine Eltern es mir sicher nicht erlaubt, mit ihr aufs Turnier zu fahren. In den letzten Tagen hatten sie einige Male telefoniert und die Begrüßung fiel freundlich aus.

»Darf ich dein Pferd mal halten?«, fragte Flori und Katie reichte ihm Assets Zügel.

»Aber gut festhalten!«, sagte sie. »Ich schau kurz auf der Startertafel nach, wie viele Reiter noch springen.«

»Ich komme mit!«, rief ich.

Wir liefen in die Abreitehalle. Vorne rechts in der Ecke stand eine Tafel, auf der mit Kreide die Startnummern angeschrieben wurden. Nach jedem Ritt notierte der Mann, der dafür sorgte, dass alle Reiter rechtzeitig zur großen Halle hinüberritten, jedes Ergebnis.

»Nur noch drei Starter«, stellte Katie fest. »Und keiner war bisher schneller als ich! Schlechter als der vierte Platz kann es also nicht mehr werden.«

»Am Start ist die Nummer 507, Skyfall, geritten von Elena Weiland für den Reitverein Amselhof Steinau«, tönte die Stimme des Ansagers aus dem Lautsprecher.

»Oh Mist! Elena kann mir noch gefährlich werden.« Katie verzog das Gesicht. »Sie ist auch im Kader.«

Gespannt warteten wir auf das Ergebnis, während die letzten beiden Reiter die Halle verließen.

»Für die Nummer 507«, kam endlich die Durchsage. »Strafpunktfrei in 56,7 Sekunden. Platz zwei in der laufenden Wertung. In Führung liegt noch immer die Nummer einundzwanzig!«

»Juhu!«, jubelte ich und Katie ballte die Faust und lächelte.

Elena Weiland war nur winzige 0,2 Sekunden langsamer als Katie geritten, aber diese zwei Zehntelsekunden konnten über Sieg oder Niederlage entscheiden!

Katie gewann die erste Abteilung des L-Springens, in der nur Reiterinnen und Reiter der Leistungsklassen drei und vier gestartet waren. Die zweite Abteilung war den niedrigen Leistungsklassen fünf und sechs vorbehalten, also eher unerfahrenen Reitern wie mir.

Diesmal hatte ich beim Satteln und Abreiten jede Menge Zuschauer und meine Familie war beinahe aufgeregter als ich selbst. Ich war den Parcours noch einmal mit Katie zusammen abgegangen und mir war ganz schwindelig von den ganzen Tipps, die sie mir gegeben hatte. Won Da Pie benahm sich wieder anständig, aber in der Abreitehalle war es diesmal voller als vorhin beim A-Springen. Als ich angaloppierte, schlug Wondy ein paarmal nach hinten aus. Trotz der roten Schleife, die Dragon-Mum ihm wieder in den Schweif geflochten hatte, ritt ein Reiter, ein grauhaariger Mann auf einem Rappen mit Blesse, ganz dicht an mich heran und Won Da Pie legte ärgerlich die Ohren an.

»Halten Sie besser ein bisschen mehr Abstand!«, rief ich dem Mann zu, aber der beachtete mich überhaupt nicht.

Diesmal stand statt Katie Herr Weyer an den Hindernissen. Ich ließ Wondy ein paarmal über das Kreuz springen, dann erhöhte der Reitlehrer den Steilsprung.

»Steil frei!«, rief ich, aber der Alte mit dem Rappen galoppierte an mir vorbei und streifte mich dabei sogar mit seiner Stiefelspitze. Er saß nicht sonderlich gut auf dem Pferd, seine Steigbügel waren viel zu lang und seine Fußspitzen zeigten nach außen. Sein Pferd schien wirklich gutmütig zu sein. Obwohl der Mann es dauernd im Maul zerrte und im Sattel herumhopste, sprang es unverdrossen über die Aufwärmsprünge. Ich ritt erneut den Steilsprung an und Won Da Pie sprang wunderbar! Doch plötzlich quiekte er und feuerte nach hinten aus.

»Autsch, verdammt!«, brüllte jemand und ich drehte mich im Sattel um. Der Grauhaarige war direkt nach mir gesprungen, er hatte sein Pferd nicht bremsen können und war genau auf Wondy zugeritten, wohl in der Hoffnung, dass sein Pferd dann abbremste. Aber Wondy konnte so etwas nicht leiden.

»Dein Pferd hat mich getreten!«, beschwerte sich der Alte nun lautstark.

»Warum reiten Sie auch so dicht an mich heran?«, erwiderte ich. »Mein Pferd hat eine rote Schleife im Schweif, damit andere Abstand halten!«

»Oh, mein Bein, mein Bein!«, jammerte der Mann und verzog das Gesicht. »Das wird Konsequenzen haben!«

Jetzt mischte sich der Richter ein, der bis dahin neben der Startertafel gestanden und das Geschehen in der Abreitehalle beobachtet hatte.

»Das Mädchen hat recht!«, rief er den Mann zur Ordnung. »Sie sind nicht nur einmal viel zu nah an ihr Pferd herangeritten!«

Zwischen den beiden entspann sich ein lauter Streit, der damit endete, dass der Richter den Mann aus der Halle schickte.

»Komm über den Oxer, Lotte!«, rief Herr Weyer. »Konzentriere dich auf dein Pferd!«

Alle anderen Reiter hielten nun respektvollen Abstand und ich konnte ungestört ein paar weitere Aufwärmsprünge machen. Dann kam mein Aufruf und ich ritt zum Ausgang.

Doro warf Wondy die Decke über, Herr Weyer und Katie gingen neben mir her. Im Gegensatz zur ersten Abteilung, in der es fast fünfzehn fehlerfreie Ritte gegeben hatte, war in meiner Abteilung bisher noch niemand ohne Fehler durch den Parcours gekommen. Wondy kaute eifrig am Gebiss und tänzelte, als die Hallentür aufging und wir in den Parcours reiten konnten. Die Reiterin vor mir hatte mehrere Sprünge umgemäht und war dann sogar ausgeschieden, weil ihr Pferd drei Mal den Oxer mit der blauen Plane darunter verweigert hatte! Ich musste eine ganze Weile im Schritt zwischen den Hindernissen herumreiten, bis die Glocke, die den Start freigab, ertönte. Auf dem Richterturm saßen diesmal zwei andere Richter als vorhin, eine Frau und ein jüngerer Mann, die mit einem Nicken meinen Gruß erwiderten. Hinter der Bande drängten sich viel mehr Menschen als heute Morgen, es war richtig voll geworden!

»So, Wondy, jetzt geht's los!«, sagte ich zu meinem Pferd und ließ es angaloppieren. Oh, und wie es losging! Won Da Pie schnaubte und schlug aus, aber dann war er ganz auf die Hindernisse konzentriert und ich musste kaum etwas anderes tun, als ihn zu lenken. Es war eine wahre Freude, ihn zu reiten, und ich vergaß alles, was Herr Weyer mir über Distanzen, Galoppsprünge, vorwärts reiten oder halten erzählt hatte! Da waren nur noch Won Da Pie, die

Hindernisse und ich. Der Wind sang mir in den Ohren und ich wünschte, der Parcours würde niemals zu Ende gehen, so herrlich war das Gefühl, das ich bei jedem Sprung hatte. Nach dem fünften Hindernis legte ich nur ganz leicht den Zügel an den Hals meines Pferdes und trat den linken Steigbügel etwas mehr aus, schon bog es nach links ab und wir schafften es, vor dem Blumenkübel, um den alle außen herumgeritten waren, auf den sechsten Sprung zuzureiten. Viel zu schnell war der Parcours zu Ende und kaum dass wir die Ziellinie passiert hatten, ertönte laute Musik und die Zuschauer applaudierten und pfiffen. Natürlich konnte Wondy es nicht lassen, übermütig nach hinten auszuschlagen.

»Das ist die Führung!«, rief der Ansager. »Ohne Strafpunkte in 54,8 Sekunden für die Startnummer 628!«

Ungläubig blickte ich auf die Zeitanzeige unterhalb des Richterturms. Wir waren schneller gewesen als Katie bei ihrem Siegesritt vorhin! Ich gab Won Da Pie die Zügel hin und klopfte mit beiden Händen seinen Hals.

»Du tolles Pferd, du!«, lobte ich ihn. »Du bist einfach super!«

Won Da Pie schnaubte. Wahrscheinlich fand er das auch.

Draußen vor der Halle erwartete mich mein begeisterter Fanklub, der noch etwas gewachsen war, denn Alex war auch dazugestoßen.

Meine Eltern strahlten, Dragon-Mum und Herr Weyer grinsten zufrieden, Katie jubelte, Doro lachte und meine Geschwister hüpften aufgeregt auf und ab.

»Das war ja ganz großes Kino, Steinberg!«, rief Alex laut.

»Ich wusste doch, dass das ein richtiges Springpferd ist!«

Mir war ganz flau im Magen vor Erleichterung und Glück.

»Er war soooo super!«, stammelte ich atemlos. »Nach Sprung fünf hab ich mich nur ganz leicht nach links gelehnt und schon ist Wondy vornerum gegangen!«

»Das hab noch nicht mal ich mich getraut«, gab Katie zu. »Damit hast du sicherlich drei oder vier Sekunden gespart!«

Ich rutschte aus dem Sattel und legte beide Arme um den Hals meines Pferdes.

»Danke, Wondy!«, flüsterte ich und ließ es zu, dass er seinen Kopf an mir rieb, obwohl er damit das Jackett versaute. Alle klopften mir auf die Schulter und beglückwünschten mich, ich war umgeben von lauter strahlenden Gesichtern.

»Es würde mich schon sehr wundern, wenn noch irgendjemand deine Zeit holt.« Katie umarmte mich. »Das hast du gewonnen! Hundertprozentig!«

»Meinst du echt?« Meine Knie wurden ganz weich.

»Auf jeden Fall.« Katie schnappte sich mein Pferd, warf ihm die Decke über und führte es im Kreis, damit es ausschnaufen konnte.

»Weißt du jetzt, was ich damit gemeint habe, dass du spüren wirst, wie du im Parcours reiten musst?«, fragte Herr Weyer.

»Ja!« Ich nickte und lachte. »Irgendwie kam alles ganz von selbst!«

»Ordentlich, ordentlich, Steinberg!«, brummte Alex anerkennend, und das war das größte Lob, das ich jemals aus seinem Mund gehört hatte.

»Mir scheint, wir haben aus Zufall ein wirklich gutes Pferd gekauft«, sagte mein Vater.

»Oh ja!«, bestätigte Herr Weyer. »Won Da Pie ist ein sehr gutes Pferd mit einem enormen Potenzial. Aber Charlotte reitet ihn auch ausgezeichnet, das sollte man nicht vergessen.«

Ich wurde knallrot vor Stolz über dieses Kompliment.

Hinter dem Tor der großen Reithalle hörten wir immer wieder die Stangen poltern und als das Springen vorbei war, hatte es außer meinem nur vier weitere Null-Fehler-Ritte gegeben, von denen keiner auch nur annähernd an meine Zeit von 54,8 Sekunden herangekommen war – ganz so, wie Katie es vorausgesagt hatte. Bei der Siegerehrung durfte ich ganz rechts stehen. Die Richterin gratulierte mir und heftete Won Da Pie die goldene Schleife ans Vorderzeug, dann beglückwünschten mich noch ein paar andere Leute und ein Mann drückte mir einen Zettel in die Hand, auf dem *Platz 1, Prüfung Nr. 16 Abteilung 2* stand.

»Damit kannst du dir an der Meldestelle deinen Ehrenpreis abholen«, erklärte mir der Mann freundlich und klopfte Wondy den Hals. »Ein prima Pferd hast du da. Ein Holsteiner?«

»Nein, ein Franzose.« Ich mochte es, wenn mein Pferd Komplimente bekam. »Sein Vater ist Quidam de Revel.«

Ich war an die Reaktion der Pferdekenner schon gewöhnt, wenn ich den Namen von Wondys Vater erwähnte. Auch dieser Mann riss nun die Augen auf, nickte anerkennend und taxierte mein Pferd vom Kopf bis zur Schweifspitze.

»Wenn du es mal verkaufen willst, dann denk an mich«, sagte er, aber ich schüttelte nur lächelnd den Kopf.

Wondy hergeben? Niemals! Eher würde ich eins von meinen Geschwistern verkaufen.

Nach der Siegerehrung brachten wir Won Da Pie zurück zum Lkw, sattelten ihn ab und bandagierten seine Beine ein. Asset wieherte erfreut, als sein Kumpel zu ihm auf den Lkw kam.

»Wir sollten auf unsere erfolgreichen Töchter anstoßen«, schlug Papa vor. »Was halten Sie davon, Frau von Richter? Haben Sie noch so viel Zeit?«

»Selbstverständlich!« Dragon-Mum lächelte. »Es kommt schließlich nicht alle Tage vor, dass ich gleich zwei Siegerinnen nach Hause fahren darf.«

Wir schlenderten alle gemeinsam Richtung Putzhalle, Papa holte eine Flasche Sekt und Gläser und Alex ergatterte einen leeren Stehtisch.

»Wir müssen noch unsere Ehrenpreise abholen!«, fiel Katie plötzlich ein. »Und das Geld!«

»Welches Geld?« Meine Schwester Cathrin spitzte die Ohren.

»Man gewinnt nicht nur einen Ehren- sondern auch einen Geldpreis«, erklärte Katie ihr. »In dem L-Springen gibt es immerhin fünfzig Euro für den ersten Platz.«

Katie, Cathrin und ich gingen hinaus zur Meldestelle und legten unsere Zettelchen vor. Katie bekam für ihren Sieg einen Pokal, ich eine bordeauxrote Abschwitzdecke aus Fleece.

»Wir möchten auch abrechnen«, sagte Katie zu der Frau, die am Computer in dem Wohnwagen saß. »Für Charlotte Steinberg.«

»Und du?«, fragte ich.

»Vielleicht kommt ja morgen noch ein bisschen was drauf«, antwortete Katie und zwinkerte mir zu.

Ich quittierte den Erhalt des Geldes und konnte meinem Vater wenig später stolz lächelnd siebzig Euro in die Hand drücken, denn für den vierten Platz im A-Springen hatte es immerhin zwanzig Euro gegeben. Die Runde um den Stehtisch hatte sich vergrößert, auch Herr Kirchberg, der Richter, stand nun dabei. Er war voll des Lobes für mich und mein Pferd und meine Eltern waren ziemlich stolz.

»Hast du eigentlich den Ritt gefilmt?«, fragte ich Doro.

»Nee, leider nicht«, erwiderte meine Freundin. »Ich hab erst hinterher gemerkt, dass ich gar nicht auf Aufnahme gedrückt hatte.«

»Och, schade.« Ich war ein bisschen enttäuscht.

»Aber ich hab gefilmt!«, sagte meine Schwester. »Ist vielleicht ein bisschen verwackelt, aber du kannst dir's ja mal ansehen.«

»Du bist ein Schatz! Super!« Ich schaute mir meinen Siegesritt gleich ein paarmal hintereinander auf Cathrins Handy an. Schließlich mussten wir aufbrechen, denn Frau von Richter hatte abends irgendetwas vor, und die Rückfahrt würde eine gute Stunde dauern. Katie und ich waren allerbester Stimmung, diskutierten jeden Ritt bis ins Detail durch und schmiedeten eifrig Pläne für nächste Turniere, dabei fiel mir gar nicht auf, dass Doro kaum ein Wort sagte.

MiST-SCHWESTERN

Wieder im Stall angekommen, luden wir die Pferde ab und versorgten sie, dann schleppte ich mein Sattelzeug in die Sattelkammer und half Katie dabei, den Lkw sauber zu machen. Doro brachte Nado, für den sie den ganzen Tag keine Zeit gehabt hatte, in die Reithalle, um ihn dort laufen zu lassen.

Katie und ich kratzten mit Schaufel und Besen die Pferdeäpfel und die feuchten Sägespäne vom Gummiboden und schippten alles in eine Schubkarre. Schließlich manövrierte ich die voll beladene Karre die Verladerampe hinunter, aber sie war zu schwer. Plötzlich rutschte ich aus und saß auf dem Hintern. Die Schubkarre polterte allein weiter, kippte um und ihr Inhalt ergoss sich auf den Boden. Katie hatte noch versucht, die Griffe zu packen, doch sie stolperte über mich und fiel der Länge nach die Rampe hinunter, mitten hinein in den Mistberg! Sie drehte sich zu mir um, wir sahen uns verdutzt an und kriegten einen Lachflash, bis uns die Tränen herunterliefen.

»Ich krieg keine Luft mehr!«, japste Katie und wischte sich die Lachtränen ab. »Oh Mann, so viel Spaß hatte ich noch nie!«

»Ich hab Seitenstechen vor Lachen!«, keuchte ich.

Katie kroch kichernd auf allen vieren neben mich auf die Rampe, zog ihr Handy hervor und schoss ein paar Selfies von uns, wie wir zwischen dreckigen Sägespänen und Pferdemist lagen und uns halb totlachten.

»Ich wette, die sind alle total verwackelt.«

»Was ist denn hier los?« Dragon-Mum tauchte mit einer Schüssel in den Händen in der Stalltür auf und blickte fassungslos auf die Bescherung. Doro blickte über die Bandentür und grinste.

»Ich konnte die Mistkarre nicht mehr halten«, entschuldigte ich mich, woraufhin Katie sofort wieder losprustete.

»Mama, bitte mach ein Foto von uns«, bat Katie.

Frau von Richter presste erst die Lippen aufeinander – wahrscheinlich dachte sie an die Ledersitze ihres Autos –, aber dann lachte sie auch, stellte die Futterschüssel weg und machte mit Katies Handy ein paar Fotos von uns. Mühsam kamen wir wieder auf die Beine, sahen uns an und mussten wieder kichern. Dann schaufelten wir gemeinsam den Mist zurück in die Karre, kehrten die Rampe ab und streuten frische Späne in den Lkw.

»In der Schüssel ist noch Mash für Won Da Pie«, sagte Dragon-Mum zu mir. »Das wird ihm nach dem anstrengenden Turniertag guttun. Katie, bitte zieh dir eine andere Hose an, während ich den Lkw wegfahre.«

»Oh, ich muss auch nach Hause!«, rief ich. »Wir gehen um zehn Uhr heute Abend in die Kirche, wegen Ostern.«

Rasch klappten wir die Laderampe hoch und Katies Mutter fuhr den Lkw vom Hof.

Katie wurde plötzlich ernst.

»Das war echt der schönste Turniertag meines Lebens«, sagte sie und schob sich eine Haarsträhne aus dem Gesicht. »So viel Spaß wie mit dir hatte ich noch nie. Ich bin total froh, dass du meine Freundin bist.«

Dann breitete sie die Arme aus und grinste wieder.

»Komm her, lass dich umarmen!«

»Hätte ich nie gedacht, dass die Katie so nett sein kann«, sagte ich zu Doro, als wir wenig später nach Hause schlenderten. »Wenn ich nur daran denke, wie sie sich benommen hat, als sie in den Stall kam! Oder wie sie Herrn Schmidt beleidigt hat, das war echt das Allerletzte!«

Es dämmerte schon. Wir hatten tatsächlich einen ganzen herrlichen Tag auf dem Turnier verbracht.

»Hmm«, brummte Doro. »Aber Lotte mit dem guten Herz hat sogar die Schneekönigin verwandelt.«

Ein leiser Spott klang in der Stimme meiner Freundin an, aber ich verübelte es ihr nicht.

Tatsächlich hatten Katie und ihr Bruder alles getan, um sich im Reitstall bei jedem unbeliebt zu machen. Sie waren arrogant und überheblich gewesen, hatten kein Fettnäpfchen ausgelassen und an allem und jedem herumgemeckert. Ich erinnerte mich mit Schaudern an den Tag, als Herr Stark und Herr Schäfer vom Vorstand mit mir gesprochen und ausgerechnet *mich* gebeten hatten, dafür zu sorgen, dass Katie Anschluss an die anderen Jugendlichen im Stall fand. Ich hatte auf nichts weniger Lust gehabt, doch an dem Tag, als ich Katie weinend im Umkleideraum des Reitstalls angetroffen hatte, hatte ich begriffen, dass ihr Leben nicht so einfach war, wie es den Anschein hatte. Heute war ich froh, dass ich ihr nach allem, was vorgefallen war, dennoch eine Chance gegeben hatte, denn zweifellos war sie mittlerweile eine echte Freundin geworden.

»Ist schon Wahnsinn, wie sich alles verändert hat, oder?«, sagte ich, als wir das Haus von Frieses erreicht hatten und stehen blieben. »Letztes Jahr um diese Zeit sind wir noch auf Schulpferden geritten und waren froh, wenn wir mal ein Schulpferd putzen durften. Und jetzt haben wir beide ein eigenes Pferd und fahren auf Turniere!«

»Und du hast sogar einen Freund«, fügte Doro hinzu.

»Hm. Ja.« Das warme Glücksgefühl, das mich seit meinem Ritt im L-Springen erfüllt hatte, verwandelte sich schlagartig in ein flaues Flattern im Magen, eine seltsame Mischung aus Angst und Unbehagen. Es fühlte sich beinahe so an wie damals, als ich mich vor einer Reitstunde auf Hanko oder vor einer Mathearbeit in der Schule gefürchtet hatte, aber kein bisschen glücklich. Ich hatte total vergessen, Simon zu schreiben, wie es im L-Springen gelaufen war, obwohl ich es ihm versprochen hatte.

»Aber zwischen uns wird sich nichts verändern!«, sagte ich. »Du bist meine beste Freundin – egal ob ich einen Freund habe oder nicht.«

Sie nickte und lächelte, dann verabschiedeten wir uns, nachdem wir uns noch für den nächsten Tag um zwei zum Reiten verabredet hatten.

Ich schloss die Haustür auf und Alissa kam schwanzwedelnd angerannt, um mich zu begrüßen.

»Ich bin wieder da!«, rief ich ins Haus.

Meine Familie saß bereits um den Abendbrottisch herum.

»Na, da ist die große Siegerin ja.« Mein älterer Bruder Phil rümpfte die Nase. »Uh! Du stinkst mal wieder richtig übel!«

»Ach, halt die Klappe«, entgegnete ich verärgert. »Meinst du etwa, du riechst besser, wenn du vom Training kommst?«

»Lotte, zieh die Stiefel aus und wasch dir die Hände«, sagte Mama. »Wir wollen essen, bevor wir in die Kirche gehen.«

»Ich krieg keinen Bissen runter, wenn das Stinktier neben mir sitzt«, behauptete Phil. Cathrin und Florian stritten sich darüber, wer das größere Stück von der Quiche Lorraine auf dem Teller hatte, und ich seufzte. Wenn ich geglaubt hatte, dass ich noch irgendwie von meiner Familie gefeiert würde, so hatte ich mich getäuscht. Das Turnier und mein Sieg waren schon wieder Schnee von gestern, für meine Geschwister zählte nur das Essen und für meine Eltern die Kirche.

Ich schlurfte in die Abstellkammer, zog mir mithilfe des Stiefelknechts die Reitstiefel von den Füßen und schlüpfte in meine Crocs. In der Gästetoilette nebenan wusch ich mir die Hände und studierte dabei mein Spiegelbild. Zu meinem Erstaunen sah ich noch genauso aus wie heute Morgen, obwohl ich zum ersten Mal in meinem Leben von einem Jungen geküsst worden und mein erstes Turnier geritten war! Irgendwie hatte ich angenommen, man müsste mir das ansehen, doch das war nicht der Fall.

Beim Abendessen langte ich mit Heißhunger zu, denn seit dem Imbiss in der Wohnkabine des Lkw hatte ich nichts mehr gegessen. Es wurde dann doch noch über das Turnier gesprochen, denn meine Eltern und Geschwister waren tief beeindruckt von meinem Ritt und der ganzen Turnieratmosphäre.

»Das ist eine richtige Parallelwelt«, sagte Mama. »So hätte ich mir das niemals vorgestellt.«

»Es war einfach himmlisch!«, schwärmte Cathrin. »Die ganzen Pferde und die Musik bei der Ehrenrunde!«

»Und die riesigen Lkws überall«, fügte Florian hinzu. »So einen will ich auch mal fahren.«

»Berufswunsch Lkw-Fahrer. Ist doch super«, sagte Phil boshaft. »Dann könnt ihr euch bei dem hier gleich die teure Privatschule sparen.«

Wie immer, wenn es nicht um ihn ging, wurde Phil zynisch.

»Lotte hat voll viel Geld gewonnen«, fuhr Flori unbeeindruckt fort. »Siebzig Euro!«

»Na, endlich verdient der Gaul mal was dazu, statt uns die Haare vom Kopf zu fressen«, war Phils Kommentar und da reichte es mir.

»Wieso bist du nicht einfach mal still?«, fuhr ich ihn an. »Warum musst du immer alles miesmachen? Wir haben uns jahrelang geduldig deine öden Fußballgeschichten angehört, dabei hast du kaum mal ein Tor geschossen. Und über die Kreisliga seid ihr auch nie hinausgekommen.«

»Ich bin Abwehrspieler, du blöde Kuh!«, antwortete Phil. »Da schießt man keine Tore, sondern verhindert sie!«

»Dann hast du wohl nicht gut genug verhindert, sonst würdest du heute bei der Eintracht spielen und nicht bei der TG Bad Soden!«, spottete ich, wohl wissend, damit einen wunden Punkt meines Bruders getroffen zu haben.

»Schluss jetzt!«, sagte Papa nachdrücklich. »Ich will keinen Streit hier am Tisch. Morgen ist Ostern.«

»Was hat Ostern denn damit zu tun, dass …«, begann mein Bruder, aber ein Blick meines Vaters ließ ihn verstummen. Dafür begnügte sich Phil damit, mich böse anzufunkeln. Ich beschloss, ihn zu ignorieren.

Nach dem Essen ging ich ins Bad, duschte und wusch mir die Haare. Dabei überlegte ich, wie ich mich Simon gegenüber verhalten sollte. Als ich die Haare föhnte, war ich mit meinen Überlegungen keinen Schritt weitergekommen, also würde ich ihm erst mal eine WhatsApp schreiben und abwarten.

In meinem Zimmer warf ich mich aufs Bett und nahm mein Handy. Simon hatte mir geschrieben! Mein Herz begann zu pochen. Ich holte tief Luft und öffnete seine Nachricht, denn in zehn Minuten mussten wir zur Kirche aufbrechen.

Hi, Lotte, gar nichts von dir gehört. Alles klar?, hatte Simon nur geschrieben, zu meiner Erleichterung ohne Herzchen oder irgendwelche Knutsch-Emoticons.

Sry, war sooo viel los, tippte ich mit zittrigen Fingern. *Hab das L gewonnen, Film schicke ich dir. Muss jetzt in die Kirche mit meiner Family. LG Lotte.*

Dann leitete ich ihm das Video von Cathrin weiter, schlüpfte in eine saubere Jeans, eine Bluse und zog einen spießigen dunkelblauen Pullover mit V-Ausschnitt darüber, den ich nur für die Kirche anzog. Meine Familie war unten schon bereit zum Aufbruch und Mama rief nach mir, als mein Handy piepste.

»Ich komm sofort!«, schrie ich und checkte noch einmal kurz mein Smartphone. Es war eine Nachricht über Snapchat, ein Foto von Katie und mir auf der Rampe des Transporters, das Katie geschickt hatte.

Mist-Schwestern 4ever, hatte sie dazugeschrieben, und ich musste grinsen. *Danke für den geilen Tag!*

GROßE BRÜDER SIND DIE HÖLLE!

Das Sonnenlicht fiel durch die Ritzen der Rollläden und zeichnete helle Streifen auf den Teppichboden meines Zimmers. Ich blinzelte verschlafen in die Helligkeit und brauchte einen Moment, um zu begreifen, dass ich hoffnungslos verpennt hatte! Mein Wecker zeigte 9:15 Uhr an und durch die Tür meines Zimmers hörte ich gedämpft die Stimmen meiner Eltern und Geschwister von unten. Normalerweise war ich eine absolute Frühaufsteherin, aber heute hatte mein innerer Wecker, der mich sonst spätestens gegen sechs Uhr weckte, total im Stich gelassen. Mein Blick fiel auf die beiden Schleifen – die blaue und die goldene – die ich gestern Abend noch an das große Foto von Won Da Pie über meinen Schreibtisch geheftet hatte, und ich begriff, dass ich das alles nicht bloß geträumt hatte! Ich warf die Bettdecke zur Seite und setzte mich gähnend auf. Mitten im Gähnen fiel mir jedoch ein, dass ich nicht nur das Turnier nicht geträumt hatte, sondern auch das mit Simon war wirklich passiert! Er hatte mich geküsst und gefragt, ob ich seine Freundin sein wollte – genau so, wie ich es mir insgeheim gewünscht hatte.

Sei vorsichtig bei dem, was du dir wünschst, es könnte in Erfüllung gehen. Wo hatte ich diesen Spruch gelesen? Ich beugte mich aus dem Bett und nahm mein Handy vom Nachttisch. Simon hatte mir gestern Nacht noch geschrieben.

21:48 (gestern)

Das war echt super – herzlichen Glückwunsch!!!

23:18 (gestern)

Gute Nacht und frohe Ostern!

23:24 (gestern)

Sehen wir uns morgen im Stall? GlG S.

7:14 (heute)

Guten Morgen! Bin heute ab 14 Uhr im Stall. Du auch? Freue mich, dich zu sehen. Bis später, dein S.

Verflixt! Was sollte ich ihm antworten?

Freute ich mich auch darauf, ihn zu sehen?

Ja! Nein. Doch. Irgendwie schon. Uh, war das alles komisch.

Doro! Sie war die Einzige, die mir jetzt helfen konnte! Seit Wochen überlegten wir, ob Simon wohl wirklich in mich verliebt war oder ob ich mir das nur einbildete. Wir hatten jedes Wort, das er zu mir gesagt, und jeden Blick, den er mir zugeworfen hatte, bis ins winzigste Detail interpretiert. Manchmal waren wir fest davon überzeugt gewesen, dass er mich mochte, dann wieder gar nicht. Aber jetzt gab es keinen Zweifel mehr daran und deshalb musste ich nun eine Entscheidung treffen. Rasch schrieb ich meiner besten Freundin eine WhatsApp, dann ging ich ins Bad und wusch mich. Von unten schallte schon irgendein Trompetenkonzert durchs Haus, ein sicheres Zeichen dafür, dass es gleich Frühstück gab. Meine Eltern standen voll auf klassische

Musik am Sonntagmorgen. Mir stand der Sinn kein bisschen nach Ostereiersuchen, aber ich würde natürlich mitmachen und so tun, als ob ich es rasend spannend fände. Seitdem Papa und Mama jeden Monat eine Menge Geld für Won Da Pie bezahlten, versuchte ich, so selten wie möglich motzig zu sein oder mit meinen Geschwistern zu streiten, selbst wenn sie mich zur Weißglut brachten.

Nachdenklich bürstete ich meine Haare und machte mir einen Knoten, denn ich fand, dass ich damit erwachsener aussah als mit dem kindischen Pferdeschwanz. Meine Haare gehörten zu den wenigen Dingen, die ich an mir echt mochte: Sie waren dick und glänzten und ich hatte es geschafft, sie richtig lang wachsen zu lassen. Doro, mit ihren wilden Naturlocken, beneidete mich darum. Ich starrte kritisch in den Spiegel. Mein Gesicht war nicht wirklich hübsch, fand ich, aber wenigstens hatte ich keine Pickel mehr. Okay, meine Augen waren nicht schlecht – graublau, mit langen schwarzen Wimpern, und meine Zähne waren dank der Zahnspange regelmäßig und ziemlich weiß. Direkt hässlich war ich nicht, nur … ein bisschen langweilig. Oder? Hm. Ganz so übel konnte es eigentlich nicht sein, denn immerhin hatte sich einer der bestaussehendsten Jungs, die ich kannte, in mich verliebt!

Prompt flatterte mein Herz und ich grinste mein Spiegelbild an. Ob das jetzt immer und ewig so sein würde, dass ich bei jedem Gedanken an Simon wie eine Irre grinste und weiche Knie bekam?

»Charlotte!«, rief Mama von unten. »Wir wollen frühstücken!«

Sie war guter Laune, das hörte ich an der Art, wie sie meinen Namen sang. War sie sauer auf mich, dann klang »Charlotte« bei ihr eher wie eine Salve aus einer Maschinenpistole.

»Ich komme!«, erwiderte ich und hauchte meinem Spiegelbild noch einen Kuss zu, bevor ich in mein Zimmer rannte und schnell in mein Feiertags-Outfit schlüpfte, das noch von gestern über meinem Schreibtischstuhl hing. Mein Handy summte und ich las Doros enttäuschend knappe Antwort auf meine WhatsApp: *Lass uns gleich drüber reden. Um kurz vor 2 bei uns?*

Ich schrieb nur *OK* zurück und ging nach unten, wo Flori schon ungeduldig darauf wartete, endlich mit der Ostereiersuche im Garten beginnen zu können. Früher hatten wir alle zusammen am Karsamstag Unmengen von hart gekochten Eiern bemalt, zum Teil waren richtige Kunstwerke entstanden und es hatte uns Kindern einen riesigen Spaß gemacht. Die kunstvollsten Eier waren erst ganz zum Schluss gegessen worden und manche taugten dann leider, wenn wir sie zu lange auf dem Osterteller liegen gelassen hatten, nur noch für den Mülleimer. Phil hatte schon lange keinen Bock mehr aufs Ostereieranmalen, und ich war gestern auf dem Turnier gewesen, deshalb hatte Mama die meisten Eier in diesem Jahr im Wasserbad gefärbt, denn Flori und Cathrin hatten allein auch keine Lust zum Bemalen gehabt.

Später saßen wir am Frühstückstisch, plünderten unsere Osternester und ließen uns die Eier schmecken, bis auf Phil, der nur das Gesicht verzog.

»Eier sind voll übel für den Cholesterinspiegel«, kommentierte er altklug. »Ihr werdet alle Arterienverkalkung kriegen und an einem Herzinfarkt sterben!«

Cathrin, die panische Angst vor jeder Art von Krankheit hatte, ließ das Ei, das sie gerade geschält hatte, auf ihren Teller fallen und starrte es an, als sei es pures Gift.

»Ist das wahr?«, fragte sie argwöhnisch.

»Klar, haben wir grad in Bio gehabt. Eier und tierische Fette erhöhen das Risiko für Gefäßverkalkungen.« Phil grinste diabolisch und kniff Cathrin in den Oberarm. »Übergewicht übrigens auch, Fetty.«

»Du bist so fies!«, kreischte sie los. »Ich bin kein Fetty! Ich habe nur ein bisschen Babyspeck.«

»Hör auf, deine Schwester zu ärgern!«, sagte Papa. »Der Verzehr von Eiern erhöht den Cholesterinspiegel nicht, das ist wissenschaftlich längst erwiesen und genauso ein Märchen wie das, dass man von Spinat Muskeln bekommt.«

»Außerdem essen wir nicht jeden Tag so viele Eier«, fügte Mama hinzu. »An Ostern darf man das schon mal, ohne dass es gesundheitliche Folgen hat.«

Das Telefon klingelte und Papa stand auf, um dranzugehen.

»Lotte, sehe ich fett aus?«, wandte Cathrin sich Hilfe suchend an mich, aber Phil kam mir zuvor, bevor ich ihr versichern konnte, dass sie hundertprozentig nicht fett aussah.

»Nein, Mopsi, du siehst nicht fett aus«, sagte er. »Du *bist* fett!«

Er wieherte vor Lachen.

»Mopsi? Geht's noch, du Idiot?«, kreischte Cathrin wütend.

»Schluss damit, Philipp!«, sagte Mama scharf. »Was ist denn heute los mit dir?«

»Heute?«, gluckste ich. »Der ist doch immer so peinlich!«

»Halt du dich da raus, Pferdegesicht!« Phil versuchte, mir unter dem Tisch gegen das Schienbein zu treten, erwischte stattdessen aber Alissa, die mit einem erschrockenen Jaulen aufsprang und das Weite suchte.

»Nichts lieber als das, Rauschebart«, entgegnete ich übertrieben liebenswürdig, weil ich genau wusste, wie sehr es meinen großen Bruder grämte, dass ihm nur ein paar kümmerliche Härchen am Kinn sprossen, während sich ein paar seiner Kumpels schon rasierten.

»Rauschebart, Rauschebart!«, kicherte Flori und Cathrin grinste spöttisch.

»Ihr seid so ein dämlicher Kindergarten-Haufen«, knurrte Phil wütend. »Ein Gaul, ein Mops und ein kleiner Trottel.«

Papa kehrte mit besorgter Miene an den Tisch zurück.

»Das war Marianne«, sagte er zu Mama. »Klaus musste heute Morgen mit dem Notarzt ins Krankenhaus.«

Marianne war Papas Schwester und Klaus ihr Mann. Sie wohnten in München und wir sahen sie nur selten.

»Wen interessiert der ätzende alte Sack schon?«, brummte Phil vor sich hin. »Wahrscheinlich hat er zu viele Ostereier gefressen.«

»Philipp, jetzt reicht es aber!« Mama war sowieso megagenervt von den immer boshafter werdenden Kabbeleien zwischen uns Geschwistern. »Wenn du hier nur schlechte Laune verbreiten und alle beleidigen willst, dann darfst du gerne aufstehen und das woanders tun!«

Genau darauf hatte Phil es angelegt. Er stand auf und verschwand wortlos. Bestimmt würde er sich sofort an seinen Computer hocken, über seine Kopfhörer bescheuerten HipHop-Kram hören und *League of Legends* oder die neueste Version von *Call of Duty* spielen, von der meine Eltern offenbar nicht wussten, dass sie eigentlich erst ab achtzehn freigegeben war. Er hatte ihnen weisgemacht, er würde nur so harmloses Zeug wie *Farmville* oder *Candy Crush Saga* spielen und das hatten sie ihm tatsächlich geglaubt! Was das betraf, waren sie erstaunlich ahnungslos.

Auf jeden Fall herrschte wieder Ruhe am Frühstückstisch und Papa und Mama planten den Ostersonntag, wobei sie noch nicht genau festlegten, wohin der traditionelle Familienspaziergang führen würde: entweder durch den Taunus oder den Rheingau.

»Ich muss reiten«, verkündete ich. »Sorry, tut mir echt leid.«

Es tat mir kein bisschen leid um den verpassten Familienausflug, und meine Schwester checkte das sofort.

»Ich hab auch keinen Bock, durch die Gegend zu trotten. Das ist so was von öde«, maulte Cathrin. »Lotte kann sich immer vor so was drücken! Wieso hab ich nicht auch ein Pferd als Ausrede?«

»Was würdest du denn heute gerne machen?«, erkundigte sich Mama, mit einem drohenden Unterton in der Stimme, den Cathrin jedoch leichtsinnigerweise überhörte.

»Ich hab mir in der Schule die *Twilight*-DVD ausgeliehen, da musste ich voll lange drauf warten«, plapperte sie eifrig los. »Und um halb vier kommen drei Folgen von *Vampire*

Diaries hintereinander, die will ich unbedingt sehen, denn da ist es grad oberspannend, weil Katherine vor ihrem Tod in Elenas Körper gegangen ist, sie stammt ja aus einer Familie von Travellern. Also, sie stirbt zwar, aber ihr Geist bleibt in Elena und Elena ist dann auch irgendwie Katherine. Und sie hat ja Jesse gepfählt, als der Damon töten wollte und …«

Ich versetzte ihr unter dem Tisch einen warnenden Fußtritt. In ihrer Euphorie hatte Cathrin nicht bemerkt, dass Papa und Mama sie mit offenem Mund anstarrten.

»Aua!«, quiekte sie und trat zurück. »Was … äh … warum guckt ihr mich so an?«

»Also echt.« Mama schüttelte den Kopf. »Den ganzen Tag vor der Glotze hocken! Ist das deine Vorstellung von einem schönen Ostersonntag? Das darf ja wohl nicht wahr sein!«

Papa räusperte sich.

»Ich würde ausgesprochen gerne wissen, woher du diese Fernsehserie so gut kennst«, sagte er zu Cathrin. »Wie mir scheint, ist sie für Zwölfjährige nicht wirklich geeignet.«

»Hallo-oo? Ich bin fast dreizehn!«, entgegnete Cathrin empört. »Außerdem dürfen das *alle* in meiner Klasse gucken!«

»Alle?«, vergewisserte Mama sich und hob die Augenbrauen. »Auch Julia Schorlau und Tabea Kerstner?«

»Okay, die vielleicht nicht«, gab Cathrin zu und verzog verächtlich das Gesicht. »Aber die sind ja auch voll die Spießer. Wollt ihr, dass ich von den anderen gedisst werde, so wie die?«

»Ge…*wast*?«, fragte Papa leicht verwirrt nach.

Ich musste grinsen und senkte den Kopf.

»Gedisst!« Meine Schwester rollte mit den Augen, entgeistert über so viel Unwissenheit. »Keine Ahnung, wie das in *eurer* Sprache heißt! Also, wenn ich das nicht gucken darf, bin ich … bin ich …«

» … megauncool«, ergänzte ich.

»Genau!« Cathrin nickte heftig. »Wollt ihr das etwa?«

»Kennst du diese Serie, Charlotte?«, wollte Papa wissen.

»Klar.« Ich nickte. »Aber der Vampir-Kram hat mich noch nie interessiert.«

»Aha.« Er wandte sich wieder an Cathrin. »Ist deine Schwester ›uncool‹, weil sie das nicht guckt?«

»Das kann man nicht vergleichen«, erwiderte Cathrin verzweifelt, und auch mir wäre es schwergefallen, Papa und Mama zu erklären, was cool und was uncool war, zumal sich das dauernd änderte. In meiner Klasse waren völlig andere Dinge angesagt, *Vampire Diaries* guckten nur noch ein paar Freaks, die schwarze Klamotten trugen, sich die Haare schwarz färbten und sich Piercings stechen ließen. Darüber hinaus hatte ich sowieso nie so viel Wert darauf gelegt, zur coolsten Clique in der Klasse zu gehören, wie meine kleine Schwester das tat. Irgendwie wurde ich von allen akzeptiert und die Schule war für mich ohnehin nur ein notwendiges Übel, viel wichtiger war mir der Reitstall.

»Offenbar habe ich irgendetwas in der Entwicklung unserer Kinder verpasst«, sagte Papa ein wenig hilflos zu Mama. »Was machen wir jetzt mit dem schönen Ostersonntag?«

Cathrin witterte ihre Chance.

»Bittebittebittebitte, liebe Mami!«, bettelte sie schmeichlerisch. »Ich räum auch die Küche auf und mache alles, was du willst, wenn ich heute Nachmittag gucken darf!«

Mama seufzte.

»Wir schließen einen Kompromiss«, sagte sie schließlich. »Du gehst mit uns spazieren und danach darfst du deine Serie schauen. Ausnahmsweise, wohlgemerkt! Und ich gucke mir das mit an, denn ich will gerne wissen, ob das wirklich schon etwas für dich ist.«

Der letzte Satz ging in Cathrins Jubel unter. Sie sprang auf und umarmte Mama überglücklich. Flori und ich wechselten einen Blick.

»Die spinnt ja«, sagte mein kleiner Bruder.

»Auf jeden Fall«, bestätigte ich. »Aber wenigstens müssen wir jetzt nicht die Küche aufräumen!«

ALLES WIRD ANDERS!

»Um die Lage beurteilen zu können, muss ich alle Details kennen«, sagte Doro zu mir und machte die Tür ihres Zimmers hinter sich zu. »Sonst kann ich dir beim besten Willen keinen Rat geben.«

Das sah ich ein. Mit einem Seufzer ließ ich meine Jacke auf den Boden fallen und setzte mich auf Doros Bett. Dann erzählte ich ihr, wie Simon mich gestern gefragt hatte, ob ich seine Freundin sein wollte, und ich mehr oder weniger mit Ja geantwortet hatte. Ich verschwieg ihr jedoch, dass Simon mir gestanden hatte, noch nie zuvor eine Freundin gehabt zu haben. Und ich erzählte ihr auch nicht, was er beim Turnier zum Abschied zu mir gesagt hatte. Obwohl ich tausendprozentig sicher war, dass Doro nie und nimmer mit jemandem darüber reden würde, so brachte ich es nicht fertig, ihr wirklich *jedes Detail* zu erzählen. Andere Mädchen tratschten einfach über alles, was sie mit ihrem Freund machten, und das fand ich immer ziemlich peinlich, aber vielleicht taten sie das nur, weil es ihnen in Wirklichkeit nichts bedeutete.

»Und was ist jetzt dein Problem?«, fragte Doro. »Du findest ihn gut und er dich und jetzt seid ihr zusammen!«

Ja, es klang so einfach, aber das war es nicht!

»Ich weiß nicht, ob ich mich dabei wohlfühle«, sagte ich schließlich. »Ich meine, ich fand es gerade in den letzten Wochen toll, so, wie es war! Unsere Clique, die Pferde, die Aktion zur Rettung des Reitstalls … Ich hab Angst, dass sich alles ändert, verstehst du das?«

»Ja, klar. Es wird sich ganz sicher alles verändern.« Doro setzte sich im Schneidersitz auf den Boden und sah mich an. »So ist das eben. Wenn der Reitstall erst mal umgezogen ist, wird sowieso alles anders. Da kommen ganz viele neue Leute dazu und ich glaub auch nicht, dass Oliver und Karsten noch lange reiten werden.«

Das war nun ganz und gar nicht das, was ich hören wollte!

»Unsere ganze Stallgemeinschaft zerbricht«, stellte ich trübsinnig fest. »Das ist schrecklich! Und ich hab echt Angst, dass sich wegen Simon etwas zwischen uns verändert.«

»Quatsch!« Doro schüttelte energisch den Kopf. »Nur weil du mit Simon zusammen bist, heißt das ja noch lange nicht, dass du nur mit ihm rumhängst und überhaupt nicht mehr mit mir!«

»Aber wenn er das von mir erwartet? Was dann?«

»Dann machst du eben Schluss!« Doro zuckte mit den Schultern. »Im Zweifel wird es eh nicht lange halten. Ich kenne niemanden, der länger als ein paar Wochen einen Freund hatte!«

Na toll. Das klang ja wirklich ermutigend. Wäre es meiner Freundin lieber, ich hätte gestern nicht Ja zu Simon gesagt? Eine ganze Weile saß Doro stumm da und grübelte vor sich hin. Plötzlich erhellte sich ihr Gesicht.

»Weißt du was?«, rief sie. »Wenn du ihn gleich siehst, sagst du ihm, dass du gestern etwas zu vorschnell Ja gesagt hast und noch Zeit brauchst, um nachzudenken! Was hältst du davon?«

»Aber wenn er dann sauer auf mich ist?«

»Das kann dir doch egal sein! Außerdem ist er so in dich verknallt, dass er sich davon kaum abschrecken lässt.«

»Wäre es dir lieber, wenn ich das tun würde?«, fragte ich unsicher.

»Mein Gott, Lotte!« Doro war genervt. »Du wolltest meinen Ratschlag und ich hab dir gesagt, was ich an deiner Stelle tun würde! Um mich geht's dabei doch gar nicht! Wir müssen los, es ist gleich zwei Uhr.«

Auf dem kurzen Weg zum Reitstall ließ ich mir Doros Vorschlag durch den Kopf gehen. Sie hatte recht. Vielleicht ging es mir danach wieder besser.

»Dein Freund ist schon da!«, stichelte Doro, als sie Simons Roller zwischen ein paar Fahrrädern neben der vordersten Außenbox stehen sah.

»Oh, verdammt!« Ich blieb wie angewurzelt stehen. »Und ich hab ihm gar nicht auf seine WhatsApps geantwortet!«

»Sag, dein Akku wäre leer gewesen«, schlug Doro vor.

»Nee, das wäre ja gelogen.«

»Na und? Was soll's!«

»Ich lüg doch nicht wegen so was!«

»Dann eben nicht.« Es schien meiner Freundin herzlich gleichgültig zu sein, wie ich aus dieser Lage herauskam.

Won Da Pie hatte mich gesehen und wieherte laut. Im selben Moment kam Simon aus dem Stall und Doro machte sich prompt aus dem Staub, was ich nicht besonders nett fand.

»Hey, Lotte!« Simon lief lächelnd auf mich zu und ich merkte, wie meine Knie weich wurden und mein Magen sich in einen Klumpen verwandelte.

»Hi!«, erwiderte ich.

»Hast du meine Nachrichten nicht gekriegt?«, wollte er wissen.

Er blieb vor mir stehen, die Hände in den Hosentaschen, und machte zu meiner Erleichterung keinen Versuch, mich zu umarmen oder gar zu küssen.

»Doch. Aber …«

Won Da Pie wieherte ungeduldig und polterte mit einem Huf gegen die Tür.

»Komm, lass uns zu ihm gehen«, sagte ich zu Simon. »Sonst gibt er keine Ruhe.«

Ich begrüßte mein Pferd und hielt ihm einen etwas zerkrümelten Leckerliwürfel hin, den ich in meiner Jackentasche gefunden hatte. Sofort war er still und kaute genüsslich.

»Aber … was?«, forschte Simon.

Die Lüge von einem leeren Akku würde ich ihm ganz sicher nicht erzählen!

»Ich wusste nicht, was ich schreiben sollte«, gab ich zu. »Klingt blöd, ich weiß, aber so war's.«

»Hm.« Simon sah mich aus seinen gold-braun gesprenkelten Augen so intensiv an, dass mir ganz schwindelig wurde. Scheinbar fiel ihm nichts Schlaues ein, was er darauf antworten sollte.

»Ich hab mir ein paar Gedanken gemacht«, sagte er nach einer halben Ewigkeit und streichelte Won Da Pie, der seinen Kopf genau zwischen uns geschoben hatte. »Ich wollte dich gestern nicht überrumpeln oder so, und deshalb wäre ich auch nicht sauer, wenn du … na ja … wenn du mir jetzt sagst, dass du doch lieber nicht … äh … du weißt schon …«

»Nein, nein, du hast mich nicht überrumpelt«, sagte ich schnell, obwohl ich noch vor drei Minuten fest entschlossen gewesen war, ihm genau das zu sagen. Doch jetzt, wo er vor mir stand und der war, den ich seit Jahren kannte, und nicht der fremde, etwas unheimliche Simon aus meiner Fantasie, waren alle meine Zweifel wie weggefegt.

»Ich hab nur keine Ahnung, wie ich dir schreiben soll.« Ich lächelte, verlegen und nervös zugleich.

»Am besten so wie in den letzten Wochen.« Simon grinste nun und wirkte ziemlich erleichtert. Hatte er befürchtet, ich würde gleich wieder Schluss machen?

»Stimmt«, sagte ich.

»Hast du Doro etwas erzählt?«, fragte er.

»Ein bisschen was. Sie ist immerhin meine beste Freundin.«

»Okay.« Das schien er zu akzeptieren. »Aber vielleicht ist es das Beste, wir sind einfach so wie vorher auch, wenn andere Leute dabei sind. Ich meine, für mich wäre das kein Problem, aber ich versteh schon, dass du nicht willst, dass es jeder mitkriegt.«

Wow. War das gut oder schlecht? Auf jeden Fall war Simon einfühlsamer, als ich es ihm zugetraut hätte, und das, was er vorschlug, war eine Art Kompromiss.

»Wäre das okay für dich?«

»Ja, auf jeden Fall.« Ich nickte.

Und in diesem Moment hätte ich ihn am liebsten umarmt, aber ich hielt mich zurück.

»Wäre es auch okay, wenn ich dich küsse, falls mal keiner in der Nähe ist?«

Da musste ich lächeln.

»Ich glaube schon«, antwortete ich und mir fiel ein ganzer Steinbruch vom Herzen. »Und ich erzähle Doro nicht alles, was wir reden oder was du mir schreibst. Nur ein bisschen was, sonst ist sie eingeschnappt.«

»Schon klar.« Simon hörte auf zu lächeln. »Du bist so anders als die anderen Mädchen, Lotte. Ich finde dich einfach toll!«

Ein Schauer lief mir über den Rücken und mir wurde vor Glück ganz warm ums Herz.

»Ich dich auch«, erwiderte ich und meinte es genau so.

Wir sahen uns an und merkten gar nicht, dass Dani, Annika und Susanne aus dem Stall kamen und den Hof überquerten. Sie gehörten zu den älteren Jugendlichen und früher hatten Doro und ich die drei Mädchen und Simon immer »das Kleeblatt« genannt. Mit der dicken Freundschaft der vier war es jedoch schon eine ganze Weile vorbei.

»Hey!«, rief Annika. »Sag mal, Lotte, warst du nicht gestern auf dem Turnier?«

Wir blickten erschrocken auf, ich schnappte mir Wondys Halfter und öffnete die Box, doch ich bemerkte die neugierigen Blicke von Susanne und Dani, die zwischen Simon und mir hin und her gingen.

»Ja, war ich«, erwiderte ich.

»Und? Wie war's?«, wollte Dani wissen. Für die drei, die sich für die besten Schulreiter überhaupt hielten, war es von allen Jugendlichen im Stall am bittersten gewesen, dass ausgerechnet Doro und ich, die Jüngeren, eigene Pferde bekommen hatten.

»Gut.« Ich führte mein Pferd aus der Box. »Vierte im A-Springen. Und das L-Springen habe ich gewonnen.«

»Oh toll! Herzlichen Glückwunsch! Das ist ja super!«, heuchelten sie Bewunderung, aber es war ihnen deutlich anzusehen, dass es ihnen lieber gewesen wäre, ich hätte versagt oder Wondy hätte drei Mal verweigert.

Simon ging weg, aber er drehte sich noch einmal um, zwinkerte mir hinter dem Rücken der drei verschwörerisch zu und fuchtelte mit den Händen, wohl als Zeichen dafür, dass ich jetzt bloß nicht zu bescheiden sein sollte. Da musste ich grinsen.

»Ja, es war voll cool!«, schwärmte ich dem Kleeblatt also vor. »Wondy ist einfach traumhaft gesprungen und ich hatte sogar eine noch schnellere Zeit als Katie, die die erste Abteilung gewonnen hat.«

Die drei folgten mir in die Schmiedeecke, in der ich Wondy anband, um ihn zu putzen. Ich war normalerweise keine Angeberin, aber diesmal tat ich's und amüsierte mich innerlich darüber, was das dezimierte Kleeblatt wohl für Augen machen würde, wenn sie wüssten, dass Simon und ich zusammen waren.

Wenig später führte ich mein Pferd in die Halle, in der einiges los war. Jutta, Merle, Frau Seifert, Frau Schlichte und Dörte trabten und galoppierten auf dem Hufschlag oder den Zirkeln herum. Doro und Simon hatten auch gerade angefangen und ritten bereits Schritt am langen Zügel. Hinter den Fenstern des Kasinos, wie das Reiterstübchen genannt wurde, war es zu meiner Überraschung dunkel. Üblicherweise hatte Herr Boshof, der Pächter, jeden Sonntag geöffnet, weil die Reiter gerne noch etwas tranken und zusammensaßen, nachdem sie geritten waren.

»Warum ist denn da oben zu?«, erkundigte ich mich.

»Das weiß ich auch nicht«, antwortete Frau Seifert beim Vorbeireiten. »Eigentlich wollten wir um drei einen kleinen Osterumtrunk machen, aber Herr Boshof ist nicht aufgetaucht. An sein Telefon geht er auch nicht.«

Won Da Pie merkte man nicht an, dass er am Tag zuvor zwei Springen gegangen war. Er platzte vor Energie, wie üblich. Merle erinnerte sich daran, dass ich auf dem Turnier gewesen war, und alle gratulierten mir, als ich von meinen Erfolgen erzählte.

»Tür frei, bitte!«, rief Herr Weyer.

»Tür frei, aber Halle voll!«, entgegnete Jutta. »Also, ich freue mich darauf, wenn wir endlich eine größere Halle haben. Das ist ja echt ätzend!«

»Bald können wir auch wieder draußen auf dem Platz reiten«, sagte Herr Weyer und führte Abros, den großen Dunkelfuchswallach, der Billes Vater gehörte, in die Bahn.

»Wissen Sie, warum das Kasino heute geschlossen ist?«, fragte Frau Schlichte den Reitlehrer.

»Tja, das bleibt wohl in der nächsten Zeit so.« Herr Weyer zog den Sattelgurt nach, die Steigbügel herunter und saß auf. »Herr Boshof hat vorgestern ganz überraschend bei Herrn Schäfer den Pachtvertrag gekündigt. Gestern Abend hat er alles ausgeräumt und mir die Schlüssel in die Hand gedrückt.«

»*Waaaaas?*«, riefen wir alle wie aus einem Mund.

»Wie? Er ist einfach weg?« Simon schüttelte den Kopf. »Ohne sich von uns zu verabschieden? Nach all den Jahren!«

»Aber wo sollen wir denn zukünftig nach dem Reiten hingehen?« Frau Schlichte war ganz bestürzt.

»Er sagte, er habe die Möglichkeit, die Gastronomie in einem Tenniszentrum zu übernehmen«, sagte Herr Weyer. »Hier gäbe es für ihn keine Perspektive mehr und er würde sowieso seit Monaten drauflegen.«

Wir redeten alle durcheinander, betroffen und ratlos.

»Wir werden eine Lösung finden«, beruhigte uns Frau Seifert, die dem Vorstand des Reitvereins angehörte. »Vielleicht schaffen wir es sogar, das Kasino für die letzten Monate in Eigenregie zu betreiben.«

Ich ließ Won Da Pie antraben. *Die letzten Monate!* Bald würde der Reitstall Geschichte sein, nur noch eine Erinnerung in den Köpfen derer, die hier über Jahre und Jahrzehnte geritten sind! Nach der Zusage von Frau Köhler, eine Million Euro für den Neubau einer Reitanlage auf der Wilhelmshöhe beizusteuern, war es sehr schnell zu einer Einigung zwischen der Stadt, dem Reitverein und dem Besitzer des Grundstücks gekommen und ein Architekt war mit der Planung der neuen Reitanlage beauftragt worden. Dafür hatten wir gekämpft, ein Organisationskomitee gegründet und eine große Kampagne auf die Beine gestellt. Trotzdem war es eigenartig, dass es nun wahr werden sollte. Insgeheim hatte ich gehofft, dass die Stadt den seit vielen Jahren abgelaufenen Pachtvertrag mit dem Reitverein doch noch einmal verlängern würde. Das war eine blöde Hoffnung, egoistisch und nostalgisch, denn unser Stall war sechzig Jahre alt, viel zu eng, zu klein und zu altmodisch, im Sommer hatten unsere Pferde keine Möglichkeit, auf eine Koppel zu gehen, und ausreiten konnte man nur im angrenzenden Eichwald, der aber von Spaziergängern und Joggern übervölkert war. Da Simon und ich maßgeblich an der Organisation der »Rettet den Reitstall«-Kampagne beteiligt gewesen waren, wurden wir regelmäßig vom Vorstand über den Stand der Dinge informiert. Der etwas verkalkte erste Vorsitzende, Herr Gregori, hatte einen Narren an mir gefressen, seitdem ich auf einer Vorstandssitzung einen Vortrag gehalten und über die Ideen der Jugendlichen zur Rettung des Reitstalls gesprochen hatte. Zwar glaubte er noch immer, ich sei erst zehn Jahre alt – er hörte schlecht – aber er war so beeindruckt von mir, dass ich und Simon nun immer offiziell zu den Sitzungen eingeladen wurden, bei denen es um den Neubau der Reitanlage ging, also eigentlich zu jeder. Wir kannten deshalb die Pläne und wussten, dass der Reitverein demnächst zwei große, helle Reithallen, eine Longierhalle, zwei Außenplätze mit einer Galoppierbahn und fünfundsechzig große, helle Außenboxen, beheizte Futter- und Sattelkammern, eine richtige

Gaststätte, ein Solarium, eine Führmaschine und mehrere Abspritzplätze mit warmem und kaltem Wasser haben würde. Der pure Luxus, verglichen mit der spartanischen Enge, an die wir und unsere Pferde gewöhnt waren. Der gemütliche Charakter, den der alte Stall zweifellos hatte, würde jedoch zwangsläufig verloren gehen, denn die neue Reitanlage würde sehr weitläufig werden. Aber vor allen Dingen konnte ich nicht mehr kurz in den Stall laufen und Won Da Pie eine gute Nacht wünschen, so, wie es jetzt der Fall war.

Nachdem wir mit unseren Pferden eine Dreiviertelstunde in der Halle gearbeitet hatten, schlug Simon vor, noch eine Schrittrunde durch den Wald zu reiten.

»Ich muss leider um vier Uhr zu Hause sein«, behauptete Doro, obwohl sie vorher nichts dergleichen zu mir gesagt hatte. Sie ritt nah an mich heran, verdrehte die Augen und spitzte ihre Lippen zu einem albernen Kussmund. »Viel Spaß, ihr Turteltäubchen!«

Ich streckte ihr die Zunge heraus und ritt hinter Simon aus der Halle hinaus.

Schtari, der eigentlich das Pferd von Katies Bruder Sven war, fand es irrsinnig aufregend im Wald. Er spitzte die Ohren, tänzelte herum und guckte sich die Augen aus dem Kopf, wenn ein Jogger vorbeirannte oder ein Vogel aufflatterte. Bei jedem Knacken eines Astes machte er einen Satz, doch Simon ließ ihm die Zügel lang und sagte höchstens Mal »Hoho« oder »Ist doch gut«. Draco hätte Schtari sofort im Maul gerissen. Won Da Pie ließ das Theater kalt, er trottete gelassen am langen Zügel die Reitwege entlang und irgendwann beruhigte sich auch Schtari und schien es zu genießen, mal nicht in der engen Reithalle gehen zu müssen. Die Bäume waren noch winterlich kahl, hier und da zeigte sich schüchtern erstes Grün im Unterholz. Jedes Jahr gegen Ende des Winters fürchtete ich, die Bäume würden niemals wieder grün werden, aber in wenigen Wochen würde die Natur regelrecht explodieren und den Eichwald in einen herrlichen tiefgrünen Dschungel verwandeln.

»Ich verstehe überhaupt nicht, warum Sven mit Schtari nie ins Gelände geritten ist«, sagte Simon.

»Draco hatte nie Spaß am Reiten. Er hat es gehasst«, erwiderte ich. »Alles, was nicht mit Training für ein Turnier zu tun hatte, hat er für total überflüssig gehalten. Ich glaube auch, dass er eigentlich Schiss vor Schtari hatte.«

Simon war happy mit dem Pferd, und Frau von Richter war froh, einen zuverlässigen Reiter als Reitbeteiligung für ihr Lieblingspferd zu haben. Zuerst hatte sie mit Simon vereinbart, dass er dreimal pro Woche reiten sollte, aber mittlerweile ritt er Schtari beinahe jeden Tag und das Pferd, das früher oft unausgeglichen und schreckhaft gewesen war, hatte sich völlig verändert. Im Gegensatz zu Draco ritt Simon Schtari nie mit Schlaufzügeln, manchmal longierte er ihn nur und ließ ihn frei in der Halle laufen, wo der dunkelbraune Wallach auch mal nach Herzenslust herumbuckeln und sich ausgiebig wälzen konnte. All das hatte dem Pferd gefehlt und mittlerweile wieherte es freudig, wenn Simon den Stall betrat.

»Es ist echt etwas völlig anderes, wenn man jeden Tag reiten kann, statt nur einmal pro Woche«, sagte Simon.

»Absolut!«, stimmte ich ihm zu. »Ich hab so viel gelernt, seitdem ich Wondy habe. Das hätte ich mit einer Reitstunde in der Woche niemals geschafft. Aber es ist nicht nur das Reiten, sondern die Verantwortung, die man auf einmal hat. Meine Eltern haben ja keinen blassen Schimmer von Pferden und deshalb muss ich mich darum kümmern, wann der Schmied kommen oder wann Wondy geimpft werden muss.«

»Ich frage mich manchmal, wie mein Leben ohne Pferde aussähe«, sagte Simon nachdenklich. »Die meisten aus meiner Klasse machen nach der Schule nichts anderes als vor ihren Spielkonsolen zu hängen oder Musik zu hören.«

»Wie mein großer Bruder.« Ich schüttelte den Kopf. »Und für meine Schwester gibt es nur ihre Lieblingsfernsehserien, Schminke, Fingernägel lackieren und Klamotten!«

»Das wäre mir zu öde und zu sinnlos.«

»Mir auch.«

Tatsächlich hatten die meisten Leute aus meiner Schule nichts, was sie richtig begeisterte. Ihnen war alles, was um sie herum passierte, total egal, sie engagierten sich für nichts, interessierten sich nur für unwichtigen Kram wie ihr Smartphone und konnten Stunden damit verbringen, irgendwo abzuhängen und dämliche Fotos auf Instagram oder Facebook zu posten oder per Snapchat oder WhatsApp zu versenden. Die Hälfte meiner Klasse stresste sich in jeder freien Minute mit Farmville oder irgendeinem anderen beknackten Spiel.

Wir überquerten den breiten Mittelweg, den ich damals entlanggaloppiert war, um den Jogger einzuholen, der Frau

Köhler so rücksichtslos über den Haufen gerannt hatte. Dass es sich bei dem Kerl ausgerechnet um Dr. Bergner, den Vorsitzenden des Ausschusses für Planung, Bau, Umwelt und Verkehr handelte, der maßgeblich für Baumaßnahmen in der Stadt zuständig war, hatte ich nicht ahnen können. Dr. Bergner hasste Pferde und Reiter, er hatte mich bei der Polizei angezeigt und sich unversöhnlich gezeigt, als ich mich bei ihm entschuldigen wollte – obwohl es genau genommen keinen Grund für eine Entschuldigung gegeben hatte, schließlich hatte *er* sich danebenbenommen, nicht ich.

»Hier ist der Bergner entlanggespurtet wie ein Hase«, kicherte ich und parierte durch. »Ich wette, er hat sich vor Angst fast in die Hose gemacht, als ich hinter ihm hergaloppiert bin!«

Simon war zuerst tierisch sauer auf mich gewesen, als er erfahren hatte, mit wem ich mich da angelegt hatte. Er hatte befürchtet, dass damit all unsere Bemühungen zerstört waren und wir jede Chance für den Neubau der Reitanlage verspielt hatten. Zuerst hatte es auch genau danach ausgesehen, aber letztlich verdankte es der Reitverein meiner Aktion, dass Frau Köhler beschlossen hatte, die Wahnsinnssumme von einer Million Euro beizusteuern.

»Den Gesichtsausdruck von dem Bergner werde ich wohl mein Leben lang nicht vergessen, als du bei dieser Versammlung auf ihn losgegangen bist.« Simon grinste. »›*Jetzt gucken Sie genauso wie neulich im Wald.*‹ Das war sensationell!«

Ich war vor Angst fast gestorben, als ich auf dieser Stadtverordnetenversammlung vor so vielen Leuten sprechen musste, aber als Herr Bergner all unsere Argumente mit einem überheblichen Lächeln einfach beiseitegewischt und ich begriffen hatte, dass er uns von vorneherein nicht ernst genommen hatte, hatte sich meine Angst in Zorn verwandelt und ich war über mich hinausgewachsen, wie man das so schön sagt.

»Ach, du bist einfach super, Lotte!«, sagte Simon. »Und ist es nicht herrlich, dass wir heute zusammen durch den Wald reiten können?«

»Oh ja, das ist es!«, bestätigte ich.

Simon streckte seine Hand aus, ich ergriff sie und wir lächelten uns an. Uh, war das kitschig und romantisch und absolut aufregend, Hand in Hand mit einem Jungen durch den Wald zu reiten! Ich kam mir vor, als sei ich plötzlich die Hauptfigur in einem Film. Aber es war nicht zu bestreiten, dass es ein tolles Gefühl war und alles andere, was noch vor drei Tagen eine mittlere Katastrophe für mich gewesen wäre, verlor mit einem Mal an Bedeutung.

Schöner Tag mit bösem Ende

Als wir eine Stunde später wieder am Reitstall eintrafen, hatte ich so viel über Simon erfahren wie in den letzten drei Jahren nicht. Und ich musste feststellen, wie leicht es mir fiel, mit ihm zu reden. Ganz sicher würde ich nie wieder Hemmungen haben, ihm zu antworten, wenn er mir schrieb.

»Ihr wart ja lange unterwegs!« Annika, Dani und Susanne kamen aus der Stalltür geschossen, kaum dass die Hufe unserer Pferde auf dem Beton klapperten. Offenbar hatten sie auf unsere Rückkehr gelauert.

»Schtari hat ganz schön rumgesponnen, oder?«, bemerkte Dani.

Hatten die drei etwa hinter uns herspioniert?

»Aber nur am Anfang«, erwiderte Simon. »Wir sind die ganz große Runde bis Sulzbach geritten und zum Schluss war er völlig entspannt.«

Ich drehte den Wasserschlauch auf und spritzte Wondy die schlammigen Hufe ab, dann drückte ich Simon den Schlauch in die Hand und überließ ihn dem aufdringlichen Kleeblatt. Es war einer der vielen Vorteile einer Außenbox, dass man sein Pferd nicht auf der schmalen Stallgasse, sondern in der überdachten Schmiedeecke zum Satteln und

Putzen anbinden konnte. Hier hatte man seine Ruhe und konnte gleichzeitig hören, was in der Sattelkammer, die auch als Stallbüro diente, gesprochen wurde. Auf diese Weise hatte ich schon einige Dinge erlauscht, die eigentlich nicht für meine Ohren bestimmt waren.

»Du bist das tollste Pferd der Welt«, sagte ich zu Won Da Pie, der mich aus seinen großen dunklen Augen so aufmerksam anguckte, als verstünde er jedes Wort. »Heute Abend werde ich Thierry die beiden Videos vom Turnier schicken.«

Thierry war der Neffe von Nicolas, von dem Papa und Mama im vergangenen Sommer auf Noirmoutier Won Da Pie gekauft hatten. Im Februar hatte er für vier Wochen bei uns gewohnt und war mit Phil in die Schule gegangen, weil die Gastfamilie, in der er eigentlich während des Schüleraustauschs leben sollte, ihm kurzfristig abgesagt hatte. Thierry hatte bei dem Ritt durch die Stadt Doros Pferd geritten und auch bei der Springvorführung am Tag der offenen Tür. Eine ganze Weile hatte ich geglaubt, ich sei in ihn verliebt, aber als er dann hier gewesen war, hatte ich festgestellt, dass ich ihn einfach nur gut leiden konnte, so wie ich auch Karsten, Oliver oder Ralf einfach gern mochte. Jetzt schrieben wir uns regelmäßig über Facebook und schickten uns Fotos.

Im Sommer würden wir uns auf Noirmoutier wiedersehen, denn Nicolas und Véronique hatten wieder den Club Hippique gemietet, um dort ihren Pferden, die sonst in ihrem Stall bei Paris standen, eine Sommerfrische zu gönnen.

»Eigentlich freue ich mich darauf«, sagte ich zu meinem Pferd. »Blöd nur, dass du nicht mitkommen kannst.«

Ich stieß einen Seufzer aus und warf Won Da Pie die Stalldecke über. Natürlich hatte ich Papa und Mama deswegen schon angebettelt, aber der Transport nach Frankreich und wieder zurück nach Deutschland war einfach viel zu teuer, das sah sogar ich ein. Für die vier Wochen, die ich im Urlaub sein würde, musste ich also eine Lösung finden, denn Wondy konnte ja nicht die ganze Zeit in der Box herumstehen.

Ich hörte Schritte, die sich näherten, und im nächsten Moment bog Alex um die Ecke. Sein Pferd Arcardi, ein heller Fuchswallach mit einer breiten Blesse, stand in der letzten der drei Außenboxen.

»Na, Steinberg, wieder auf Lauschposten?«, erkundigte er sich grinsend, als er mich an der Backsteinmauer unterhalb der schmalen Fenster lehnen sah, und öffnete Arcardis Box.

»Gar nicht!«, erwiderte ich. Alex war zwar längst erwachsen, aber noch jung genug, um unsere Tricks zu durchschauen. Wahrscheinlich hatte er sich früher auch hier herumgedrückt und die Ohren gespitzt, wenn in der Sattelkammer etwas Interessantes besprochen wurde.

»Übrigens«, sagte der Sohn des zweiten Vorsitzenden über die Schulter. »Ein Freund von mir hat dich gestern reiten sehen und ist ganz angetan von deinem Esel. Also, wenn du ihn mal verkaufen willst, sag mir Bescheid.«

»Ach komm«, sagte ich spöttisch. »*Du* hast Freunde?«

Früher hätte ich mich niemals getraut, so mit Alex zu sprechen, aber es machte Spaß, sich mit ihm zu kabbeln.

»Oho! Was sind denn das für Töne, du vorlautes Gör?« Alex wandte sich um und riss in gespielter Empörung die Augen auf. Da fiel mir etwas ein.

»Sag mal, Alex«, sagte ich. »Hast du eine Idee, was ich im Sommer mit Wondy machen könnte, wenn ich mit meinen Eltern nach Frankreich fahre?«

»Stell ihn doch irgendwo auf die Koppel«, entgegnete Alex und band Arcardi neben Wondy an. »Dann kann sich der arme Gaul mal von deinem Rumgezerre und Gehopse erholen.«

Sein Handy klingelte. Alex warf einen kurzen Blick aufs Display, dann sah er mich durchdringend an und wedelte mit der Hand.

»Wegtreten, Steinberg!«, schnauzte er, als ich nicht sofort kapierte.

»Bin schon weg.«

»Warte einen Moment«, sagte er zu seinem Gesprächspartner und warf mir einen finsteren Blick zu. »Feind hört mit.«

»Wie witzig!«, murmelte ich und brachte Wondy in seine Box. Alex führte Arcardi in die leere Reithalle, um ihn laufen zu lassen.

»Auf eine Koppel!«, sagte ich zu meinem Pferd und zog ihm das Halfter aus. »Das ist doch echt *die* Idee! Du könntest genauso wie ich Urlaub machen und vier Wochen lang mit anderen Pferden auf einer schönen Wiese herumgammeln! Hm, was hältst du davon, mein Süßer?«

Wondy schnaubte und machte sich über sein Heu her. Ich checkte mein Handy. Doro hatte geschrieben.

Und??? Hast du's S gesagt, wie wir's besprochen haben???

Nein, schrieb ich zurück. *Ich hab's nicht fertiggebracht. Er ist voll süß!*

Hab ich mir schon gedacht, schrieb Doro nur Sekunden später. *Wieso zerbrech ich mir eigentlich den Kopf!?!*

War sie jetzt sauer auf mich oder enttäuscht?

Nachdenklich steckte ich mein Handy weg, holte Sattel, Trense, Gamaschen und den Putzkasten aus der Schmiedeecke und schleppte alles in die Sattelkammer. Den Putzkasten trug ich in den Spind, dann ging ich noch schnell aufs Klo. Doro hatte doch gesagt, es mache ihr nichts aus, wenn Simon mein Freund sei, aber sie verhielt sich anders. Oder bildete ich mir das nur ein?

Als ich wieder aus dem Stall kam, bog der Lkw von den von Richters in die Auffahrt ein. Katie winkte mir vom Beifahrersitz aus wild mit einer silbernen Schleife zu. Ich grinste breit. Wenig später sprang sie aus dem Fahrerhaus und hüpfte auf mich zu.

»Zweite im M!«, rief sie und fiel mir strahlend um den Hals.

»Glückwunsch! Das ist toll!« Ich freute mich für sie. »Und wie lief es im L?«

»Schnellste Zeit, aber einen Abwurf am letzten Sprung! Im M ist er soooo genial gesprungen, das war echt der Wahnsinn! So früh in der Saison war er noch nie so gut drauf!« Dann senkte sie die Stimme. »Und bei dir? Hast du Simon heute gesehen?«

»Ja! Er ist noch da. Wir sind eben aus dem Gelände gekommen«, wisperte ich.

»Echt?« Katie riss erstaunt die Augen auf. »Er war mit Schtari im Busch? Und?«

»Am Anfang hat er sich ein bisschen aufgeregt, aber nach ein paar Minuten war er total cool. Schtari natürlich, nicht Simon.«

Ich grinste.

»Wow!«

»Kannst du mir bitte mal helfen, Katie?« Frau von Richter war ausgestiegen und löste die Riegel der Verladerampe.

»Ich helfe auch!«, rief ich eifrig.

»Mama, stell dir vor: Simon war mit Schtari im Gelände«, plapperte Katie gleich los. »Und er war ganz brav.«

»Ach, das ist ja schön.« Dragon-Mum freute sich darüber, dass es ihrem Pferd gut ging. »Sven hatte leider nie Lust, ins Gelände zu reiten.«

»Weil Schtari mit ihm immer gebockt hat«, ergänzte Katie.

Sie klappte die Trennwand auf und band Asset los. Won Da Pie wieherte, als er seinen Turnierkumpel sah, und Asset antwortete.

Simon kam mit einer Schubkarre an und zu zweit machten wir den Lkw sauber, dann luden wir das Sattelzeug aus und brachten es in die Sattelkammer. Als Frau von Richter aus dem Stall zurückkehrte, war bereits alles erledigt und wir klappten die Verladerampe hoch.

»Na, ihr seid ja fix!«, staunte sie. »Vielen Dank!«

»Ich habe auch schon das Extra-Futter gemacht«, sagte Simon. »So, wie Sie es mir gezeigt haben.«

»Wunderbar! Da muss ich ja nur noch den Lkw parken.«

Dragon-Mum war es offensichtlich nicht gewöhnt, dass man ihr half. Draco hatte früher sicherlich nie einen Finger krumm gemacht, weil ihm die Turnierreiterei zuwider war. »Ach, Simon, und dann musst du mir unbedingt erzählen, wie Schtari sich im Wald benommen hat. Es ist fantastisch, wenn er auch mal etwas anderes sieht als nur die Reithalle.«

Sie kletterte ins Führerhaus und ließ den Motor an. Katie gesellte sich zu uns.

»Eigentlich ist deine Mutter ganz nett«, sagte ich zu ihr.

»Stimmt. Aber als Mutter kann sie echt anstrengend sein«, erwiderte Katie. »Sie hat halt voll den Perfektionismus-Fimmel.«

»Ehrlich gesagt finde ich sie ziemlich cool.« Simon sah bewundernd zu, wie Frau von Richter den großen Lkw geschickt zwischen die alte Klapperkiste vom Verein und den mindestens genauso alten Traktor manövrierte. »Ich meine, das mit den Pferden zieht sie voll durch, obwohl sie selbst gar nicht reitet.«

»Sie wäre früher gerne geritten oder hätte ein Musikinstrument gelernt, aber ihre Eltern hatten dafür kein Geld.« Katie zuckte die Schultern. »Deshalb müssen Sven und ich jetzt all das ausbaden, was sie selbst nicht machen konnte. Glücklicherweise hat sie nicht vom Leistungsschwimmen oder Kunstturnen geträumt!«

»Obwohl du im Badeanzug sicher auch top aussehen würdest.« Ich kicherte und Katie versetzte mir einen Stoß mit dem Ellbogen.

»Nicht frech werden, Mist-Schwester!«, grinste sie. »Aber es stimmt schon. Ohne Mom könnte ich das mit dem Turnierreiten voll vergessen, deshalb verzeihe ich ihr, dass sie hin und wieder mal nervt. Außerdem hat sie sich echt gebessert, seitdem wir hier sind.«

Nach und nach hatte sich der Stall geleert, denn sonntags war er nur bis 18 Uhr geöffnet. Alex war auch fertig in der Reithalle und ging zu seinem Auto, das allein auf dem leeren Parkplatz stand. Die Pferde im Stall brummelten und wieherten, ein sicheres Zeichen dafür, dass Herr Schmidt, der Pferdepfleger, die Futterkiste geöffnet und die Haferquetsche eingeschaltet hatte. Simon unterhielt sich noch kurz mit Frau von Richter, dann musste er nach Hause.

»Wenn ich dir heute Abend schreibe, antwortest du mir dann?«, fragte er mich.

»Auf jeden Fall«, erwiderte ich und lächelte.

Heute hatte sich alles verändert und ich war sehr froh darüber. Doro würde sich schon wieder beruhigen. Simon schwang sich auf seinen Roller, setzte den Helm auf und knatterte in der Dämmerung davon.

»Und?«, fragte Katie neugierig. »Alles klar zwischen euch?«

»Ja.« Ich grinste breit und dann fiel ich ihr um den Hals. »Mir ist irgendwie total … schwindelig vor lauter Glück. Es war so ein tolles Wochenende!«

»Das fand ich auch. Mein Leben macht mir plötzlich richtig Spaß. Zum ersten Mal hab ich eine Freundin, die sich ehrlich für mich freut.«

Wir ließen uns los und lächelten uns an.

»Ich hätte es nie für möglich gehalten, dass ich mich ausgerechnet in diesem Stall so wohlfühlen würde.« Sie grinste, wurde dann aber ernst. »Komisch, oder?«

»Nein, gar nicht.« Ich schüttelte den Kopf. »Unser Reitstall ist was Besonderes. Vielleicht gerade deshalb, weil er so alt und klein ist. Jeder kennt jeden, viele haben hier seit zwanzig oder dreißig Jahren ihre Pferde stehen, manche sogar noch länger. Wir sind eine echte Gemeinschaft. Und deshalb habe ich auch ein bisschen Angst davor, wie es auf der neuen Reitanlage sein wird.«

Katies Mutter hatte mittlerweile ihr Auto geholt und ließ das Fenster herunter.

»Katie! Holst du bitte noch die Tüte mit den schmutzigen Bandagen aus dem Stall?«, rief sie. »Und die beiden Decken!«

»Ja!« Katie lief los und ich begleitete sie, um ihr tragen zu helfen. Die Pferde waren noch immer unruhig, scharrten erwartungsvoll mit den Hufen und warteten ungeduldig auf ihr Abendfutter. Katie nahm die Tüte und die Decken von der Stange an Assets Box. Die Haferquetsche in der Mitte der Stallgasse rasselte ohrenbetäubend laut, der Futterwagen war längst übergelaufen und der frisch gequetschte Hafer rieselte schon auf den Boden.

»Das ist ja seltsam«, sagte ich. »Wo ist denn Herr Schmidt?«

Ich ging zur Haferquetsche und suchte im Halbdunkel nach einer Möglichkeit, die Maschine abzustellen. Irgendwo musste doch ein Schalter sein oder ein Hebel! Die Pferde veranstalteten einen Zirkus und sprangen in ihren Boxen herum wie ausgehungerte Raubtiere.

»Ja, ja, gleich kriegt ihr euer Futter!« Ich ging um den Futterwagen herum und trat dabei auf etwas Weiches. Erschrocken machte ich einen Schritt zurück und beugte mich nach vorne. Plötzlich bekam ich einen Riesenschrecken: aus dem Berg gelber Körner ragte eine Hand!

Eine Frau mit Mumm

Ich stieß einen schrillen Schrei aus.

»Was ist denn?« Katie ließ die Tüte und die Pferdedecken fallen und kam angelaufen. Hinter dem Futterwagen unterhalb der Luke, die auf den Heuboden über dem Stall führte, lag zusammengekrümmt und halb bedeckt vom Hafer eine reglose Gestalt. Im dämmerigen Licht der Notbeleuchtung erkannte ich Herrn Schmidt und sah, dass sein Gesicht voller Blut war.

»Oh Scheiße!« Katie schlug entsetzt beide Hände vor den Mund.

»Ich glaube, er ist vom Heuboden gefallen. Er blutet!«, rief ich. »Kannst du schnell deine Mutter holen?«

»Klar!« Katie sauste davon und ich hockte mich ängstlich neben den Mann, der keinen Mucks von sich gab. War er etwa tot?

»Herr Schmidt!«, flüsterte ich. »Hören Sie mich?«

Es kostete mich einige Überwindung, den Pferdepfleger, vor dem ich mich früher richtig gefürchtet hatte, am Arm zu berühren. Keine Reaktion! Atmete er überhaupt noch? Vielleicht hatte er sich das Genick gebrochen? Die Baseballkappe, die er sommers wie winters trug und deren ursprüngliche Farbe längst nicht mehr zu erkennen war, war ihm vom Kopf gefallen und ich sah eine stark blutende Wunde zwischen den wirren, fettigen Haarsträhnen. Oh Gott, er verblutete! Was sollte ich bloß machen? Zu meiner grenzenlosen Erleichterung bogen Katie und ihre Mutter nur Sekunden später um die Ecke und näherten sich im Laufschritt.

Dragon-Mum durchschaute die Situation sofort.

»Fass ihn nicht an, Charlotte!«, befahl sie mir und zog ihr Handy hervor. »Ich fürchte, er ist ernsthaft verletzt.«

Der Schreck war mir in alle Glieder gefahren, ich zitterte am ganzen Körper. Frau von Richter hatte den Notruf gewählt und gab durch, dass es einen Unfall gegeben hatte und ein Rettungswagen samt Notarzt gebraucht würde. Sie musste laut sprechen, um den Höllenlärm, den die hungrigen Pferde veranstalteten, zu übertönen.

»Katie, lauf hoch zu Herrn Weyer«, kommandierte sie dann. »Charlotte, mach das Licht an. Weißt du, was die Pferde zu fressen kriegen?«

»Ja.« Ich nickte. An allen Boxen hingen Tafeln, auf denen stand, wie viel Hafer und Pellets jedes Pferd bekam.

Katie zischte ab, ich drückte auf den Zentrallichtschalter neben der Sattelkammertür. Die Neonröhren flackerten und gingen an.

Frau von Richter nahm den Erste-Hilfe-Koffer, der neben dem schwarzen Brett an der Wand hing, öffnete ihn und kniete sich neben Herrn Schmidt auf den Boden. Sie breitete eine Pferdedecke über ihn und riss die Zellophanhülle eines Verbandspäckchens auf, dabei sprach sie mit dem Verletzten, obwohl der sie wohl kaum hörte, denn er schien bewusstlos zu sein. Ich stand wie gelähmt da und starrte auf das Blut und das unnatürlich graue Gesicht des Mannes, den Oliver so gerne ärgerte.

»Charlotte! Füttere bitte die Pferde!« Dragon-Mums scharfe Stimme riss mich aus meiner Schockstarre.

Mühsam manövrierte ich den schweren Futterwagen an dem verletzten Pfleger vorbei und begann, die Pferde zu füttern. Ich hatte gerade die Mitte der Stallgasse erreicht, als Katie zurückkehrte.

»Er ist nicht da!«, rief sie atemlos. »Soll ich ihn anrufen?«

»Ja, tu das.« Dragon-Mum nickte. »Und dann hilfst du Charlotte beim Füttern. Schaltet bitte den Strahler im Hof an, damit der Rettungswagenfahrer weiß, wo er hinmuss.«

Wie sie da so neben dem bewusstlosen Mann in seiner schmuddeligen Jeansjacke kniete, sah sie aus wie ein blonder Erzengel mit ihrer beigen Weste, dem weißen Rollkragenpullover und den rehbraunen Stiefeln. Sie presste eine Mullkompresse nach der anderen auf die heftig blutende Kopfwunde und tätschelte seine rissige, abgearbeitete Hand mit den dreckgeschwärzten Fingernägeln. Es schien sie nicht im Geringsten zu stören, dass ihre helle Jeans voller Blut und Schmutz war. Nie in meinem Leben hatte ich mehr Respekt vor einem anderen Menschen gehabt als vor dieser Frau, die ich für arrogant und blöd gehalten hatte.

»Lebt Herr Schmidt noch?«, piepste ich ängstlich.

»Ja, aber sein Puls ist schwach«, erwiderte Dragon-Mum besorgt und berührte die unrasierte Wange des Pferdepflegers mit ihrem Handrücken. »Beeilt euch, damit die Pferde endlich Ruhe geben!«

Katie und ich gehorchten, erleichtert, dem grässlichen Anblick des blutverschmierten Mannes entkommen zu können.

»Deine Mutter hat echt Mumm«, sagte ich mit bebender Stimme zu Katie, nachdem sie Herrn Weyer erreicht und der versprochen hatte, so schnell wie möglich in den Stall zu kommen.

»Aber wirklich«, antwortete Katie nur. Auch sie war völlig geschockt. Gemeinsam fütterten wir die Pferde im Stall, dann schoben wir den Futterwagen die kurze Rampe hoch und über den Hof, um die Pferde in den Außenboxen noch zu versorgen. Gerade als wir fertig waren, kam ein Rettungsfahrzeug, gefolgt von einem Notarztwagen, die Kronberger Straße heruntergefahren. Beide bogen am Reitplatz links ein und fuhren wenig später die Auffahrt hoch. Die Sirenen hatten sie ausgeschaltet, aber die Blaulichter blinkten unheimlich in der Dunkelheit. Der Notarzt und die Sanitäter stiegen aus und wir zeigten ihnen den Weg.

»So, ihr zwei wartet bitte draußen im Hof«, sagte Dragon-Mum, und das war uns nur recht. Vor der Stalltür liefen wir meinem Vater in die Arme und Alissa sprang erfreut auf mich zu.

»Ich lief gerade mit dem Hund aus dem Wald, da kam mir der Krankenwagen entgegen«, sagte Papa besorgt und erleichtert zugleich, als er mich sah. »Ich dachte schon, dir sei etwas passiert, weil du noch nicht zu Hause warst.«

»Herr Schmidt, der Pferdepfleger, ist vom Heuboden gefallen«, erzählte ich aufgeregt. »Ich habe ihn zufällig gefunden, weil Katie und ich im Stall noch was holen mussten.«

»Er ist bewusstlos und blutet am Kopf«, fügte Katie noch hinzu.

Papa drückte mir Alissas Leine in die Hand und verschwand im Stall.

»Mensch, gut, dass wir noch mal in den Stall gegangen sind und du ihn gefunden hast!« Katie war ganz blass und genauso zittrig wie ich. »Wer weiß, wie lange er da sonst gelegen hätte!«

»Hoffentlich stirbt er nicht«, sagte ich beklommen und vergrub die Finger in Alissas zottigem Fell. »Ob er wohl irgendjemanden hat, der sich um ihn kümmert?«

Wir setzten uns auf die Bank vor der Reithalle, starrten auf die beiden Krankenwagen und warteten. Die Minuten verstrichen, nichts geschah. Mein Handy vibrierte in meiner Jackentasche und ich zog es heraus. Simon hatte mir geschrieben!

Es war so schön, heute mit dir auszureiten! Dazu hatte er ein Herzchen geschickt und ein Emoticon, das ein Küsschen gab.

Ich musste unwillkürlich lächeln.

Das fand ich auch! ☺, schrieb ich zurück. *Bin noch im Stall. Herr Schmidt hatte einen Unfall, hab ihn zufällig gefunden. Notarzt ist da, keine Ahnung, was mit ihm ist!*

Endlich kamen Papa und Frau von Richter heraus und Katie und ich sprangen auf. Herr Weyer war auch eingetroffen, glücklicherweise war er mit seiner Freundin in einer Pizzeria ganz in der Nähe gewesen.

»Und?«, riefen Katie und ich.

»Es sieht so aus, als hätte er sich ein Bein gebrochen und

am Rücken verletzt«, erwiderte Frau von Richter ernst. »Außerdem hat er Platzwunden am Kopf. Michael und ich werden ihm ein paar Sachen ins Krankenhaus bringen.«

Die Sanitäter schoben Herrn Schmidt auf einer Trage auf den Hof und luden ihn in den Rettungswagen. Herr Weyer sprach noch kurz mit dem Notarzt, dann kam er zu uns.

»Danke, dass ihr die Pferde gefüttert habt«, sagte er. »Katie, wenn du willst, kannst du bei Vivien bleiben.«

»Sie kann auch mit zu uns kommen«, schlug Papa vor. »Wir wohnen ja nur zwei Häuser entfernt.«

»Das ist eine gute Idee.« Dragon-Mum nickte. »Ich hole dich ab, sobald wir hier fertig sind.«

»Alles klar.« Katie nickte, dann hakte sie sich bei mir ein und wir gingen mit Papa die Auffahrt hinunter und zu uns nach Hause. Unter anderen Umständen wäre es lustig gewesen, dass Katie mit uns zu Abend aß, aber so konnten wir uns beide nicht darüber freuen. Was für ein ätzendes Ende eines so wunderbaren Wochenendes! Nach dem Abendessen verzogen Katie und ich uns auf mein Zimmer und chatteten mit Simon, der natürlich genau wissen wollte, was mit Herrn Schmidt passiert war. Es war halb zehn, als Katies Mutter bei uns klingelte. Obwohl ein anstrengender Tag hinter ihr lag, wirkte sie noch immer voller Energie. Herr Schmidt war sofort operiert worden, währenddessen waren Frau von Richter und Herr Weyer in seiner Wohnung gewesen, um nach sauberer Wäsche und einer Telefonnummer von irgendwelchen Verwandten zu schauen, die sie informieren konnten.

Du kannst dir nicht vorstellen, wie unser Auto gerochen hat, schrieb Katie mir später. *Mum hat Schmidtchens Wohnung ausgemistet und alle Klamotten in Müllsäcke gestopft und zum Waschen mitgenommen! Und morgen will sie zusammen mit Vivien seine Bude aufräumen und putzen.*

Das war typisch Dragon-Mum! Vor ein paar Wochen hatte ich sie dabei überrascht, wie sie die Damentoiletten im Reitstall geputzt und nebenbei die Heizung entlüftet und die Beleuchtung am Spiegel repariert hatte.

Schätze, Herr Schmidt wird seine Wohnung nicht mehr wiedererkennen, schrieb ich zurück.

Davon kannst du ausgehen!, antwortete Katie. *Dad und Sven sind irgendwo Golf spielen, deshalb hat sie sonst nix zu tun! Morgen Abend kann man da sicher vom Fußboden essen!*

Erst als ich das Licht löschte und mich unter meine Bettdecke kuschelte, fiel mir ein, dass ich glatt vergessen hatte, Doro von Herrn Schmidts Unfall zu erzählen. Sie würde stinksauer sein! Mit einem Seufzer schaltete ich wieder die Nachttischlampe an, griff nach meinem Handy und tippte rasch eine WhatsApp.

Der Unfall von Herrn Schmidt und seine glückliche Rettung waren in den nächsten Tagen natürlich Hauptgesprächsthema im Stall. Jeder fragte sich, wie es wohl dazu gekommen war, dass der Mann, der seit sechzehn Jahren beim Reitverein angestellt war, durch die Heuluke fallen konnte, immerhin kannte er den Stall und den Heuboden wie seine Westentasche.

Herr Weyer war auf den Heuboden geklettert und hatte festgestellt, dass der Rahmen der Luke völlig durchgefault war. Da der Boden immer mit losem Heu und Stroh bedeckt war, war dieser Schaden nicht zu sehen gewesen, und als Herr Schmidt auf den Rand getreten war, musste dieser unter ihm nachgegeben haben. Simon erklärte mir, das sei eine äußerst ernste Angelegenheit, denn schließlich habe Herr Schmidt einen Arbeitsunfall erlitten und die Versicherung werde todsicher Nachforschungen anstellen.

Es war Mittwochnachmittag und im Stall war nicht viel los. Die Sonne hatte sich hinter dicken grauen Wolken verkrochen, es regnete schon den ganzen Tag in Strömen. Doro, Katie und ich waren bereits am Vormittag geritten und saßen nun ziemlich trübsinnig mit Oliver, Karsten, Beate und Ralf auf ein paar Heuballen vor den Boxen von Katies Pferden.

»Wir könnten mal unsere Spinde aufräumen«, schlug ich halbherzig vor. »Oder Sattelzeug putzen.«

Weder Doro noch Katie konnten sich dazu aufraffen.

»Wer kümmert sich denn eigentlich um Herrn Schmidt, wenn er aus dem Krankenhaus kommt?«, erkundigte sich Beate.

»Keine Ahnung.« Katie zuckte mit den Schultern. »Meine Mutter und Vivien haben ja die Wohnung aufgeräumt und geputzt, dabei haben sie wohl die Telefonnummer von seiner Schwester gefunden. Die lebt irgendwo in Nordhessen. Ich glaub aber kaum, dass sie herkommt und ihn pflegt.«

»Ist ja irgendwie schon schlimm, wenn man so ganz allein ist«, fand ich und die anderen stimmten mir zu.

Aus dem Krankenhaus gab es keine Neuigkeiten, aber fest stand wohl, dass es eine ganze Weile dauern würde, bis Herr Schmidt wieder im Stall arbeiten konnte, falls das überhaupt noch einmal der Fall sein würde. Das deprimierte uns alle weit mehr als die Tatsache, dass sich Herr Boshof quasi bei Nacht und Nebel aus dem Staub gemacht hatte, ohne sich von uns, seinen treuen Kunden, zu verabschieden.

»Wir sollten Geld sammeln und etwas für ihn kaufen«, schlug Oliver vor.

»Das ist eine gute Idee!«, pflichtete ich ihm bei und alle anderen waren sofort einverstanden. »Lasst uns einen Aufruf über den Stallchat machen!«

Ich wurde dazu bestimmt, die Nachricht in die WhatsApp-Gruppe zu stellen und wir diskutierten eine Weile über den Wortlaut.

Die hintere Tür ging auf und Gunther, der Jugendwart, betrat den Stall.

»La jeunesse dorée!« Er blieb vor uns stehen und schüttelte den Kopf. »Habt ihr nichts Besseres zu tun, als hier gelangweilt herumzuhocken und auf eure Handys zu starren?«

»Tun wir doch überhaupt nicht!«, widersprach ich ihm.

»Ich sehe sieben Leute und fünf Handys«, erwiderte Gunther, der manchmal ein übler Klugscheißer sein konnte.

»Wir sammeln Geld für ein Geschenk für Herrn Schmidt«, sagte Karsten.

»So was organisiert man heutzutage eben per Handy und nicht mehr mit Rauchzeichen wie in deiner Jugend«, fügte Oliver hinzu und erntete dafür einen grimmigen Blick.

»Außerdem ist das Kasino geschlossen«, sagte Doro. »Deshalb sitzen wir hier.«

»Apropos Kasino.« Gunther ging zum Schwarzen Brett und hängte einen Zettel auf. Wir erhoben uns und lasen neugierig, was dort stand. Der Vorstand hatte beschlossen, das Kasino ab sofort für alle Mitglieder zu öffnen. Man plante, die Bewirtschaftung von Vereinsseite aus zu organisieren und bis zum Umzug auf die neue Reitanlage sicherzustellen.

»Wieso macht das nicht Herr Dittmann?«, erkundigte sich Karsten. »Der ist doch der Vergnügungswart.«

»Genau!«, fand auch Beate. »Das wäre die Lösung!«

»Jeden Tag Würstchen und Kartoffelsalat!«, schwärmte Ralf.

»Herr Dittmann ist Landwirt und hat mehr als genug Arbeit, ihr Schlaumeier«, erwiderte Gunther.

Alex kam die Stallgasse entlanggestiefelt.

»Was ist denn das hier für ein Menschenauflauf?«, wollte er wissen. »Lasst mich mal durch, ihr junges Gemüse!«

»Sag mal, Alex.« Karsten deutete auf den Aushang. »Wäre das nicht ein Job für dich? Du hockst doch sowieso dauernd am Tresen. Ob du jetzt davor oder dahinter sitzt, ist doch eigentlich egal, oder?«

»Du müsstest das ganze Bier, das du wegpumpst, nicht mal bezahlen!«, ergänzte Oliver. »Und könntest gleichzeitig ganz easy einen Haufen Kohle einsacken, ohne dich groß anzustrengen.«

Da musste selbst der humorlose Gunther grinsen.

Alex war dafür bekannt, dass er zwar mit Vorliebe die Leute herumkommandierte, sich aber gerne vor jeder Art von Arbeit drückte.

»Ich glaube, bei euch sitzen ein paar Schrauben locker!« Alex riss theatralisch die Augen auf und blickte in die Runde. »Wisst ihr eigentlich, wie hart ein Jura-Studium ist, wie viele Stunden man am Schreibtisch oder im Repetitorium sitzt und lernt? Habt ihr Rotznasen überhaupt einen blassen Schimmer davon, he?«

Wie üblich zog er eine Riesenschau ab, aber uns konnte er damit nicht mehr beeindrucken.

»Du könntest doch lernen, wenn grad keiner kommt«, schlug Doro vor und alle kicherten.

»Und wenn du mal reiten willst, würden wir dich gegen ein geringes Entgelt vertreten«, sagte Oliver geschäftstüchtig.

»Na, da wäre ich schneller pleite, als ich ›Ein Bier, bitte‹ sagen kann!« Alex schnaubte spöttisch, machte eine wegwerfende Handbewegung und marschierte davon.

Trübe Stimmung und rosa Nebel

Die Sache mit Herrn Schmidt und die Schließung unseres Reiterstübchens blieben allerdings nicht die einzigen unerfreulichen Überraschungen an diesem verregneten Frühlingstag. Kaum waren Gunther und Alex verschwunden, tauchte Isa auf. Sie war die erfolgreichste und beste Reiterin des Vereins, mit ihren Pferden hatte sie schon viele M- und S-Dressuren gewonnen und wir mochten sie sehr. Sie war immer freundlich, hilfsbereit und niemals so herablassend wie viele der anderen Älteren.

»Lasst mich doch bitte mal durch«, bat sie lächelnd und wir machten ihr Platz. »Ihr seid übrigens alle herzlich eingeladen.«

»Wozu eingeladen? Was gibt's denn zu feiern?«, fragten wir neugierig durcheinander.

»Meine Hochzeit«, verkündete Isa und pinnte ein weiteres Blatt neben die Vorstandsmitteilung. »Daniel und ich heiraten am 14. Mai und werden den Polterabend hier im Stall feiern.«

»Herzlichen Glückwunsch! Das ist ja toll! Super!«, riefen wir und Isa strahlte. Sie war seit Jahren mit einem erfolgreichen Dressurreiter zusammen, der aber irgendwo in Norddeutschland arbeitete.

»Wird Daniel dann hierherziehen?«, fragte Doro. »Auf der neuen Reitanlage gibt's ja bald genug Boxen für seine Pferde.«

»Nein.« Isa schüttelte den Kopf. »Die Feier ist gleichzeitig leider auch mein Abschied von euch allen. Wir haben beschlossen, dass wir auf der Reitanlage von Daniels Eltern leben und arbeiten werden.«

Doro und ich wechselten einen Blick und ich wusste, dass sie dasselbe dachte wie ich. Der Reitstall ohne Isa? Kaum vorstellbar, dass sie und ihre Pferde nicht mehr da sein würden!

»Oh, Isa, du wirst uns fehlen!«, rief meine Freundin.

»Ihr werdet mir auch alle fehlen«, versicherte Isa. »Das war wirklich keine leichte Entscheidung für mich, immerhin habe ich hier im Stall mit dem Reiten angefangen. Bei Daniel haben wir aber ganz andere Möglichkeiten. Wir wollen die Pferdezucht seiner Eltern ausbauen. Auf jeden Fall seid ihr alle immer herzlich willkommen!«

»Wir besuchen dich ganz bestimmt!«, versprach ich.

»Das wäre schön.« Sie ging lächelnd davon und wir blieben etwas ratlos zurück.

»Ob ihr's glaubt oder nicht, mir fehlt die Schlagermucke von Herrn Schmidt richtig«, sagte Oliver. Normalerweise lief den ganzen Tag das verstaubte Uralt-Kofferradio des Pferdepflegers und spielte grässliche Schlagermusik. Anfänglich hatten sich ein paar Leute darüber beschwert, aber Herr Schmidt behauptete, er könne mit Musik besser arbeiten, und mittlerweile störte sich niemand mehr daran. Oliver konnte es jedoch nicht lassen, mindestens einmal am Tag den Volksmusiksender zu verstellen, woraufhin Herr Schmidt binnen Sekunden auftauchte, Oliver wütend beschimpfte und wüste Drohungen ausstieß, die er allerdings nie wahr machte. Da niemand da war, den er ärgern konnte, das Kasino geschlossen und im Stall wenig los war, beschloss Oliver, mit seinem Roller irgendwo anders hinzufahren und Karsten ging mit ihm mit. Ralf musste reiten und Beate wollte Gaby, der Voltigierlehrerin, helfen, den Schimmel Flocki zu waschen und zu frisieren. Doro, Katie und ich waren bereits geritten, deshalb gingen wir in die Reithalle und sahen Herrn Weyer, Kristina und Dörte eine Weile beim Reiten zu. Der Regen trommelte aufs Hallendach, der gedämpfte Hufschlag der Pferde und ein gelegentliches Schnauben waren die einzigen Geräusche.

»Wisst ihr was«, sagte Katie plötzlich und richtete sich auf. »Das Kasino wäre die perfekte Aufgabe für meine Mutter!«

»Glaubst du echt, auf so was hätte sie Bock?« Doro sah sie zweifelnd an. »Kann ich mir kaum vorstellen.«

»Moms Problem ist ja, dass sie den ganzen Tag nichts Gescheites zu tun hat.« Katie richtete sich auf. »Mein Dad arbeitet von morgens bis nachts, wir sind in der Schule und meine Mutter langweilt sich. Deshalb geht sie uns permanent auf den Keks. Früher hat sie sich im Lions Club, in der Kirche oder in unseren Schulen engagiert, aber darauf hatte sie keine Lust mehr, weil es sie total geärgert hat, wenn die Leute endlos wegen irgendeinem Scheiß rumdiskutiert und nichts hingekriegt haben.«

Ihre Augen leuchteten und sie zog ihr Handy heraus.

Doch bevor sie ihre Mutter anrief, checkte sie ihre Nachrichten.

»Ist ja witzig«, sagte sie erstaunt. »Irgendwer hat mich zu der WhatsApp-Gruppe vom Georgshof in Bad Homburg hinzugefügt.«

»Was hast du denn mit denen zu tun?«, erkundigte ich mich.

»Wir hatten da mal unsere Pferde stehen.« Katie las die Nachrichten und zwischen ihren Augenbrauen bildete sich eine steile Falte. »Boah, das ist ja unglaublich!«

»Was denn?« Doro und ich sahen sie neugierig an.

»Es gibt da so einen Dressurreiter, der seit ewig und drei Tagen mit ein paar Leuten von Stall zu Stall zieht«, erklärte sie. »Er heißt Peter Hanemann. Er muss irgendwann vom Georgshof weg, weil der Sohn der Inhaber nächstes Jahr seine Ausbildung zum Reitlehrer fertig hat und dann selbst den Hof übernehmen will. Also suchen Hanemann und seine Getreuen einen neuen Stall. Und jetzt ratet mal, welche Anlage sie sich ausgeguckt haben!«

»Unsere neue Reitanlage etwa?« Ich riss die Augen auf.

»Genau!« Katie scrollte die Nachrichten hoch. »Hier, hört zu. Ein Typ namens Uwe S. schreibt: ›*Die Anlage in BS soll im Jan 2016 fertig sein, es soll 65 Boxen geben, zwei Hallen, eine Führmaschine, zwei Außenplätze etc. Einsteller müssen Vereinsmitglieder sein und es werden die bevorzugt, die schon vor dem Umzug von der alten in die neue Anlage VM und Einsteller sind.*‹«

»Stimmt ja, was er schreibt«, sagte ich.

»Moment!« Katie las weiter vor: »›*Schlage vor, wir werden*

alle Mitglieder, Jahresbeitrag EUR 80 ist erschwinglich. Im Juni wird dort ein neuer Vorstand gewählt, dann wählen wir unsere Leute dort rein. Der Verein ist total am Boden, da ist nicht mehr viel los, das wird für uns kein Problem.‹«

»Das gibt's ja wohl nicht!«, stieß ich hervor.

»Aber was soll das denn?«, fragte Doro verständnislos. »Wieso wollen sie in den Vorstand? Sie können doch einfach Mitglieder werden und kriegen dann eine Box.«

»Das sollte man meinen, aber die haben voll den krassen Plan! Hört zu!«, erwiderte Katie. »Ich fasse es mal zusammen, denn hier schreiben zig verschiedene Leute ihre Meinung dazu. Also: Sie haben keinen Bock auf Schulbetrieb, Spring- und Freizeitreiter und Voltigieren, wollen stattdessen einen exklusiven Dressurausbildungsstall eröffnen. Weil sie wissen, dass es eine Vereinsreitanlage sein wird, wissen sie auch, dass der Vereinsvorstand ziemlich große Entscheidungsmacht hat. Wenn aber ihre Leute im Vorstand sind, können sie alles so gestalten, wie es ihnen gefällt. Und das war's für den Reitbetrieb, wie er jetzt hier stattfindet. Adieu Schulpferde, adieu Springpferde!«

Wir blickten uns schockiert an.

»Das dürfen wir nicht zulassen!«, rief ich aufgeregt. »Frau Köhler unterstützt den Bau der Reitanlage mit ihrem Geld, weil ihr die Förderung der Jugend am Herzen liegt, ganz besonders die Schulreiter und Voltigierer, die sich keine eigenen Pferde leisten können. Wenn sie das hier erfährt, zieht sie ihre Spende hundertprozentig zurück!«

»Ich fürchte mal, so leicht kommt sie da nicht raus«, meinte Katie. »Es wird Verträge geben. Immerhin laufen die Planungen und in ein paar Wochen ist der erste Spatenstich, dann geht es mit dem Bau los.«

»Das müssen wir unbedingt Simon erzählen«, sagte ich und zog mein Handy hervor. »Ich bin sicher, ihm wird irgendetwas einfallen, um das zu verhindern.«

»Simon, der Supermann!«, murmelte Doro und schnaubte verächtlich. »Als ob der etwas dagegen tun könnte!«

Gerade als ich meine Freundin fragen wollte, weshalb sie so angefressen auf meinen Vorschlag reagierte, meldete sich Simon und ich stand auf und ging hinaus in den Hof, um ihm zu erzählen, was wir zufällig erfahren hatten. Er versprach, sofort in den Stall zu kommen. Erst allmählich kapierte ich, dass es plötzlich eine Bedrohung für unseren Verein gab, mit der niemand gerechnet hatte. Irgendwo saßen da ein paar Leute und heckten egoistische Pläne für eine Reitanlage aus, die bisher nicht einmal gebaut war! Katie, Doro und ich zogen uns in die Schmiedeecke zurück und verfolgten weiter den ziemlich lebhaften Chat auf Katies Handy. Ich erwähnte Doros spitze Bemerkung nicht mehr, aber sie beschäftigte mich.

Eine halbe Stunde später erschien Simon in der Schmiedeecke und mein Puls beschleunigte sich bei seinem Anblick sofort. Ich sprang auf und lief zu ihm hin. Simon setzte den Helm ab, fuhr sich mit der Hand durch sein zerstrubbeltes dunkles Haar, dann nahm er mich in den Arm und gab mir einen Kuss.

»Ich hoffe, das ist okay für euch«, grinste er Doro und Katie an. »Aber ich geh mal davon aus, dass ihr beiden Bescheid wisst.«

Doro verdrehte die Augen, Katie kicherte nur und nickte. Simon setzte sich auf die Bank neben mich und Katie erzählte ihm noch einmal, was sie per Zufall mitbekommen hatte.

»Das hört sich ernst an«, sagte Simon, als sie fertig war, und legte nachdenklich die Stirn in Falten. »Aktuell hat unser Verein 473 Mitglieder, von denen 132 unter achtzehn Jahre alt sind, also nicht stimmberechtigt bei Vorstandswahlen. Bleiben 341 Mitglieder, die den Vorstand wählen dürfen.«

Katie, Doro und ich sahen uns verblüfft an. Auf eine so einfache Lösung des Problems waren wir gar nicht gekommen!

»Dann müssen wir nur alle Mitglieder informieren«, sagte Doro. »Ist doch ganz easy!«

»Leider nicht«, dämpfte Simon unsere Erleichterung. »Zu den letzten Vorstandswahlen sind gerade einmal achtundzwanzig Leute gekommen! Der größte Teil der Mitglieder besteht aus irgendwelchen Karteileichen, die nicht mehr reiten und nur noch aus Vergesslichkeit oder alter Verbundenheit im Verein sind, aber kein echtes Interesse mehr daran haben. Wenn diese Leute aus Bad Homburg nun zum Beispiel mit dreißig Leuten in den Verein eintreten, haben sie sofort eine große Mehrheit.«

»Aber wir können doch nicht tatenlos mit ansehen, wie sich völlig Fremde über die Reitanlage hermachen, für die wir gekämpft haben!« Ich sprang auf und konnte nicht verhindern, dass mir Tränen des Zorns in die Augen schossen. »Was sind das nur für gemeine Schweine?«

Ohne sie zu kennen, hasste ich diese Leute, die den Rest von dem, was nach einem Umzug in die neue Reitanlage von meinem geliebten Reitstall übrig sein würde, komplett zerstören wollten.

»Beruhig dich, Süße.« Simon ergriff mein Handgelenk und zog mich wieder neben sich auf die Bank. »Mir wird schon was einfallen. Nächste Woche sind wir wieder zur Vorstandssitzung eingeladen und dann werden wir das Thema ansprechen, okay?«

»Okay«, schniefte ich und wischte mir die Tränen ab. »Aber ich find es trotzdem total mies.«

»Jeder Mensch versucht eben, das Beste für sich selbst aus allem herauszuholen«, sagte Simon.

»Ich nicht!«, erwiderte ich heftig.

»Das stimmt.« Er sah mich mit diesem Blick an, der mir jedes Mal durch und durch ging und mich erschauern ließ. »Deshalb bist du auch etwas ganz Besonderes.«

Doro zog eine Grimasse.

»Uuuuh! Im Film käme jetzt eine kitschige Geigenmusik und ein Close-up«, spottete sie. »Held und Heldin in Großaufnahme, ein tiefer Blick, ein inniger Kuss …«

Simon grinste und legte seinen Arm um meine Schulter.

»Dreht euch mal um«, sagte er zu Doro und Katie. »Ich will die Heldin noch mal innig küssen, bevor ich zu weiteren Heldentaten aufbreche.«

Und das tat er auch. Er legte eine Hand an meine Wange, ich schloss die Augen und spürte seinen Mund weich und warm auf meinen Lippen. Für ein paar Sekunden verschwand alles um mich herum in einem herrlichen rosa

Glücksnebel, der sich erst ganz allmählich verflüchtigte, als Simon schon aufgestanden war und die Schmiedeecke verlassen hatte. Ich saß benommen da und bemerkte erst dann meine Freundinnen, die mich mit einer Mischung aus Faszination und Neugier anstarrten.

»Was guckt ihr so?«, fragte ich.

»Du grinst wie eine Irre!«, stellte Doro ein wenig abschätzig fest. »Ist das denn echt soooo schön?«

»Hm ... ja«, antwortete ich.

»Also, ich hatte mal einen Freund, bei dem war es voll eklig, wenn er mich geküsst hat«, sagte Katie mit gesenkter Stimme und schüttelte sich. »Der hat mich immer halb abgeschlabbert.«

»Igitt!« Doro verzog angeekelt das Gesicht. »Also, ich kann auf Küsse ganz gut verzichten.«

»Ich nicht mehr.« Verträumt lehnte ich mich gegen die Backsteinwand und seufzte glücklich. »Ich liebe es, wenn Simon mich küsst.«

Doro sah mich an wie ein Arzt seinen unheilbar kranken Patienten, aber dann wollte sie von Katie unbedingt mehr über deren Exfreund erfahren.

»Wie lange warst du mit ihm zusammen?«, forschte sie.

»Keine Ahnung. Ein paar Monate.«

»Hattest du schon mehr Freunde?«

»Drei. Na ja, wenn ich Lukas mitzähle, vier.«

»Wer ist Lukas?«, bestürmte Doro sie.

»Ein Junge, den ich im Urlaub in Florida letztes Jahr kennengelernt habe«, erwiderte Katie und erzählte uns bereitwillig von ihren Erfahrungen mit Jungs. Auch wenn sie nur ein knappes Jahr älter war als Doro und ich, war sie uns in dieser Beziehung offenbar weit voraus. Wir lauschten ihr wie gebannt.

»Und was sagen deine Eltern dazu?«, wollte ich wissen.

»Die wussten nie was davon!« Katie rollte mit den Augen. »Ich glaube, meine Mutter hätte mich mit Wasser und Brot im Keller eingesperrt!«

»Aber dann kannst du nie einen Jungen mit zu euch nach Hause bringen, oder?« Ich hatte in den letzten Tagen häufig darüber nachgedacht, was ich tun würde, wenn meine Eltern davon erfuhren, dass ich mit Simon zusammen war. Sie würden alles andere als begeistert sein! Womöglich wäre es einfacher gewesen, wenn Phil schon mal eine Freundin gehabt hätte, aber falls das jemals der Fall gewesen war, so hatte er es vor uns geheim gehalten.

»Also, wenn mir einer von den Typen echt wichtig gewesen wäre, dann hätte ich es vielleicht schon meinen Eltern erzählt«, sagte Katie nun. »Aber bei jedem von denen hab ich eigentlich ab dem ersten Moment überlegt, wie ich ihn wieder loswerde. Ich war in keinen von denen verliebt.«

»Und wieso warst du dann mit ihnen zusammen?«

»Bei Mark, meinem ersten Freund, wollte ich einfach mal wissen, wie das so ist, wenn man einen Freund hat«, gab Katie zu. »Aber der entpuppte sich als elende Klette, war total verliebt und heulte sogar, als ich mit ihm Schluss gemacht hab. So was geht gar nicht! Der zweite, Ben, war der, der so mies geküsst hat. Den war ich ruckzuck los, als ich ihm mal gesagt habe, ich hätte mich morgens schon gewaschen.«

Sie kicherte.

»Und Tobi, das war Nummer drei, war der totale Griff ins Klo. In den war ich erst echt verknallt, aber der wollte mich nach drei Wochen heiraten. Ich durfte mit keinem anderen Jungen mehr reden und irgendwann hat er mir in der Schule voll die Szene gemacht, weil er mich mit einem anderen gesehen hätte, dabei war das nur mein Bruder gewesen! Auf so einen Stress hatte ich echt null Bock.«

»Ich wüsste gar nicht, wo ich einen Freund noch unterbringen sollte«, behauptete Doro. »Mit Schule und Pferd hab ich echt genug zu tun. Die Jungs aus meiner Klasse kann man abhaken und hier im Stall gibt's ja keine.«

»Oliver, Karsten und Ralf würden das etwas anders sehen«, gluckste ich.

»Die sind doch viel zu jung!«, entgegnete Doro. »Das sind unsere Kumpels! Pfui, das wäre ja so, wie wenn ich meinen Bruder küssen würde!«

»Wart's nur ab«, meinte Katie. »Auf den Turnieren laufen jede Menge leckerer Kerlchen herum. Da finden wir auch welche für dich und mich, Doro!«

Ihr Handy klingelte.

»Hi, Mom! Ich bin mit Doro und Lotte bei Won Da Pie«, sagte sie glatt, was ja nicht einmal richtig gelogen war, denn mein Pferd stand in einer der Boxen an der Schmiedeecke. »Nee, mach dir keinen Stress, alles bestens … Ach, übrigens: Die suchen hier jemanden, der noch bis Ende des Jahres das Kasino betreibt. Das wär doch was für dich, oder?«

Sie lauschte noch einen Moment, dann war das Gespräch beendet.

»Ha!« Katie lächelte zufrieden, wie eine Katze, die eine Maus gefangen hat. »Ich kenne doch meine Mutter! Ich wette, sie plant jetzt schon die Speisekarte fürs Kasino. Und sie kann mich leider, leider erst in zwei Stunden abholen! Ist das nicht wunderbar?«

Sie hatte uns immer darum beneidet, dass wir unsere Nachmittage einfach so im Stall verbringen durften, und sehr darunter gelitten, dass ihre Mutter ständig dabei war und sie und ihren Bruder herumkommandierte. Das, so hatte sie uns erklärt, war unter anderem auch der Grund, weshalb sie meistens schlecht gelaunt gewesen sei. Wie sollte man Freundinnen finden, wenn dauernd die Mutter dabeihockte? Aber jetzt hatte sich alles geändert und Katie war ein ganz anderes Mädchen geworden. Man merkte ihr an, wie glücklich sie über diese Freiheit war.

»Wie wär's, wenn wir mal die Turniere im *Pferdesport Journal* checken?«, schlug sie vor. »Für Erbenheim und Hofheim müsste bald Nennungsschluss sein, den dürfen wir nicht verpassen.«

»Auf gar keinen Fall!« Doro war sofort Feuer und Flamme und auch ich hatte Lust, die nächsten Turniere für Wondy und mich zu nennen. Wir liefen durch den Regen in die Sattelkammer, schnappten uns die neueste Ausgabe der Pferdezeitschrift und begannen, unsere zukünftige Turnierkarriere zu planen.

INGA TAUCHT WIEDER AUF!

Eine Woche später tat ich freiwillig etwas, wozu meine Mutter mich normalerweise zwingen musste: Ich fuhr ins Einkaufszentrum, um Klamotten zu kaufen. Allerdings nicht mit Mama und meinen Geschwistern im Schlepptau, sondern mit Doro und Katie. Wir trafen uns um neun im Reitstall, sagten schnell unseren Pferden Hallo und nahmen dann den Bus, der am Reitplatz hielt und durch Bad Soden und Sulzbach direkt ins Main-Taunus-Zentrum fuhr. Bei unserer Sammlung für Herrn Schmidt waren unglaubliche dreihundertfünfzig Euro zusammengekommen und Katies Mutter hatte uns geraten, ihm dreihundert Euro Bargeld zu schenken und für fünfzig Euro noch »irgendetwas Nettes« zu besorgen. Das war der eigentliche Grund für unsere Tour, aber da wir spontan keine Idee hatten, worüber sich der Pferdepfleger wohl freuen könnte, nutzten wir die Gelegenheit, Klamotten zu kaufen. Katie war eine geübte Shopperin, das merkten wir sofort.

»Die Zeit der langweiligen Kinderpullis ist vorbei«, erklärte sie uns mit erhobenem Zeigefinger, als wir uns auf den ersten Wühltisch bei H&M stürzten. »Ihr braucht Klamotten mit mehr weiblicher Raffinesse, keine hässlichen, formlosen Billig-Säcke.«

»Aber der hier ist doch ganz schön!« Ich zog ein graues Sweatshirt aus dem Haufen hervor.

»Also *bitte,* Lotte!« Katie rollte entsetzt mit den Augen. »Das Teil sieht aus wie ein gebrauchter Putzlappen!«

Zwei Stunden später wankten wir, beladen mit Unmengen von Tüten, ermattet Richtung Busbahnhof. Für Herrn Schmidt hatten wir eine hellgraue Kapuzenjacke gekauft, die bei Hollister auf 39,90 heruntergesetzt war und dazu noch einen Bildband über Pferde, den wir in der Buchhandlung auf dem Wühltisch für Mängelexemplare gefunden hatten. Bevor wir zum Bus gingen, kehrten wir noch bei Starbucks auf eine Erfrischung ein. Ich war nicht so oft hier, deshalb brauchte ich eine Weile, um mir unter all den Köstlichkeiten das richtige Getränk auszusuchen.

»Ich bring's euch an den Tisch«, sagte die Bedienung und wir ließen uns dankbar in einer gemütlichen Sitzecke nieder.

»Bin ich gespannt, was meine Mutter zu meiner Ausbeute sagt.« Ich streckte mit einem Seufzer meine Beine aus. »Wahrscheinlich meckert sie rum. Ihre Devise ist ›Lieber bessere Qualität, dafür weniger Klamotten‹.«

»Das ist im Prinzip ja auch völlig okay.« Katie begutachtete mithilfe ihrer Spiegel-App kritisch ihr Gesicht in ihrem Smartphone und zupfte an ihren Augenbrauen herum. »Aber dann hättest du dein komplettes Geld für zwei Sachen ausgegeben und nicht für das ganze hippe Zeug, das du jetzt hast.«

Doro ließ sich von Katie sagen, wie die App hieß, lud sie sich herunter und probierte den Spiegel sofort aus. Ich schickte Simon ein Selfie von mir, das ich vorhin in der Umkleidekabine gemacht hatte, und grinste, als ich seine prompte Antwort las. Umgeben von den vielen Einkaufstüten, mit einem Java Chip Chocolate Cream vor mir auf dem Tisch, kam ich mir wahnsinnig erwachsen vor. Vorbei die Zeit, in der wir ein Spaghetti-Eis in der Eisdiele für den Gipfel der Coolness gehalten hatten!

»Sagt mal, ist das da vorne nicht die Spitzmaus?«, bemerkte Katie plötzlich. Doro und ich drehten uns um. Tatsächlich! Cordula, die wir wegen ihrer spitzen Nase heimlich »Spitzmaus« nannten, und ein anderes Mädchen hatten den Laden betreten und sich an der Schlange vor der Verkaufstheke angestellt. Gerade als Katie ihr winken wollte, erkannte ich das Mädchen neben Cordula und fiel meiner Freundin in den Arm.

»Das ist doch Inga, oder?«, zischte ich.

»Klar.« Doro erkannte unsere ehemals gute Freundin auch sofort.

»Sie hat voll abgenommen«, stellte ich fest.

»Inga? Ist das nicht die, die Simon einen Schal gestrickt hat?« Katie hatte ein phänomenales Gedächtnis.

»Genau die!« Doro presste sich die Hand vor den Mund, um nicht laut loszuprusten und ging hinter mir in Deckung.

»Sie hat eine Reithose an«, flüsterte ich. »Und Chaps! Wer geht denn bitte schön in *Reitklamotten* einkaufen?«

Es war ziemlich voll, fast alle Tische waren besetzt und wir saßen ganz hinten an der Wand, deshalb hatten uns weder Cordula noch Inga bisher bemerkt.

»Ach, schau mal einer an!«, sagte Katie leise. »Wenn das nicht Julie Pommer und Franzi Weingärtner sind!«

Zwei Mädchen begrüßten Cordula und Inga nun mit Küsschen und die vier hielten Ausschau nach einem freien Tisch.

»Wer sind die beiden?«, wollte Doro wissen.

»Die gehören zu den Georgshof-Leuten, die mit ihrem Guru Peter Hanemann von Stall zu Stall ziehen«, erklärte Katie mit gesenkter Stimme. »Ist ja interessant, dass Cordula die kennt!«

Doro und ich sahen uns an und dachten wie so oft genau dasselbe.

»Und Inga kennt diese Leute auch«, sagte Doro.

»Was im schlimmsten Fall bedeutet, dass sie mit auf die neue Reitanlage kommen will«, ergänzte ich. »Solange der alte Vorstand im Amt ist, kann sie das allerdings nicht.«

»Wieso nicht?«, erkundigte sich Katie.

»Wegen der Geschichte mit meinem Sattel und dem anonymen Brief. Und weil sie Sachen aus dem Vereinsarchiv geklaut hat«, erklärte ich ihr. »Außerdem hat sie versucht, die Wahlen zum Jugendvorstand zu manipulieren, indem sie Doros und meine Bewerbung aus dem Briefkasten gefischt hat. Sie hat Stallverbot bekommen und ist aus dem Verein ausgeschlossen worden.«

»Na, das klingt ja nach einem richtig netten Kumpel«, sagte Katie sarkastisch und sah zu Inga hinüber, die mit den anderen drei Mädchen nun an einem Tisch am Fenster saß.

»Inga ist eine chronische Lügnerin«, sagte Doro bestimmt.

»Das war eigentlich das Schlimmste daran. Wenn sie alles zugegeben und bereut hätte, wäre es mit einer Entschuldigung getan gewesen, aber sie hat sogar noch versucht, die Tatsachen zu verdrehen und Lotte und mir alles in die Schuhe zu schieben. Das war voll übel.«

»Ich würde zu gerne wissen, ob sie wieder ein eigenes Pferd hat.« Ich kratzte den letzten Rest der köstlichen Schokocreme aus dem Becher. »Aber ich wüsste nicht, wie wir das herausfinden könnten.«

»Ich schon«, erwiderte Katie und ergriff ihr Handy. »Auf dem Georgshof gibt's ein paar Leute, mit denen ich mich ganz gut verstanden habe. Wartet kurz, mit etwas Glück wissen wir gleich Bescheid.«

Tatsächlich dauerte es nur wenige Minuten, bis Katie eine Antwort auf ihre WhatsApp bekam.

»Eurer Exfreundin Inga gehört die Hälfte an einem Pferd namens ›Wunschtraum‹«, verkündete sie. »Die andere Hälfte gehört Julie Pommer, das ist die mit den glatten braunen Haaren.«

»Und damit ist klar, dass Inga plant, mit in unseren neuen Stall zu ziehen«, resümierte ich und schauderte bei der Erinnerung an den Hass und den Zorn in Ingas Gesicht, als sie begriffen hatte, dass ihr falsches Spiel aufgeflogen war. Es war schlimm genug, ihr hin und wieder in der Schule über den Weg laufen zu müssen, doch die Vorstellung, sie wieder jeden Tag im Stall zu sehen, war mehr, als ich ertragen konnte.

»Aber das bedeutet auch, dass Cordula mit denen unter einer Decke steckt«, sagte Doro nun düster. »Sie sollte also von einer Aktion gegen diese … diese geplante feindliche Übernahme besser nichts erfahren, sonst tratscht sie es sofort weiter.«

Cordula war ein paar Jahre älter als wir und keine richtige Freundin, auch wenn wir mit ihr zusammen im Jugendvorstand waren. Aber dass sie ganz offensichtlich nach all dem, was im vergangenen Herbst geschehen war, noch immer mit Inga befreundet war, schockierte mich wirklich.

Als ich abends auf meinem Bett lag, dachte ich über Träume im Allgemeinen und Besonderen nach und mir wurde bewusst, dass meine größten Träume nach und nach tatsächlich in Erfüllung gegangen waren. Ich hatte von einem eigenen Pferd geträumt – und hatte Won Da Pie bekommen. Ich hatte heimlich davon geträumt, auf dem Turnier ein Springen zu gewinnen – und hatte mein allererstes L-Springen gewonnen. Ich hatte davon geträumt, dass Simon mich küssen würde – und nun war er mein Freund und küsste mich bei jeder sich bietenden Gelegenheit.

Aber es gab so viele Leute, deren Träume sich niemals erfüllten. Woran mochte das liegen? Hatte ich vielleicht irgendwelche magischen Fähigkeiten, von denen ich nichts wusste? Mitten in diese Überlegungen platzte ein Anruf von Simon hinein. Wir hatten uns heute nicht gesehen, denn er war vormittags geritten, weil er nachmittags einen Job hatte. In den Ferien arbeitete er vier Mal pro Woche in einem Obstladen und bekam immerhin acht Euro fünfzig die Stunde dafür.

»Na, was machst du so?«, fragte er mich.

»Ich liege auf meinem Bett und denke über Träume nach, die sich erfüllen«, erwiderte ich.

»Oh, das klingt ja richtig philosophisch.« Ich hörte seiner Stimme an, dass er lächelte.

»Woran liegt es, dass sich meine Träume erfüllen, die von vielen anderen Leuten aber nicht?«, fragte ich ihn. »Vielleicht bin ich ja eine Hexe.«

»Ich hoffe nicht«, sagte Simon belustigt. »Aber wahrscheinlich liegt es daran, dass sich die meisten Menschen völlig unrealistische Dinge wünschen, die sich niemals erfüllen können. Wenn man sich zum Beispiel wünscht, dass man bei DSDS gewinnt, aber keinen Ton singen kann, dann ist von vorneherein klar, wie die Sache ausgeht. Das ist genauso schwachsinnig, wie wenn man davon träumt, dass sich irgendein Filmstar in einen verliebt.«

»Hm. Da ist was dran«, pflichtete ich ihm bei. »Trotzdem, ich hätte es niemals für möglich gehalten, mal ein Pferd zu bekommen und ein Springen zu gewinnen. Oder mit dir zusammen zu sein.«

Es war erstaunlich, worüber ich am Telefon mit Simon sprechen konnte. Stand er mir in Fleisch und Blut gegenüber, fehlten mir meistens die Worte.

»Hast du etwa davon geträumt?«, fragte er, und ich saß in der Klemme.

»Na ja, nicht so sehr wie von einem Pferd«, parierte ich und Simon lachte. »Okay, doch, irgendwie schon. Seit dieser Vorstandssitzung damals. Du weißt schon, welche ich meine.«

»Ja, das weiß ich sehr genau.« Seine Stimme klang plötzlich verändert. »Diesen Abend werde ich nie vergessen, denn da habe ich kapiert, dass ich mich in dich verliebt habe.«

Seine Offenheit verschlug mir für einen Moment die Sprache und mein Herz klopfte wie verrückt. Puh! Was sollte ich darauf antworten? Es war meine Schwester, die mir unabsichtlich aus dieser Verlegenheit half, indem sie die Tür meines Zimmers aufriss.

»Abendbrot!«, rief sie und knallte die Tür wieder zu.

»Ich muss leider Schluss machen«, sagte ich zu Simon.

»Oh nein, bitte nicht«, erwiderte er, und ich begriff die Doppeldeutigkeit dessen, was ich gesagt hatte.

»Natürlich nur für heute.« Ich lachte. »Obwohl ich noch stundenlang mit dir telefonieren könnte.«

»Geht mir auch so. Sehen wir uns morgen im Stall?«

»Ja. Ich reite vormittags Unterricht.«

Wir verabschiedeten uns, und ich schwebte wieder mal in dieser rosaroten Wattewolke, wie sooft in letzter Zeit. Während des Abendessens sagte ich kaum ein Wort, die Diskussion zwischen Flori und meinen Eltern, in der es um eine Verlängerung seiner täglichen – und seiner Meinung nach viel zu knappen – iPod-Zeiten ging, rauschte an mir vorbei, genauso wie das Wortgefecht zwischen Phil und Cathrin über die Hauptfigur irgendeiner Fernsehserie, die ich nie gesehen hatte. Stattdessen versuchte ich, mich an jedes Wort, das Simon eben am Telefon zu mir gesagt hatte, zu erinnern.

Diesen Abend werde ich nie vergessen, denn da habe ich kapiert, dass ich mich in dich verliebt habe.

Wie süß war das denn? Ich hatte wirklich Glück: Weder war Simon eine Klette noch ein eifersüchtiger Bestimmer, außerdem küsste er für meine Begriffe wundervoll. Er war so ganz anders als die meisten anderen Jungs, die ich kannte, nicht so … kindisch. *Souverän*, hatte Katie das neulich genannt und das traf es ziemlich gut. Simon wusste über die unglaublichsten Dinge Bescheid, ihn kümmerte nicht, was andere von ihm hielten, und das bewunderte ich. Es war ihm völlig schnuppe, wenn andere Jungs in seinem Alter über ihn herzogen, weil er lieber reiten ging anstatt Fußball zu spielen oder nur abzuhängen. In dieser Beziehung war ich ihm ganz ähnlich: Auch mich interessierte es nur wenig, was nach Meinung anderer angesagt war und was nicht. Wenn ich sah, was für einen Stress Cathrin sich machte, nur um in ihrer Klasse beliebt zu sein, dann hatte ich echt Mitleid mit ihr.

»Lotte?!?«

»Hä?« Ich schreckte aus meinen Gedanken hoch und blickte in die fragenden Gesichter meiner Eltern.

»Pferde schlafen im Stehen, Frau Pferd träumt im Sitzen.« Phil sah mich lauernd an. »Fragt sich nur von was.«

Ich ignorierte ihn. Mein Bruder war zwar ein Idiot, aber er war absolut nicht dumm. Er durfte auf keinen Fall Verdacht schöpfen, denn dann würde er nicht mehr lockerlassen, bis er alles herausgefunden hatte. Ich nahm mir vor, den Code für mein Handy auch zu Hause zu aktivieren, denn Phil schreckte nicht davor zurück, in meinem Smartphone herumzuschnüffeln, wenn er etwas herauskriegen wollte.

»Das heißt ›wie bitte‹ und nicht ›hä‹«, sagte Mama. »Ich habe dich gefragt, wie es dem Pferdepfleger geht, der den Unfall hatte.«

»Ach so. Nicht so gut, glaube ich«, erwiderte ich und erzählte ein bisschen über Frau von Richters Bemühungen, Verwandte von Herrn Schmidt ausfindig zu machen, welche sich nach seiner Entlassung aus dem Krankenhaus um ihn kümmern würden.

Später räumte ich die Küche auf, weil ich an der Reihe war. Phil kam herein und stellte irgendetwas in den Kühlschrank. Dann lehnte er sich an die Arbeitsfläche, verschränkte die Arme vor der Brust und starrte mich an.

»Was glotzt du so?«, fauchte ich.

»Wenn ich nicht wüsste, dass du nur deinen Gaul im Kopf hast, dann würde ich denken, du wärst verknallt«, sagte er.

Ein rotes Alarmsignal begann in meinem Gehirn zu blinken. Jetzt durfte ich keinen Fehler machen, sonst würde Phil anfangen, wie ein Bluthund hinter mir herzuspionieren. Eine Antwort wie ›Haha, seeeeehr lustig‹ wäre genauso falsch wie energisches Abstreiten.

»Wie kommst'n du darauf?«, fragte ich, um Zeit zu gewinnen.

»Weiß nich. Stimmt's denn?«

Meine Gedanken rasten. Ich musste ihn auf eine falsche Fährte locken und zwar absolut glaubwürdig.

»Ja, es stimmt«, erwiderte ich also und senkte meine Stimme zu einem verschwörerischen Flüstern. »Du darfst es aber *niemandem* sagen, okay? Das musst du mir versprechen!«

»Logo. Versprochen!« Die Augen meines Bruders leuchteten gierig auf. Wer glaubte, dass nur Mädchen tratschten, der irrte sich gewaltig. Die meisten Jungs waren genauso neugierig und geschwätzig. »Jetzt sag schon: Wer ist es? Kenn ich ihn?«

Oh ja, dachte ich. *Du kennst ihn allerdings*!

»Ich weiß nicht.« Ich setzte ein verschämtes Lächeln auf und kicherte blöd.

»Na los, sag schon!«, drängte Phil und ich konnte ihm ansehen, dass er im Geiste alle Jungs durchging, deren Namen er aus meinen Erzählungen kannte.

»Aber nur, wenn du schwörst!«

»Ja! Ich schwöre!«

»Sven. Der Bruder von Katie.«

Ich hatte daran gezweifelt, dass er mir das glauben würde, aber Phil schluckte den falschen Köder, ohne zu zögern.

»Ach komm!« Er schien ein kleines bisschen enttäuscht. »Ich dachte, den kannst du nicht leiden.«

»Ich konnte auch erst Katie nicht leiden«, erwiderte ich und fuhr damit fort, die schmutzigen Teller und Gläser in die Spülmaschine zu räumen.

»Und? Läuft da was zwischen euch?«, bohrte Phil weiter.

»Nein! Spinnst du!?!« Ich riss in gespieltem Entsetzen die Augen auf. »Und wehe, du redest mit irgendwem darüber! Das wäre so was von peinlich!«

Er zog endlich ab und ich atmete auf. Sven und Katie gingen auf eine internationale Schule in Oberursel, die Möglichkeit, dass irgendwer von Phils Kumpels Draco kannte, tendierte gegen null. Ich beglückwünschte mich innerlich zu diesem Einfall und hoffte, dass das Ablenkungsmanöver funktionierte. In Windeseile räumte ich die Spülmaschine ein, wischte die Arbeitsfläche ab und rannte hoch in mein Zimmer. Mein Handy steckte unter meinem Kopfkissen, so, wie ich es zurückgelassen hatte. Ich warf mich aufs Bett und checkte meine Nachrichten. Offenbar beschäftigte sich Simon bereits mit der Bedrohung durch die Leute vom Georgshof, denn er hatte keine Zeit verloren und eine WhatsApp-Gruppe mit Namen *Reitstall retten 2.0* gegründet, zu der er all die Leute hinzugefügt hatte, die im Organisationskomitee unserer Rettet-den-Reitstall-Kampagne gewesen waren, natürlich auch Cordula!

»Oh Mist!«, murmelte ich und schrieb ihm schnell eine Nachricht. Cordula durfte unter gar keinen Umständen erfahren, was wir gegen die feindliche Übernahme, wie Doro den Plan von den Georgshof-Leuten genannt hatte, unternehmen wollten! Wieso hatte ich nur vergessen, Simon von unserem Erlebnis bei Starbucks heute Vormittag zu erzählen? Bevor ich ins Badezimmer ging, aktivierte ich sicherheitshalber die Code-Sperre meines Handys, denn ich traute meinem Bruder nicht über den Weg.

Es kommt, wie es kommt im Leben!

Ein großer schwarzer Lkw kroch langsam die schmale Einfahrt zum Reitstall hoch. Er war noch größer als der von den von Richters und ich wunderte mich, dass er unter den tief hängenden Ästen der Eichen hindurchpasste. Ich kam gerade mit Wondy über den Hof und wollte in die Reithalle, in der es schon ziemlich voll war. Auf dem oberen Zirkel voltigierte die Turniergruppe auf Liesbeth, die so schnell galoppierte, dass alle Übungen, die die Mädels machten, wie im Zeitraffer wirkten. Herr Stark ritt auf Nathalie, Kristinas Schimmelpony, Alex baute mit ein paar anderen Leuten Hindernisse auf und Herr Gregori, der erste Vorsitzende, galoppierte im leichten Sitz auf Asset auf dem unteren Zirkel herum. All die anderen Reiter in der Halle kannte ich nicht.

»Tür frei, bitte!«, rief ich.

»Tür ist frei!«, erwiderte jemand und ich drückte die schwere Bandentür auf.

»Stopp!«, rief ein Mann, den ich noch nie zuvor gesehen hatte. »Du musst erst eine Nummer ziehen und wenn sie aufgerufen wird, darfst du rein.«

Er saß auf einem riesengroßen Braunen und sah mich von oben herab richtiggehend angewidert an.

»Hier wird ab heute nur noch in korrekter Turnierkleidung geritten!«

Ich bemerkte, dass alle Pferde in der Halle eingeflochten waren und die Reiter Turnierklamotten trugen. Ein paar Leute drehten sich nach mir um und kicherten.

»Wo kann ich denn eine Nummer ziehen?«, erkundigte ich mich hilflos, aber niemand antwortete mir.

»Großer Gott, schaut euch mal dieses Zotteltier an! Sieht ja aus wie ein Yak!« Annika, Dani und Susanne bogen sich vor Lachen und deuteten auf mein Pferd. Hinter ihnen stand Simon und versuchte, sich zu verstecken. War es ihm peinlich, mich zu kennen? Wondy sah tatsächlich aus wie ein Isländer! Sein Fell war so lang, dass es im Wind wehte. Es hing ihm über die Augen und bis fast auf den Boden. Aber ich hatte ihn doch erst vor ein paar Tagen in Bischofsheim geritten! Wie konnte es sein, dass sein Fell so schnell gewachsen war?

»Wo kriegt man denn wohl solche Klamotten her?«, spottete eine große dürre Dunkelhaarige mit heftig geschminkten Augen. »Vom Wühltisch oder vom Flohmarkt?«

Sie lachte Tränen, genauso wie das Kleeblatt, Cordula, Nicole und meine ganze Klasse, die erstaunlicherweise auf der Tribüne saß, samt meines Sportlehrers Herr Finke. Ich blickte an mir herunter und mir wurde abwechselnd heiß und kalt, als ich feststellte, dass ich wohl vergessen hatte, meine Reitsachen anzuziehen. Stattdessen trug ich eine glänzende rosafarbene Leggins und ein dunkelgraues, sackartiges Sweatshirt, dazu grauenhafte Plüschpuschen mit Hello-Kitty vorne drauf.

Das wäre alles nicht so schlimm gewesen, wenn nicht auch Simon schallend über mich gelacht hätte! Er hatte seinen Arm um die Schulter eines Mädchens gelegt und ich wäre am liebsten in Tränen ausgebrochen, so weh tat es mir, das zu sehen. Erst da erkannte ich das Mädchen und bekam einen furchtbaren Schreck – es war Inga! Simon und sie trugen von Kopf bis Fuß exakt dieselben weißen Klamotten und hatten sich gemeinsam einen bunten Wollschal um den Hals gewickelt, sie wirkten wie siamesische Zwillinge.

»Nummer 281!«, schnarrte eine Stimme aus großen Lautsprecherboxen, die unter der Decke der Reithalle hingen. »Nummer 281! Nummer 312 bitte bereithalten!«

»Mach mit deinem hässlichen Zottelvieh Platz für unser Goldsternchen!«, blaffte Inga mich an. Ich warf einen Blick über die Schulter und sah erstaunt, dass der ganze Hof voller Reiter war. Alle Verladerampen des schwarzen Lkw waren geöffnet und es quollen immer mehr Reiter auf ihren Pferden aus dem Innern des Transporters, der so lang war, dass er die ganze Auffahrt hinunterreichte. Simon kam mit einem herrlichen Palomino am Zügel an.

»Sag bloß keinem, dass wir uns kennen!«, zischte er mir ins Ohr. »Du bist ja so was von *peinlich!*«

»Deine Zeit ist um, Charlotte!«, zischte Inga mir ins Ohr und lachte gehässig. »Kapierst du es nicht? Verpiss dich endlich! Niemand will dich hier mehr, niemand! Und Simon ist mein Freund, er war es schon immer!«

»Nein!«, rief ich entsetzt. »Das stimmt nicht! Simon! Warte!«

»Lotte!«

»Bitte, warte doch auf mich!«, schrie ich.

»Lotte, herrje, wach auf!«, flüsterte eine vertraute Stimme an meinem Ohr. Der Stall, der große schwarze Lkw und die ganzen fremden Leute lösten sich in Luft auf und ich starrte in das besorgte Gesicht meiner Mutter.

»Mama!«, krächzte ich erleichtert und überrascht zugleich. »Was machst du denn hier im Stall?«

»Du bist nicht im Stall, sondern im Bett«, erwiderte Mama mit gesenkter Stimme. »Du hattest einen Albtraum und ich dachte, ich wecke dich lieber, bevor das ganze Haus aufwacht.«

»Oh …«, murmelte ich benommen. »Gott sei Dank! Ich hab was voll Übles geträumt.«

»Das machte ganz den Anschein.« Mama erhob sich von meiner Bettkante. »Ist alles gut?«

»Ja, ja klar. Gute Nacht, Mama. Und danke.«

Meine Mutter nickte nur und machte leise die Tür meines Zimmers hinter sich zu. Ich stieß einen tiefen Seufzer aus und setzte mich auf. Mein T-Shirt war völlig durchgeschwitzt. Es war ewig her, dass ich einen so grässlich realistischen Albtraum gehabt hatte! War die Begegnung mit Inga etwa daran schuld? Wie konnte es sein, dass ich offenbar in meinem tiefsten Innern so viel Angst vor ihr hatte? Simon hatte sich noch nie etwas aus ihr gemacht, trotzdem hatte ich geträumt, sie hätte ihn mir weggenommen!

»Es war nur ein Traum«, versuchte ich mich selbst zu beruhigen. »Das ist alles totaler Quatsch gewesen!«

Ich kuschelte mich wieder unter meine Bettdecke und

vergrub mein Gesicht in den Kopfkissen, doch es gelang mir nicht, mich aus den Fängen dieses Traums zu befreien. Sobald ich die Augen schloss, hatte ich wieder die Bilder vor Augen: den Anblick von Simon, der vor allen Leuten seinen Arm um Ingas Schulter gelegt hatte, ihr triumphierender, höhnischer Gesichtsausdruck, meine bodenlose Enttäuschung, als ich begriffen hatte, dass Simon sich für mich *schämte!*

Irgendwann musste ich schließlich doch eingeschlafen sein, aber der Traum verfolgte mich den ganzen nächsten Tag lang wie eine ferne, bedrohliche Erinnerung und ließ sich nicht abschütteln.

Um 17:00 Uhr fand das Treffen in der Sattelkammer statt, zu dem Simon per WhatsApp eingeladen hatte. Ich stand noch immer unter dem Eindruck dieses grässlichen Traums, der so seltsam realistisch gewesen war. Es waren nur etwa fünfzehn Leute gekommen, doch leider war Cordula dabei.

»Wieso hast du etwas gegen neue Leute im Verein?«, fragte sie dann auch prompt, als Simon berichtet hatte, was ihm über die geheimen Pläne von Peter Hanemann zu Ohren gekommen sei. »Auf der neuen Reitanlage gibt es 65 Boxen. Es ist doch klar, dass neue Leute dazukommen.«

»Ich habe nichts gegen neue Leute«, erwiderte er. »Ich finde es nur nicht gut, dass dieser Hanemann und seine Leute den Vorstand abwählen wollen, um die neue Reitanlage zu einem Nobel-Dressurstall zu machen.«

»Wer behauptet denn so etwas?«, wollte Cordula wissen.

»Ich habe meine Informationen.« Simon verriet Katie

natürlich nicht, denn schließlich wussten wir, dass Cordula einen guten Draht zu den Georgshof-Leuten hatte. »Soweit mir bekannt ist, soll es nur noch Dressurreiter geben. Keinen Schulbetrieb mehr, keine Springreiter, kein Voltigieren. Das ist ja wohl kaum im Sinne des Vereins. Und Herr Weyer müsste auch gehen.«

»Wie bitte?« – »Was?« – »Das darf ja wohl nicht wahr sein?«, riefen alle empört durcheinander, nur Cordula schwieg.

»Ehrlich gesagt, ich fände das gar nicht schlecht, wenn da jemand mal richtig Ordnung reinbringt«, sagte sie. »Dauernd longiert irgendwer sein Pferd, oder es reiten zehn Leute auf einmal in der kleinen Halle. Und dann ist noch die Hälfte der Zeit die Reithalle durch die Schulstunden und das Voltigieren blockiert.«

»Du bist doch selbst noch vor einem halben Jahr im Schulbetrieb geritten!«, rief Susanne entrüstet. »Nur weil du jetzt eine Reitbeteiligung hast, willst du uns Schulreiter weghaben? Das ist ja wohl das Letzte!«

»So habe ich das nicht gemeint«, verteidigte Cordula sich, aber alle fielen nun aufgebracht über sie her. Schließlich sprang sie auf und rannte hinaus in den Stall.

»Ich wette, sie schreibt das gleich ihren neuen Freundinnen und dann sind die gewarnt«, befürchtete Doro. »Das war echt nicht besonders schlau von Simon.«

»Irgendwer muss doch mal darüber reden«, widersprach ich ihr. »Wir können nicht so tun, als wäre nichts, und dann kommt die böse Überraschung.«

»Sorry, wenn ich was gegen *deinen* Simon gesagt habe«,

flüsterte Doro und verdrehte die Augen. »Aber ich denke, das war voll daneben.«

»Ruhe! Jetzt seid doch mal ruhig!«, versuchte Simon sich Gehör zu verschaffen und endlich kriegten sich alle wieder ein wenig ein. »Auf der neuen Anlage gibt es doch überhaupt keine Schwierigkeiten mehr. Wir werden eine Achtzig-Meter-Halle haben und eine Sechzig-Meter-Halle, in der der Schulbetrieb stattfinden kann. Außerdem gibt es eine Longierhalle, eine Führmaschine und zwei Außenplätze mit Allwetterboden. Es kann aber nicht sein, dass irgendwelche Fremde herkommen und das alles an sich reißen wollen.«

»Wer von uns würde die denn überhaupt in den Vorstand wählen?«, erkundigte sich Annika.

»Ihre eigenen Leute«, antwortete Simon. »Die meisten Vereinsmitglieder interessieren sich kaum für Vorstandswahlen. Auf die letzte Jahreshauptversammlung kamen knapp dreißig Leute.«

»Und was schlägst du vor, großer Bruder?«, erkundigte sich Karsten. »Keiner von uns hier darf wählen, also wieso erzählst du das nicht dem Vorstand?«

»Weil …«, begann Simon, doch dann verstummte er und grinste. »Du hast völlig recht! Genau das werde ich tun. Wir Jugendlichen können tatsächlich nichts tun, außer jedem erzählen, was dieser Hanemann und seine Gefolgsleute vorhaben.«

»Und das werden wir!«, riefen Susanne, Annika und Dani streitlustig. »Wir haben für die neue Reitanlage gekämpft und werden sie uns nicht abnehmen lassen!«

»Genau!«, nickte Bille. »Lasst uns einen Flyer entwerfen und hier im Stall verteilen.«

»Gute Idee«, fand Simon. »Wer kümmert sich darum?«

»Du natürlich«, sagte Karsten. »Und wir verteilen sie dann.«

Simon beendete die inoffizielle Versammlung.

»Ach, übrigens«, wandte Katie sich an die Anwesenden. »Wir haben das Geschenk für Herrn Schmidt besorgt und eine Karte, in die wir das Geld stecken können. Wer bringt es denn jetzt zu ihm ins Krankenhaus?«

»Das mache ich«, sagte Oliver, ohne zu zögern.

»Echt?«, fragte Doro, genauso überrascht wie wir alle.

»Klar.« Oliver zuckte die Achseln. »Her mit dem Kram. Ich fahre gleich hin.«

Später saßen Doro, Katie und ich in dem kleinen Raum unterhalb des Kasinos, in dem sich die Spinde befanden, und ich erzählte meinen Freundinnen von meinem Traum, wobei ich die Stelle mit Simon, der Inga umarmt hatte, wegließ. Zuerst fanden sie das rasend komisch und lachten sich schief, aber zum Schluss war Katie richtig besorgt.

»Du hast mit Inga nie richtig abgeschlossen«, behauptete sie. »Dinge, die man nicht beendet, verfolgen einen immer weiter.«

»Ach, Quatsch!« Doro winkte ab. »Das war bloß ein Traum. Selbst wenn Inga wieder im Stall auftauchen würde, könnte sie dir gar nichts anhaben!«

Für sie war das alles längst abgehakt, aber Katie war einfühlsamer.

»Träume sind ein Spiegelbild der Seele«, sagte sie. »Ich verstehe, dass dich das noch belastet. Doro, nichts für ungut, aber Lotte war das Ziel von Ingas Bosheit, nicht du. Deshalb hat es dich vielleicht nicht so berührt.«

»Woher weißt du denn was über Inga?« Doro hob erstaunt die Augenbrauen.

»Ihr habt mir das doch selbst erzählt, neulich, bei Starbucks«, erinnerte Katie sie. »Die Geschichte mit dem Sattel, und wie Inga euch bei der Wahl zum Jugendvorstand ablinken wollte.«

»Ach, stimmt ja.« Doro warf mir einen raschen Blick zu. »Ja, klar war Lotte das Ziel. Am Anfang auf jeden Fall. Hinterher waren wir beide der Feind für Inga.«

Mir dämmerte, dass Katie recht hatte. Inga war immer auf mich eifersüchtig gewesen, hatte hinter meinem Rücken versucht, mich bei Doro auszustechen.

»Nein, das stimmt nicht«, widersprach ich meiner Freundin deshalb. »Inga wollte dich allein für sich haben, das war ihr dringendster Wunsch und ich war ihr dabei im Weg. Nur deshalb hat sie dich in den Sommerferien so bedrängt, mit ihr zusammen Corsario zu kaufen. Sie hätte tausend andere finden können, aber sie wollte mit *dir* gemeinsam ein Pferd haben, damit ich außen vor bin!«

Doro überlegte einen Moment, dann zuckte sie mit den Schultern.

»Okay. Du könntest recht haben«, gab sie widerstrebend zu.

»Ich *habe* recht!«, rief ich. »Erinnere dich doch, wie oft sie dich angerufen und dir Briefe geschrieben hat, von denen du mir nichts sagen solltest! Zu mir war sie scheißfreundlich, dabei hat sie die ganze Zeit hintenrum versucht, uns gegeneinander aufzubringen. Als ich dann aus Frankreich kam und auf einmal auch ein Pferd hatte, hat sie gemerkt, dass sie uns so nicht auseinanderbringen kann. Deshalb hat sie meinen Sattel ruiniert und den anonymen Brief geschrieben, in dem sie uns beide verdächtigt hat. Und denk doch nur daran, wie sie reagiert hat, als Oliver sich aus Spaß über uns lustig gemacht und sie ›Miss Pummel‹ genannt hat! Sie ist nicht etwa auf Oliver losgegangen, sondern auf *mich,* dabei hatte ich gar nichts gesagt.«

Doro war ganz und gar nicht wohl in ihrer Haut, das sah ich ihr an. Ihr war es noch immer peinlich, dass sie sich dazu hatte überreden lassen, hinter meinem Rücken mit Inga zusammen ein Pferd zu kaufen, obwohl es eigentlich *unser* Traum gewesen war!

»Also, wenn Inga tatsächlich wieder im Stall auftauchen sollte, dann ziehe ich mit Won Da Pie aus, das schwöre ich euch!«, sagte ich mit bebender Stimme und kämpfte plötzlich mit den Tränen. »Ich will diese hinterhältige Kuh auf keinen Fall mehr jeden Tag sehen!«

Mir wurde schon bei der Vorstellung, Inga könnte wieder auftauchen und Zwietracht im Stall säen, hundeelend. Es war typisch für sie, dass sie mit einer linken Tour versuchte, das Stallverbot auszuhebeln! Vielleicht hatte sie diesen Peter Hanemann überhaupt erst auf die Idee mit dem Dressurstall gebracht! Zuzutrauen war es dieser Intrigantin ohne Weiteres!

Für einen Moment war es ganz still, wir hörten über uns

Möbelrücken und das Poltern von schweren Gegenständen. Katies Mutter und Vivien Buchwaldt hatten sich tatsächlich bereit erklärt, das Kasino zu betreiben, bis der Verein auf die neue Reitanlage umzog. Auf einmal sprang Doro auf.

»Oh shit!«, sagte sie und schloss ihren Spind ab. »Ich muss ja los! Ich hab Josie und Jule aus meiner Klasse versprochen, dass ich heute Abend mit ins Kino gehe.«

Ich verspürte einen scharfen Stich in meinem Innern. Wieso hatte sie mir keinen Ton davon gesagt, dass sie heute Abend ins Kino gehen wollte?

»Ciao, Mädels, wir sehen uns morgen!«, rief sie noch eilig, dann war sie verschwunden. Als die schwere Eisentür hinter ihr ins Schloss fiel, brach ich in Tränen aus. Wer zum Teufel waren Josie und Jule? Waren die ihr etwa wichtiger als ich, ihre beste Freundin? Plötzlich fühlte ich mich elend und irgendwie verraten. Katie legte mir tröstend den Arm um die Schultern und hielt mir ein Papiertaschentuch hin.

»Sie hat ein total schlechtes Gewissen und versucht, das zu überspielen«, stellte sie nüchtern fest, als ich mich wieder etwas beruhigt und mir die Nase geputzt hatte. »Habt ihr jemals über all das gesprochen?«

»Nein, nicht so richtig.« Ich fuhr mir über die Augen und schüttelte den Kopf. »Natürlich haben wir eine ganze Weile über nichts anderes geredet, aber nie mehr darüber, dass sie mich mit Corsario eigentlich hintergangen hat. Ich meine, ich hatte ihr auch nichts von Won Da Pie geschrieben, ich war so sauer auf sie, weil sie hierbleiben und den Reitabzeichenkurs machen konnte und ich nach Frankreich fahren musste!«

Die ganze Geschichte quoll auf einmal aus mir heraus: Wie gekränkt ich gewesen war, als ich gemerkt hatte, dass Doro plötzlich mehr Zeit mit Inga verbrachte, abends stundenlang mit ihr telefonierte und mit ihr Geheimnisse vor mir hatte. Außerdem erinnerte ich mich an dieses komische Gefühl, als ich glaubte, sie sei innerlich schadenfroh gewesen, als mein Pflegepferd Gento von einem Tag auf den anderen verkauft worden war, und dann noch der heimliche Kauf von Corsario. Katie hörte mir aufmerksam zu.

»Ich weiß nicht, wie ich mich gefühlt hätte, wenn ich Wondy nicht bekommen hätte!«, schloss ich endlich und musste mir wieder die Nase putzen.

»Ich mag Doro«, sagte Katie nun. »Also nicht dass du das falsch verstehst! Aber Freundschaften zu dritt gehen fast immer schief. Die eine wird eifersüchtig auf die andere, weil sie glaubt, dass die anderen ihr irgendetwas verschweigen, und oft ist das ja auch wirklich so. Und wenn dann noch Jungs ins Spiel kommen, wird es ganz schwierig.«

»Meinst du, Doro ist eifersüchtig wegen Simon?«, fragte ich. Mir fielen die spitzen Bemerkungen ein, die Doro in letzter Zeit immer wieder fallen ließ.

»Ich weiß nicht. Vielleicht ein bisschen«, erwiderte Katie. »Sie ist es gewöhnt, dass du immer Zeit für sie hast und ihr alles erzählst – was sie offenbar nicht getan hat. Wenn man einen Freund hat, dann erzählt man seinen Freundinnen plötzlich nicht mehr alles. Das ist ganz normal. Viele Sachen gehen andere auch überhaupt nichts an. Vor allem wenn das Vertrauen zu jemandem mal einen Knacks gekriegt hat, dann wird man vorsichtig.«

Stimmte das? Vertraute ich Doro nicht hundertprozentig? Oder warum erzählte ich ihr längst nicht alles, was Simon und ich so redeten? Ich hatte ihr zum Beispiel nicht gesagt, dass Simon vor mir noch nie eine Freundin gehabt hatte, dabei war das eher harmlos. Nein, das war es nicht! Simon hatte mir das ganz im Vertrauen gesagt und es war mir nicht richtig erschienen, so etwas weiterzuerzählen, selbst meiner besten Freundin nicht!

»Ich glaub, du hast recht«, sagte ich zögernd. »In letzter Zeit gibt es ganz viele Sachen, die ich lieber dir erzählen würde als Doro, aber ich traue mich nicht so richtig, weil ich Angst habe, dass sie davon erfährt und dann gekränkt ist. Ich weiß ja, wie sich das für mich angefühlt hat damals, mit Inga.«

»Mir geht's auch so.« Katie seufzte. »Du bist die erste echte Freundin, die ich jemals hatte. Ich kann dir wirklich alles von mir erzählen und ich würde total gerne auch Sachen nur mit dir unternehmen, aber ich will mich auf keinen Fall zwischen Doro und dich drängen.«

Wenn ich genau darüber nachdachte, dann war mir Doro in den letzten Wochen ein wenig fremd geworden. Sie war noch ganz die Alte, aber ich hatte mich verändert, das merkte ich. Ich war längst nicht mehr die ängstliche, unsichere, picklige Charlotte, die im Windschatten der mutigen, selbstbewussten, hübschen Doro dahingesegelt war. Dank Won Da Pie war ich inzwischen eine bessere Reiterin geworden und das hatte mir Selbstvertrauen gegeben. Katie war mir in vielen Dingen näher – zwischen uns hatte es nie diese unterschwellige Eifersucht, die Enttäuschungen und einen so schwerwiegenden Vertrauensbruch gegeben, wie mit Doro im vergangenen Sommer. Die vielen kleinen Lügen und Heimlichkeiten, die schließlich in dem Kauf von Corsario gegipfelt hatten, hatten mich tiefer verletzt, als ich mir eingestehen wollte. Ich hatte das alles verdrängt, aber nicht vergessen.

»Früher war Doro immer die Stärkere von uns beiden gewesen«, sagte ich nachdenklich. »Sie war viel mutiger als ich, konnte besser reiten, führte in der Clique das Wort. Und das hat sich alles irgendwie … verändert.«

»Deshalb wollte Inga auch unbedingt mit ihr befreundet sein«, analysierte Katie. »Du warst Konkurrenz für sie.«

»Ja, wahrscheinlich.«

»Aber das bist du heute nicht mehr!« Katie ergriff meine Hände und sah mich eindringlich an. »Verstehst du, Lotte, selbst wenn Inga wieder in den Stall käme, dann wärst *du* es diesmal, mit der sie befreundet sein wollte! Du hast Doro überholt. Du hast das bessere Pferd, bist erfolgreicher und bei allen im Stall beliebt. Und jetzt hast du auch noch einen Freund!«

Du hast Doro überholt!

Stimmte das? Wenn ja, dann war das nicht mit Absicht geschehen oder weil ich es drauf angelegt hätte, besser als Doro zu sein. Sie war seit Jahren meine beste Freundin, ein Leben ohne sie konnte ich mir nicht vorstellen. Vielleicht hatte ich nur deshalb die ganzen unerfreulichen Ereignisse nie mehr erwähnt, weil ich befürchtete, dass es Doro und mich auseinanderbringen könnte, und das wollte ich auf keinen Fall. Aber wie lange würde das noch gut gehen?

Ein böser Streit

»Ich weiß nicht so recht«, sagte ich zögernd. »Wir haben doch noch nie Reitunterricht gegeben.«

»Was ist denn schon dabei?« Doro ignorierte alle meine Bedenken. »Josie soll ja erst mal nur ein bisschen Schritt reiten und vielleicht leichttraben.«

Mir war nicht wohl bei dieser Sache, aber Doro war total begeistert von ihrer Idee, ihrer Klassenkameradin Reitstunden zu geben, und Josie war ebenfalls Feuer und Flamme. Seit einer halben Stunde hockten wir nun schon in Doros Zimmer. Josie saß ganz selbstverständlich neben Doro auf dem Bett, während mir nur der Platz auf dem Boden blieb, und spielte an ihrem Smartphone herum.

»Huhu! Was soll denn schon groß passieren?«, fragte sie. »Ist ja nicht das erste Mal, dass ich auf 'nem Pferd sitze. In den Ferien bin ich schon oft geritten.«

»Es regnet, der Platz steht komplett unter Wasser«, sagte ich. »Und Nado ist nicht gerade ein Anfängerpferd.«

»Lotte ist die reinste Pessimistin und hat immer wegen allem Bedenken, musst du wissen«, sagte Doro nun spöttisch zu Josie, woraufhin beide kicherten.

»Das stimmt doch überhaupt nicht!«, protestierte ich empört. »Wie kannst du so etwas sagen?«

»So Leute gibt's.« Josie wechselte einen vielsagenden Blick mit Doro und warf ihren roten Haarvorhang über ihre Schulter. »Manchmal muss man halt auch mal was wagen, stimmt's, Doro?«

Doro nickte und grinste und sagte nichts zu meiner Verteidigung, was mich noch mehr ärgerte.

»Macht, was ihr wollt.« Mir reichte es. Ich stand vom Boden auf. »Nado ist dein Pferd.«

Vielleicht war ich ein bisschen eifersüchtig, aber ich mochte diese Josie mit ihren glatten rot gefärbten Haaren und den schwarz geschminkten Augen nicht so besonders. Wieso hatte Doro mir nie zuvor von ihr erzählt?

Ich sah die beiden dicht nebeneinander auf dem Bett sitzen und blöd herumkichern und fühlte mich urplötzlich wieder wie früher, wenn Inga mit dabei gewesen war und ich das sichere Gefühl hatte, dass sie und Doro mir irgendetwas verschwiegen.

»Ich muss in den Stall.« Ich stand auf und öffnete die Zimmertür. »Wir sehen uns später.«

»Warte! Wir gehen mit!« Doro folgte mir hinaus in den Flur, hielt mich am Arm fest und sah mich bittend an. »Du hilfst mir doch, Lotte, oder?«

Nein, dachte ich störrisch, mach den Scheiß mit dieser blöden Kuh allein!

Doch dann nickte ich widerstrebend. Ich hatte Doro noch nie eine Bitte abschlagen können.

»Ich halte das aber trotzdem nicht für eine gute Idee«, sagte ich.

»Ach, Lotte, sei nicht so negativ!«, warf Doro mir mit

gesenkter Stimme vor. »Josie freut sich total! Ihre Eltern haben kein Geld für Reitstunden. Willst du ihr das kaputt machen?«

»Nein, natürlich nicht«, entgegnete ich unbehaglich.

Ich fand es ziemlich mies von Doro zu behaupten, ich sei negativ, aber ich wollte keinen Streit mit ihr und hielt deshalb die Klappe.

In der Reithalle longierte Herr Weyer gerade ein Pferd, die Reiter für die 15-Uhr-Reitstunde führten die Schulpferde in die Halle.

»Ich werde Nado erst etwas ablongieren«, sagte Doro und führte den Schimmelwallach zum Platz. »Ihr bleibt erst mal draußen.«

Josie und ich stellten uns an die Umzäunung und sahen zu, wie Nado um Doro herumtrabte und galoppierte. Ich versuchte ein paarmal ein Gespräch anzufangen, aber Josie tippte nur auf ihrem Smartphone herum und beachtete mich kaum.

»So, jetzt könnt ihr herkommen!«, rief Doro nach zehn Minuten. »Nado hat genug Dampf abgelassen.«

Wir wateten durch die Pfützen zu ihr hin, Josie reichte mir ihr Smartphone mit der Anweisung, ganz viele Bilder von ihr hoch zu Ross zu machen, und ich hielt Nado fest, während Doro ihrer Freundin zeigte, wie man aufsaß. Beim dritten Mal schaffte Josie es, in den Sattel zu kommen.

»Hu, wie cool!«, kicherte sie. »Mach mal 'n Foto, Lotte!«

»Wie denn?«, brummte ich. Ich hatte die Longierpeitsche in der einen und die Longe in der anderen Hand.

Mittlerweile hatte es angefangen zu regnen und Nado war alles andere als begeistert davon, im Nieselregen auf dem schlammigen Reitplatz im Kreis um Doro und mich herumzutrotten. Immer wieder blieb er störrisch mit angelegten Ohren stehen und versuchte, sich an der Longe umzudrehen. Das mulmige Gefühl in meinem Innern wurde von Runde zu Runde stärker.

»Lass uns lieber aufhören«, sagte ich leise zu Doro. »Ich glaube, Nado explodiert jeden Moment.«

»Ach was!«, widersprach Doro mir. »Ich hab ihn doch extra ablongiert, er ist todbrav! Immerhin war er mal ein Schulpferd.«

Sie vergaß dabei, dass Nado zwar tatsächlich vom Verein als Schulpferd gekauft worden war, sich aber für den Schulbetrieb als völlig ungeeignet erwiesen hatte. Er war zu sensibel und konnte es nicht leiden, wenn Anfänger auf ihm herumhopsten, im Maul zerrten und mit den Schenkeln bolzten. Nachdem er ein paar Reiter heruntergebockt hatte, hatte der Verein beschlossen, ihn wieder loszuwerden.

»Huhu! Ich will mal traben, Doro!«, rief Josie. »Lotte, huhu, film mich doch mal!«

Ich nahm also ihr Handy und tippte auf die Kamerafunktion.

Auf einen Wink mit der Longierpeitsche hin setzte Nado sich widerwillig in Bewegung. Josie klopfte wild mit den Schenkeln und Doro schnalzte und wedelte mit der Peitsche, aber nach ein paar Metern stoppte der Schimmel wieder.

»Huhu, Gaul, jetzt trab doch mal!«, sagte Josie.

»Gaul!«, murmelte ich verstimmt und mir war es egal, dass das später auf dem Video zu hören sein würde. Diese Josie und ihr dauerndes »Huhu« gingen mir total auf die Nerven! Aus dem Nieselregen wurde ein richtiger Bindfadenregen und Nado hatte schließlich die Nase voll: Er blieb stehen und reagierte nur mit ärgerlich angelegten Ohren auf Doros Schnalzen und Peitschenknallen.

»Ich glaub, du musst ihn führen«, sagte Doro zu mir. »So geht das ja nicht.«

»Soll ich jetzt filmen oder führen?«, erwiderte ich gereizt.

»Führ lieber den Gaul!«, rief Josie mir zu, als sei ich ihre Sklavin. »Mann, der ist ja ganz schön lahmarschig!«

Ich konnte nicht fassen, dass Doro nichts dazu sagte. Wenn irgendjemand mein Pferd als »Gaul« bezeichnen und ihm derart grob in den Bauch kicken würde, hätte ich ihn binnen Sekunden aus dem Sattel gezerrt! Mit zusammengebissenen Zähnen stapfte ich zu Nado hin, ergriff ihn am Zügel und wollte ihn führen, aber er weigerte sich, neben mir herzugehen. Er knirschte mit den Zähnen, verdrehte die Augen und legte die Ohren so flach an, dass es aussah, als hätte er gar keine. Ich versank bis über die Knöchel im Schlamm und fühlte mich komplett hilflos. In dem Moment sah ich Simon mit dem Roller die Auffahrt hochfahren und hatte keinen Bock mehr auf das ganze Theater.

»Das hat keinen Sinn!«, rief ich Doro zu.

»Der muss jetzt noch mindestens eine Runde gehen«, erwiderte meine Freundin, die sich nur ungern Niederlagen eingestand, halsstarrig. »Los, Nado, du sturer Sack, komm schon!«

Sie fuchtelte mit der Peitsche herum und traf den Schimmel mit der Peitschenschnur an der Flanke. Schlagartig erwachte Nado aus seiner Lethargie, machte einen wilden Satz zur Seite und keilte zornig nach hinten aus. Ich stand immer noch in seiner Nähe und seine Hinterhufe sausten nur Zentimeter an meinem Gesicht vorbei.

»Sag mal, spinnst du?«, schrie ich meine Freundin erschrocken an. Und dann ging alles ganz schnell. Nado machte einen Bocksprung und galoppierte los.

»Hilf mir, Lotte!«, schrie Doro und stemmte sich mit aller Kraft gegen die Longe. Nado zerrte sie hinter sich her und schlug dabei immer wieder nach hinten aus. Sie stolperte hinter ihm her, doch dann rutschte ihr die nasse Longe aus den Händen und sie klatschte mit dem Bauch in den Matsch!

»Hilfe!«, kreischte Josie und tat instinktiv das, was alle Anfänger in einer solchen Situation taten: Sie zog die Absätze hoch und klammerte sich mit den Beinen an Nados Bauch fest. Das gefiel dem Schimmel überhaupt nicht! Er buckelte und donnerte in gestrecktem Galopp mit schleifender Longe auf den Ausgang des Reitplatzes zu. Simon hatte angehalten und war von seinem Roller gesprungen, aber er konnte auch nichts tun.

»Halt dich fest!«, brüllte Doro, die nun auf allen vieren im Matsch hockte.

Huhu, Josie!, dachte ich boshaft. *Findest du den Gaul jetzt immer noch lahmarschig?*

Das sagte ich natürlich nicht laut, aber ich empfand ein kleines gemeines Gefühl der Genugtuung, wofür ich mich sofort schämte, denn die Situation war alles andere als lustig. Nado wurde immer schneller und Josie, schneeweiß im Gesicht, schrie wie am Spieß und krallte sich verzweifelt an Nados Mähne fest, um nicht herunterzufallen. Der Schimmel, irritiert von dem Geschrei, den umherflatternden Steigbügeln und der schleifenden Longe, machte ein paar rodeoreife Bocksprünge, die auch einen erfahrenen Reiter in Not gebracht hätten. Josie flog aus dem Sattel, krachte gegen die Umzäunung des Reitplatzes und blieb reglos liegen.

»Oh nein!«, rief ich und versuchte, loszurennen, aber auf dem matschigen Boden kam ich kaum voran. Simon hatte seinen Helm ausgezogen und kniete schon neben Josie.

»Nado!«, schrie Doro hinter mir.

Das Geschrei hatte Herrn Weyer aufgeschreckt und er trat just in dem Moment aus der Reithalle, als Nado wie ein Irrer auf die Stalltür zugaloppierte.

»Brrrr! Hoooo-la!« Der Reitlehrer stellte sich dem Schimmel todesmutig mit erhobenen Armen in den Weg. Nado stoppte bei seinem Anblick, schlitterte auf dem nassen Beton, aber seine Hufe fanden keinen Halt und er stürzte hin.

»Nein, Nado, *nein*!« Doro wollte an mir vorbeirennen, aber ich bekam ihren Arm zu fassen und hielt sie fest.

»Bleib, wo du bist!«, herrschte der Reitlehrer sie an. Er hatte die Longe ergriffen und kniete sich nun auf Nados Hals, bis das Pferd aufhörte zu zappeln. Angelockt von dem Lärm kamen ein paar Leute aus dem Stall, doch ich nahm sie kaum wahr. Ich hielt Doros Arm umklammert und sah wie in Zeitlupe, dass Nado wieder auf die Beine kam und sich schüttelte. Er stand da, seine Flanken pumpten und sein nasses, schlammverspritztes Fell dampfte im Regen. An seinem Vorderbein klaffte eine blutende Wunde.

»Das wollte ich nicht, das wollte ich nicht!«, wimmerte Doro neben mir, die Tränen strömten ihr über das Gesicht.

»Was ist mit dem Mädchen?«, wollte Herr Weyer wissen, der auch ganz blass vor Schreck war. Erst da fiel mir wieder *Huhu*-Josie ein und ich drehte mich um. Mir wurde vor Erleichterung ganz flau, als ich sie neben Simon an der Umzäunung des Reitplatzes stehen sah. Für einen Moment hatte ich gedacht, sie sei schwer verletzt. Simon hakte sie hilfsbereit unter und Josie humpelte neben ihm auf uns zu. Ihr Augen-Make-up war total zerlaufen und sie war genauso dreckig wie Doro.

»Das tut mir so leid!«, schluchzte Doro und streichelte Nados Hals, Josie war ihr völlig egal. »Echt, das hab ich nicht gewollt!«

»Darüber reden wir noch«, sagte Herr Weyer, so kalt wie ich ihn noch nie erlebt hatte. »Vivien, bring bitte das Pferd in den Stall und ruf den Tierarzt an.«

Seine Freundin nickte und nahm ihm die Longe aus der Hand. Nado schien bis auf die Wunde nicht schlimmer verletzt zu sein, er verschwand nur etwas steifbeinig mit Vivien im Stall. Doro stolperte weinend hinterher.

»Mir geht's gut«, beteuerte Josie, als Herr Weyer wissen wollte, ob sie sich verletzt habe. Sie nahm die Reitkappe ab, fuhr sich mit beiden Händen durch die Haare und wandte sich an mich: »Hast du das wenigstens gefilmt? Dafür krieg ich bei YouTube sicherlich ein paar Hundert Likes.«

Mir klappte vor Verblüffung der Mund auf und auch Herrn Weyer verschlug es für einen Moment die Sprache.

»Ist das alles, was dich interessiert?«, schnaubte ich wütend. Ich drückte Josie das Smartphone in die Hand und sie reichte mir die schmutzige Reitkappe. »Du hättest dir das Genick brechen können, du blöde Nuss!«

Ich hatte echt die Nase voll von dieser bescheuerten Tante!

»Darf ich fragen, wie du heißt und wo du wohnst?«, wollte Herr Weyer nun wissen.

»Wieso das denn?«, fragte Josie erstaunt.

»Du könntest eine Gehirnerschütterung haben«, sagte Simon und ließ sie los.

»Ach so.« Josie zuckte die Schultern und grinste. »Ich heiße Josie … äh … Müller und wohne in der … äh … Hauptstraße.«

»Verarschen kann ich mich selbst!« Herr Weyer hatte sich von seinem Schrecken einigermaßen erholt und war nun wirklich sauer. »Aber offenbar geht es dir ja gut.«

Er drehte sich um und verschwand kopfschüttelnd im Stall. Da erinnerte sich Josie an Simon und blickte ihn mit einem schmachtenden Augenaufschlag an.

»Du hast mir das Leben gerettet«, hauchte sie. Und dann gab sie ihm einen Kuss auf die Wange, der bei mir endgültig das Fass zum Überlaufen brachte.

»Die Reitkappe hat dir das Leben gerettet, nicht ich«, erwiderte Simon kühl. Er ließ sie stehen, legte mir kurz den Arm um die Schulter und sah mich an.

»Alles klar bei dir?«

»Na ja.« Ich schüttelte den Kopf. »Ich hab Doro mehrfach gewarnt, dass das gefährlich ist, aber sie wollte absolut nicht auf mich hören! Hoffentlich hat Nado sich nicht schlimm verletzt.«

»Und wenn es so wäre, dann ist sie selbst schuld.« Simon hatte für waghalsige, unüberlegte Aktionen nicht viel übrig.

»Huhu, Lotte! Ich geh dann mal«, sagte Josie, aber ich drehte mich nicht einmal mehr nach ihr um.

Wenig später hielt Herr Weyer Doro und mir in der Sattelkammer eine Standpauke, die sich gewaschen hatte.

»Wer ist auf diese schwachsinnige Idee gekommen, das Mädchen bei dem Wetter draußen auf dem Platz reiten zu lassen?«, fragte er, nachdem er die Tür hinter sich geschlossen hatte.

»Josie wollte unbedingt mal reiten«, erwiderte Doro kleinlaut. »Sie hat mich immer wieder gefragt.«

Ich sah sie verblüfft an. Wenn ich es vorhin in ihrem Zimmer alles richtig verstanden hatte, hatte Doro vor Josie mit ihrem Pferd angegeben und sie mehr oder weniger dazu gedrängt, ihr Longenstunden zu geben! Aber das war jetzt auch egal, was geschehen war, war geschehen.

»Du müsstest doch wissen, dass sich dein Pferd für so etwas nicht eignet!«, entgegnete Herr Weyer ärgerlich. »Wir haben hier Schulpferde und ich denke, ich bin ausreichend qualifiziert, um Anfänger zu unterrichten!«

»Josies Eltern haben kein Geld für Reitstunden«, sagte Doro zerknirscht. »Ich hab mich überreden lassen, obwohl ich kein gutes Gefühl bei der ganzen Sache hatte.«

Das war doch glatt gelogen!

Der Reitlehrer stieß einen tiefen Seufzer aus und schüttelte den Kopf.

»Mädchen, Mädchen«, sagte er zu Doro. »Weißt du eigentlich, was für ein Riesenglück ihr hattet? Ganz abgesehen von den rechtlichen Folgen, die es mit sich gebracht hätte, weil keine Versicherung bei so etwas zahlt, hätte sich eure Freundin bei dem Sturz eben wirklich schwer verletzen können!«

Doro blickte zu Boden.

»Lotte, gerade von dir hätte ich erwartet, dass du vernünftiger wärst und bei so einem gefährlichen Unsinn nicht mitmachst«, sagte der Reitlehrer zu mir. »Du hast mich echt enttäuscht.«

Ich spürte, wie mir das Blut ins Gesicht stieg.

»Aber es ist ja glücklicherweise alles noch einmal glimpflich ausgegangen«, sagte Herr Weyer schließlich. »Ich hoffe, dass das eine Lehre für euch war und ihr nie wieder solch einen Mist baut.«

Ich sah Doro an, aber die vermied jeden Blickkontakt und starrte beharrlich auf den Fußboden. Wie konnte sie es nur zulassen, dass Herr Weyer jetzt so etwas von mir dachte? Warum stellte sie das nicht klar?

Der Reitlehrer öffnete die Tür und ging hinaus. Doro folgte ihm, ohne noch ein Wort zu mir zu sagen, und ich blieb wie vom Donner gerührt neben dem Schreibtisch stehen. Ich konnte es nicht fassen! Kein Wort der Entschuldigung oder gar des Dankeschöns an mich, weil ich zu ihr gehalten und stumm die Strafpredigt von Herrn Weyer über mich hatte ergehen lassen, obwohl ich – genau betrachtet – nichts damit zu tun hatte! Ganz im Gegenteil! Ich hatte Doro mehrfach gewarnt, aber statt auf mich zu hören, hatte sie mich vor dieser blöden Josie verspottet, nur um gut vor ihr dazustehen! So sprang man nicht mit seiner besten Freundin um!

Es dauerte ein paar Minuten, bis ich mich von dem Schock erholt hatte. Das würde ich mir nicht gefallen lassen! Ich marschierte auf Doro zu, die beobachtete, wie Vivien auf der Stallgasse Nados Wunde verarztete.

»Das ist ja wohl total mies, was du hier gerade abgezogen hast!«, warf ich ihr vor, obwohl meine Knie zitterten, mein Herz klopfte und sich mein Magen wie ein Stein zusammenballte. Ich hasste solche Konfrontationen.

»Wie meinst du das?« Doro sah mich mit ausdrucksloser Miene an, doch ihre Augen funkelten warnend.

»Wenn du schon nicht den Mut hast, zuzugeben, dass du ganz allein auf diese bescheuerte Idee mit der Longenstunde gekommen bist, dann hättest du dich wenigstens bei mir dafür bedanken können, dass ich mich auch hab anmeckern lassen!«, redete ich weiter. »Und abgesehen davon habe ich dich mehrfach gewarnt, aber du hast nicht auf mich gehört, weil du vor Josie die große Reitlehrerin spielen wolltest.«

Doro wurde blass vor Zorn.

»Du bist ja eine ganz tolle Freundin!«, zickte sie mich an. »Willst du mich schlechtmachen, oder was soll das?«

»Nein! Aber du offensichtlich mich! Sonst würdest du zu dem, was du getan hast, stehen! Ich hab mich von dir überreden lassen, bei diesem Mist mitzumachen, das war mein Fehler!«

»Mädels, beruhigt euch doch.« Vivien richtete sich auf und versuchte, uns zu besänftigen. Vergeblich.

»Schon gut, Vivien«, sagte ich zu ihr, dann wandte ich mich wieder an Doro. »Denk mal drüber nach, ob das heute alles so fair war mir gegenüber!«

»Und denk du mal drüber nach, ob das okay ist, wie du mich abservierst, nur weil du jetzt lieber mit Katie und deinem tollen Simon zusammen bist«, giftete sie feindselig.

Das war ja wohl der Gipfel der Frechheit!

»Wann hab ich dich denn jemals ›abserviert‹?«

»Du hockst mit Katie stundenlang bei den Spinden und heulst dich bei ihr aus, dann reitest du allein mit Simon ins Gelände und als Katie nach dem Unfall von Herrn Schmidt bei dir war, hast du nicht mal Bescheid gesagt!«, sprudelte es aus Doro heraus. Ich konnte nicht fassen, was sie da sagte!

»Moment mal!« Ich stemmte die Hände in die Hüften. »Wir saßen zu dritt hinten bei den Spinden, aber da musstest du weg, weil dir ganz plötzlich eingefallen ist, dass du mit dieser Josie ins Kino wolltest! Und als wir ins Gelände reiten wollten, hast du behauptet, du müsstest um vier Uhr zu Hause sein!«

»Da war meine Wahrnehmung aber etwas anders«, antwortete Doro bissig. »Du drehst doch alles so hin, wie es dir passt.«

Das war eine echt gemeine Unterstellung, aber jetzt war endgültig Schluss mit lustig.

»Wer verdreht denn alles und lügt, dass sich die Balken biegen?«, schoss ich böse zurück. »Du hast doch gerade dem Weyer glatt ins Gesicht gelogen, von wegen Josie hätte *dich* gefragt, ob sie reiten dürfte! Das stimmte doch gar nicht! Du hast sie dazu überredet! Ich hab's mit eigenen Ohren gehört!«

»Das ist nicht wahr!«, schrie Doro los. »Sie nervt mich schon seit Wochen deswegen! Was weißt du denn schon?«

»Offensichtlich nichts«, erwiderte ich mühsam beherrscht. »Du brauchst mich übrigens nicht so anzubrüllen.«

Einen winzigen Augenblick glaubte ich, sie würde auf mich losgehen, denn sie ballte die Hände zu Fäusten.

»Leck mich doch!«, zischte sie hasserfüllt, und unversehens tat sich vor mir ein Abgrund der Enttäuschung auf.

»Wie kannst du bloß so was zu mir sagen!« Meine Stimme bebte und ich kämpfte mit aller Macht gegen die Tränen, die sich schmerzhaft in meiner Kehle zusammenballten. Verdammt, warum hatte ich bloß so nah am Wasser gebaut? Bevor ich vor ihr und Vivien anfing zu heulen, machte ich kehrt, holte meine Trense und meinen Sattel und ging schnurstracks hinaus zu meinem Pferd.

Won Da Pie wieherte mir freudig entgegen und selten war ich glücklicher darüber gewesen, dieses Pferd zu besitzen. Egal was alles passierte, egal ob vielleicht sogar die Freundschaft mit meiner besten Freundin zerbrach, Wondy blieb auf wunderbare Weise immer der Gleiche und das tröstete mich.

WAS IST BLOß MIT DORO LOS?

Die Osterferien waren vorbei und die Schule begann wieder. Seit unserem Streit auf der Stallgasse hatten Doro und ich kein Wort mehr gewechselt. Hin und wieder ritten wir zusammen in der Halle oder in der Springstunde, die nun wieder auf dem Platz draußen stattfand, aber sonst gingen wir uns aus dem Weg und ich stellte fest, dass ich nicht wirklich unglücklich darüber war. Meistens verschwand Doro gleich nach dem Reiten und sie hatte auch nichts mehr über die Turniere gesagt, die wir eigentlich zusammen hatten reiten wollen. Auf Katies Frage, ob sie denn nun für sie die Turniere nennen sollte, hatte Doro zurückhaltend reagiert, und danach war es kein Thema mehr gewesen. Zu meiner Verwunderung fehlte Doro mir als Freundin nicht, ganz im Gegenteil: Ich verspürte ein Gefühl der Erleichterung, so als ob mir eine Last von den Schultern genommen worden wäre. Ich brauchte kein schlechtes Gewissen zu haben, wenn ich mit Katie oder Simon telefonierte oder schrieb, und mich kümmerte es nicht mehr, ob sie mit dieser Josie oder irgendwelchen anderen Leuten herumhing, von denen sie mir nie erzählt hatte. Ich hatte nicht vor, einen Schritt auf Doro zuzugehen, denn sie war es schließlich, die sich unfair verhalten und mich beschimpft hatte und es jetzt nicht fertigbrachte, über ihren Schatten zu springen und sich bei mir zu entschuldigen.

Vivien hatte Herrn Weyer offenbar erzählt, was sie mitbekommen hatte, denn er war am Tag nach der missglückten Longenstunde zu mir gekommen.

»Warum hast du denn nichts gesagt, als ich euch eine Standpauke gehalten habe?«, hatte er sich gewundert.

»Ich wollte Doro nicht in die Pfanne hauen«, hatte ich erwidert. »Außerdem dachte ich, dass sie das selbst zugeben würde.«

»Das war sehr anständig von dir, aber nicht nett von Doro«, hatte Herr Weyer nachdenklich festgestellt. »Aber das werdet ihr sicherlich unter euch klären.«

»Ja, ja, vielleicht«, hatte ich nur schulterzuckend geantwortet, aber seitdem war nichts passiert. Da Doro wohl nicht genug an unserer Freundschaft lag und ich wiederum keine Veranlassung sah, mich mit ihr zu versöhnen, wurde jedoch nichts geklärt.

Simon hatte den Flyer für unsere Aktion entworfen und in einem Copyshop einen Stapel Kopien machen lassen. Die hatte er an uns verteilt, damit wir sie jedem erwachsenen Vereinsmitglied in die Hand drücken konnten. Von Peter Hanemann stand nichts in dem Flyer, eigentlich war es nur ein nachdrücklicher Aufruf, zur Jahreshauptversammlung zu gehen, bei der es um die Zukunft und die Neuausrichtung unseres Reitvereins gehen würde, und so gab es keine Aufregung.

Jeder fand die Initiative gut – doch mehr auch leider nicht, zu Simons Enttäuschung.

Im Laufe der Zeit vergaß ich beinahe die Bedrohung durch die Georgshof-Leute, denn es gab aufregendere Dinge, die mich beschäftigten.

Katie und ich waren nach Erbenheim und zwei Wochen später nach Hofheim aufs Turnier gefahren und ich hatte mit Wondy mehrere Platzierungen und eine goldene Schleife in A- und L-Springen errungen. Katie hatte zwei L- und ein M-Springen gewonnen und zwei Schleifen in M-Springen abgesahnt.

An einem Dienstag im Mai sollte auf der Wilhelmshöhe feierlich der erste Spatenstich für den Neubau der Reitanlage gemacht werden, und am Mittwochabend, am Tag vor Christi Himmelfahrt, feierten Isa und ihr Verlobter ihren Polterabend im Stall. Merle, Jutta und Gaby, die besten Freundinnen von Isa, sammelten seit Wochen eifrig Fotos und gestalteten ein Erinnerungsfotobuch, außerdem wollten wir mit den Pferden vor der katholischen Kirche am Freitagvormittag Spalier stehen, deshalb hatte Herr Weyer nach unserer Reitstunde am Donnerstagnachmittag ein Treffen im Kasino für all jene anberaumt, die daran teilnehmen wollten.

Das Wetter war seit ein paar Tagen beinahe sommerlich. Die Sonne schien vom wolkenlosen Himmel und das Thermometer kletterte bis auf 26 Grad. Wir waren alle froh, dass wir nach dem langen Winter und dem verregneten Frühling endlich der Enge der Reithalle entrinnen und wieder auf dem großen Reitplatz reiten konnten. Auch den Pferden schien die tägliche Arbeit an der frischen Luft viel mehr Spaß zu machen.

»Ich hab noch nie mit einem Pferd Spalier gestanden!«, freute sich Beate, als wir im Schritt auf dem Platz trockenritten. »Hoffentlich kann ich mitreiten!«

»Wenn du kein Schulpferd kriegst, dann kannst du Nado nehmen«, sagte Doro zu ihr.

»Echt?« Beate riss verblüfft die Augen auf. »Das wäre ja cool!«

»Wieso reitest du denn nicht mit?«, erkundigte sich Karsten überrascht.

»Ich bin nicht da an dem Freitag«, erwiderte Doro nur knapp. »Ich such übrigens eine Reitbeteiligung, Beate.«

Sie ritt vom Platz, saß ab und führte Nado zur Waschecke, um ihm die Beine abzuspritzen.

Natürlich hatten alle längst gemerkt, dass etwas zwischen Doro und mir vorgefallen war und wir nicht mehr miteinander redeten. Anfänglich hatten Oliver, Karsten, Beate, Ralf, Bille und Kristina noch einzeln oder gemeinsam versucht, uns irgendwie zu versöhnen, aber irgendwann hatten sie aufgegeben. Dadurch, dass Doro ohnehin immer sofort nach dem Reiten verschwand, war die Stimmung in der Clique nicht unbedingt schlecht, aber wir verbrachten viel weniger Zeit miteinander, als das noch vor einem halben Jahr der Fall gewesen war. Oliver und Karsten kamen fast nur noch zu den Reitstunden. Unsere Clique, wie sie einmal gewesen war, löste sich langsam, aber sicher auf, doch es fühlte sich längst nicht so schmerzlich an, wie ich das befürchtet hatte.

»Da kommt ja auch mein Bruder, der alte Spießer«, sagte Karsten, als Simon mit seinem Roller um die Ecke bog.

»Ich dachte, er arbeitet nachmittags beim Obst-Michel in den City Arkaden«, wunderte Oliver sich.

»Nicht jeden Tag. Mittwochs hat er Gemüse-frei«, erwiderte Karsten sarkastisch und alle lachten über diese Bemerkung, bis auf mich.

Aus irgendeinem Grund war Karsten sauer auf Simon, aber das kam öfter vor. Ich wusste, dass es Simon tierisch nervte, wenn Karsten nur herumhing, Computerspiele zockte und sich alle Hausaufgaben per WhatsApp von einem Klassenkameraden schicken ließ, um sie abzuschreiben.

»Meine Schwester hat mich neulich auch voll bei meinen Alten verpfiffen, die blöde bitch«, hörte ich Oliver sagen. »Ältere Geschwister braucht kein Mensch.«

Ich tat so, als würde ich nicht hören, was Karsten nun antwortete, und verließ gemeinsam mit Beate den Platz. Niemand wusste, dass Simon und ich zusammen waren, offenbar hatte Doro den Mund gehalten – wenigstens etwas!

»Meinst du, Doro hat das eben ernst gemeint?«, fragte Beate mich nun ganz aufgeregt. »Das mit der Reitbeteiligung?«

»Sie hat's auf jeden Fall gesagt.« Ich ließ mich aus dem Sattel gleiten, lockerte den Gurt und schob die Steigbügel hoch. »An deiner Stelle würde ich dranbleiben, bevor dir das Kleeblatt zuvorkommt.«

Herr Weyer hatte uns ordentlich schuften lassen und Won Da Pie hatte geschwitzt. Er rieb seinen Kopf an meiner Schulter. Ich hockte mich hin und nahm ihm die Gamaschen ab. Aus der Froschperspektive sah ich meine ehemals beste Freundin aus dem Stalltor kommen. Sie schien es eilig zu haben.

»Doro! Warte mal!«, rief Beate.

»Was ist denn?«, fragte Doro und blieb stehen.

»Ich würde voll gerne deine Reitbeteiligung sein«, sagte Beate. »Was würde das denn kosten?«

»Weiß nicht. Ich muss mit meinen Eltern drüber reden«, erwiderte Doro. »Ich sag dir Bescheid, okay? Ich hab's gerade etwas eilig!«

»Ja, klar. Danke.«

Ob es wohl an mir lag, dass Doro den Spaß am Reiten verloren hatte? Oder gab es einen anderen Grund? Vielleicht war Huhu-Josie ihre neue beste Freundin und die hatte sicherlich keinen Bock mehr auf Pferde und reiten!

Eine Viertelstunde später gingen wir zum Kasino hoch.

»Findest du nicht, dass Doro irgendwie krank aussieht?«, bemerkte Beate. »Sie ist so blass und dünn geworden.«

»Keine Ahnung«, erwiderte ich nur. Es interessierte mich nicht mehr, was mit ihr war. Fast fünf Wochen waren vergangen, und Doro hatte nicht einmal einen Versuch gemacht, sich bei mir zu entschuldigen!

»Sei doch nicht so gnadenlos, Ex-›Miss Pickel‹«, mischte sich Oliver ein. »Du brichst dir schon keinen Zacken aus der Krone, wenn du dich entschuldigst.«

»Genau!«, echote Karsten. »Man lässt alte Kumpels nicht einfach fallen, nur weil man neue Freunde hat.«

»Was redet ihr denn da?« Ich blieb verblüfft stehen und trat den beiden vor der Treppe in den Weg. »Wieso sollte ich mich bitte schön entschuldigen?«

»Ich mische mich nicht in Weiberkram ein«, versuchte Oliver eine lahme Ausflucht und hob beide Hände.

»Ich auch nicht«, sagte Karsten schnell.

»Das habt ihr aber gerade getan!« Ich sah meine beiden Freunde scharf an. »Wie kommt ihr auf den Mist?«

Die beiden drucksten einen Moment herum.

»Doro hat gesagt, du hättest dich voll mies benommen«, sagte Oliver schließlich. »Und seitdem du mit Katie auf Turniere fahren würdest, hättest du einen Höhenflug gekriegt und sie wäre nicht mehr gut genug für dich.«

»Das ist jetzt nicht wahr, oder?« Ich schnappte ungläubig nach Luft. Wie konnte sie so etwas behaupten?

»Doch.« Karsten nickte. »Das hat sie uns erzählt, als wir sie neulich in der Eisdiele getroffen haben.«

»Findet ihr auch, dass ich einen ... einen Höhenflug gekriegt habe?«, wollte ich wissen.

»Nö. Eigentlich nicht«, gab Oliver nach kurzem Überlegen zu.

»Du bist wie immer, finde ich«, sagte auch Karsten.

»Dürfen wir mal vorbei?« Vivien und Simon bogen um die Ecke, beide mit jeweils zwei Getränkekisten beladen. Wir machten Platz.

»Sollen wir dir die Kisten abnehmen, Vivien?«, fragten Oliver und Karsten eifrig. Ihre Bewunderung für die schöne Nicole war an jenem Tag erloschen, als sie die Freundin unseres Reitlehrers zum ersten Mal gesehen hatten. Seitdem waren die beiden schwer in die hübsche Vivien verschossen.

»Nein danke, geht schon«, lächelte sie und folgte Simon die Treppe hinauf.

»Beeilt euch lieber«, sagte der. »Herr Weyer hat schon mit der Einteilung der Pferde angefangen.«

»Blablabla«, murrte Karsten. »Alter Klugscheißer. Ich wette, der ist auch in Vivien verknallt.«

»Auch? Wer denn noch? Du etwa?«, neckte ich ihn.

»Quatsch!« Karsten wurde knallrot. »Der Weyer natürlich!«

»Ah ja, klar«, sagte ich und grinste breit.

»Simon ist in die Katie verknallt«, behauptete Oliver und ich musste noch mehr grinsen. »Das sieht doch ein Blinder mit Krückstock!«

»Was du nicht sagst«, erwiderte ich zufrieden. Niemand ahnte etwas, unsere Tarnung war also perfekt!

Dragon-Mum und Vivien hatten im Kasino wirklich ganze Arbeit geleistet. Obwohl es nur noch für ein paar Monate war, hatten sie neue Gardinen aufgehängt. Auch die schmuddeligen und von Brandlöchern übersäten rot-weiß karierten Tischdecken, die aus der Zeit stammten, als im Kasino noch geraucht werden durfte, waren verschwunden. Mit der Sauberkeit hatte es Herr Boshof nie besonders genau genommen, aber jetzt waren alle Tische und die Theke blitzsauber, ebenso alle Fenster, sodass man wieder sehen konnte, was sich unten in der Reithalle abspielte. Es gab eine chromglänzende Kaffeemaschine, eine Mikrowelle, einen neuen Kühlschrank und die Gläser hatten keine verkrusteten Getränkereste oder Lippenstiftabdrücke mehr an den Rändern. Katies Mutter hatte die verstaubten alten Turnierschleifen, die vergilbten Fotos und die dreißig Jahre alten Turnierplakate von den Wänden genommen, in Kisten gepackt und ins Archiv geschleppt. Die dunkle Holzvertäfelung war hellgrau und die im Laufe der Jahre vergilbten Wände waren weiß gestrichen worden, dadurch wirkte der ganze Raum viel heller und freundlicher. Karsten, Oliver und ich setzten uns neben Katie an einen der Tische, Simon saß auf einem Barhocker an der Theke. Ich blickte zu ihm hinüber und er zwinkerte mir zu.

Fast dreißig Leute hatten sich versammelt und Herr Weyer hatte seine liebe Mühe, die neun Schulpferde gerecht einzuteilen. Außerdem wollten elf Privatreiter mitreiten – es würde also ein wirklich eindrucksvolles Spektakel vor der Kirche geben.

»So, und weil ihr gerade alle hier versammelt seid, wollte ich euch noch ein paar Neuigkeiten mitteilen«, verkündete Herr Weyer. »Die meisten von euch wissen vielleicht schon, dass Gaby nach den Sommerferien ganz nach Würzburg ziehen wird. Bisher ist sie an den Wochenenden immer noch hergekommen, um Voltigierunterricht zu geben, aber das wird sie in Zukunft nicht mehr schaffen.«

Ich hatte natürlich die Gerüchte gehört, aber nun war es offiziell. Mit Gaby ging wieder jemand, der seit Jahren fest zum Reitstall gehört hatte und fehlen würde.

»Das ist echt traurig«, flüsterte Beate mir zu. »Wir sind so eine gute Mannschaft!«

Sie und Bille voltigierten in der besten, der Turniermannschaft, die allerdings nie auf Turniere ging, weil dazu das passende Pferd fehlte.

»Es wäre schade, die Voltigiergruppen aufzugeben«, fuhr

der Reitlehrer nun fort. »Immerhin gibt es eine sehr große Nachfrage und das Voltigieren rechtfertigt die Zuschüsse, die wir vom Landessportbund und vom Land Hessen für den Neubau bekommen. Deshalb ist Vivien auf die Idee gekommen, das Training in Zukunft zu übernehmen und diesen Sport noch mehr auszubauen.«

Einen Moment herrschte überraschte Stille, dann brach ein wahrer Jubelsturm los. Wir pfiffen, klatschten und trampelten begeistert mit den Füßen, denn mittlerweile wusste jeder von uns, dass Vivien Buchwaldt über Jahre hinweg die beste und erfolgreichste Voltigiererin Deutschlands gewesen war. Keine andere hatte in diesem Sport so viele nationale und internationale Meistertitel gewinnen können wie sie.

»Aber mit Sporty und Flocki wird das kaum gehen«, gab Bille zu bedenken, als sich alle wieder beruhigt hatten.

»Nein, auf keinen Fall«, stimmte Herr Weyer zu. »Deshalb wird Vivien ihr ehemaliges Turnierpferd, das momentan eigentlich nur herumsteht, und noch zwei andere Pferde hier in den Stall stellen.«

»Wow! Der Cassidy kommt hierher!« Beate bekam vor Ehrfurcht große Augen. »Er hat mit Vivien Welt- und Europameisterschaften gewonnen! Und wir dürfen dann auf ihm voltigieren! Das ist ja der Hammer!«

Drei neue Pferde! Das klang aufregend. Im Nu summte es im Kasino wie in einem Bienenkorb, alle redeten durcheinander.

»Ruhe!«, rief Herr Weyer lächelnd. »Da die Pferde bereits übermorgen hier eintreffen, können noch zwei von euch bei Isas Hochzeit mitreiten. Oki ist eine Appaloosa-Quarter-Mixstute und Indy ein Quarter Horse, beide sind allerdings western und nicht englisch geritten. Also, wer will …?«

Der Rest seiner Frage ging in einem Sturm der Begeisterung unter, aber schließlich sollte Oliver Indy reiten und Karsten Oki, denn beide hatten zuvor bei der Einteilung der Schulpferde großmütig zugunsten der Mädchen verzichtet.

Zwei Stunden später schlenderte ich gut gelaunt nach Hause. Da es im Reitstall keine Koppeln gab, hatte ich Won Da Pie noch eine halbe Stunde lang am Halfter auf dem Grasstreifen zwischen Reitplatz und Kronberger Straße grasen lassen. Anschließend hatte ich ihn noch einmal gründlich geputzt. Mein Pferd hatte nie besser ausgesehen, sein kastanienbraunes Fell schimmerte wie Seide. Es gab so vieles, auf das ich mich freute: das Spalierstehen bei Isas Hochzeit, der Baubeginn der neuen Reitanlage, die Turniere in Bad Camberg und Friedberg und mein fünfzehnter Geburtstag in drei Wochen, der mir eine ganze Weile einiges Kopfzerbrechen bereitet hatte. Ich wollte gerne mit allen meinen Freunden feiern, aber natürlich am liebsten auch mit Simon. Es war jedoch völlig unmöglich, ihn zu uns nach Hause einzuladen. Überhaupt hatte ich keine Lust, zu Hause zu feiern, wo mein Bruder blöde Bemerkungen machen und Doro, die ja neben uns wohnte, alles mitbekommen würde. Aber dann war Katie die ultimative Lösung für mein Dilemma eingefallen: Ich würde alle meine Freunde ins Kasino einladen! Bei Herrn Boshof wäre das früher nicht gegangen, aber Frau von Richter und Vivien waren damit einverstanden, dass ich selbst Getränke und Kuchen besorgte und im Kasino feierte.

Ich bog in unsere Straße ein und hätte am liebsten auf dem Absatz wieder kehrtgemacht, denn genau in diesem Moment kam Doros Mutter mit einem Müllbeutel aus dem Haus und ging zur Mülltonne.

»Hallo, Lotte«, sagte Frau Friese freundlich.

»Guten Abend«, grüßte ich höflich zurück. Ich mochte Doros Mutter und sie mich auch, das wusste ich.

»Sag mal, Lotte, hast du einen Moment Zeit?«

Mist, ich hatte es geahnt! Jetzt würde sie mich sicherlich zur Rede stellen. Wer weiß, was Doro ihr für einen Unsinn erzählt hatte!

»Ja«, sagte ich unbehaglich.

»Es geht mich ja eigentlich nichts an«, begann Frau Friese zögernd. »Aber ihr beide wart so lange gute Freundinnen und ich finde es sehr schade, dass ihr nicht mehr miteinander sprecht. Ich würde gerne wissen, was zwischen Doro und dir vorgefallen ist. Sie sagt mir leider nichts.«

Was sollte ich darauf antworten?

»Sie hat völlig den Spaß am Reiten verloren und sitzt nach der Schule nur noch in ihrem Zimmer am Computer oder liegt auf dem Bett und hört Musik«, fuhr Frau Friese bekümmert fort.

Das war ja interessant! Im Stall erweckte Doro immer den Eindruck, sie hätte jede Menge vor und sei dauernd mit irgendwelchen tollen Leuten unterwegs. Ich warf einen raschen Blick zum Fenster von Doros Zimmer hinüber – es war geschlossen.

»Es ... es ist etwas vorgefallen«, antwortete ich schließlich langsam. »Ich hab mich über Doro geärgert und gehofft, sie würde sich deswegen bei mir entschuldigen.«

Frau Friese blickte mich aufmerksam an. Sie schien zu ahnen, dass hinter unserem Zerwürfnis noch viel mehr steckte, als nur das, aber ich sagte nicht mehr.

»Hm.« Doros Mutter wirkte etwas ratlos. »Doro wollte so unbedingt dieses Pferd haben, doch jetzt will sie eine Reitbeteiligung oder Cornado sogar gleich ganz verkaufen. Und auf Turniere möchte sie auch nicht gehen. Sie hat behauptet, Cornado sei nicht gut genug, im Vergleich zu deinem Pferd.«

»Aber ... aber das stimmt doch gar nicht!«, stotterte ich, völlig überrascht. In dieser Sekunde kapierte ich jedoch endlich, was wirklich die Ursache für Doros Verhalten war. Sie, die immer so viel besser als ich geritten war, befürchtete, plötzlich schlechter zu sein oder auf einem Turnier vor allen Leuten zu versagen! Diese Erkenntnis erschütterte mich tief. Ausgerechnet Doro, die ich immer für so selbstbewusst und ehrgeizig gehalten hatte, gab lieber das Reiten auf, statt zu riskieren, womöglich schlechter zu sein als ich!

Und plötzlich ergab auch die bescheuerte Idee mit der Longenstunde für Huhu-Josie einen Sinn! Doro hatte eine Möglichkeit gesucht, wieder einmal etwas besser zu können als jemand anderes. Katies Worte von neulich kamen mir in den Sinn: *Du hast Doro überholt. Du hast das bessere Pferd, bist erfolgreicher und bei allen im Stall beliebt. Und jetzt hast du auch noch einen Freund*. War das tatsächlich der Grund für Doros eigenartiges Verhalten? War sie schlicht und einfach neidisch?

»Ich muss jetzt nach Hause«, sagte ich zu Frau Friese. »Schönen Abend noch!«

»Ja, dir auch, Lotte«, erwiderte Doros Mutter.

Nach dem Abendbrot legte ich mich auf mein Bett und dachte über die Sache mit Doro nach. Ich versuchte mir vorzustellen, wie es sich für mich anfühlen würde, wenn Doro einen Freund hätte und mit ihrem Pferd Schleifen auf Turnieren gewinnen würde. Wie hätte ich mich verhalten, wäre alles andersherum? Tatsächlich würde ich mich für sie freuen und wäre nicht neidisch! Eigentlich war es ja immer andersherum gewesen – Doro war in all den Jahren die Bessere gewesen und es hatte mich nicht gestört, im Gegenteil! Ich war stolz auf sie gewesen und hatte sie heimlich für ihre Furchtlosigkeit, ihre Unverfrorenheit und ihre Beharrlichkeit bewundert. Mich hatte es nie gestört, dass sie diejenige war, die meistens im Mittelpunkt stand, und die von Herrn Kessler gelobt wurde, während er an mir fast nur herumkritisiert hatte. Niemals hatte ich Doro als Konkurrentin betrachtet oder mich gar danach gesehnt, sie zu übertrumpfen. Sie war meine beste Freundin gewesen und ich mochte sie damals so, wie sie war. Dass alles so gekommen war, wie es nun war, hatte ich weder geplant noch gewünscht, es war einfach passiert, und ich verspürte auch kein Gefühl des Triumphes, weil ich ein paar bescheidene Erfolge auf Turnieren hatte. Ich hätte es sehr schön gefunden, wenn Doro mit uns auf die Turniere gefahren wäre und wir zusammen reiten würden. Sosehr ich auch hin und her überlegte, mir fiel keine Lösung ein. Und wenn ich ehrlich war, dann war ich mir nicht sicher, ob ich überhaupt eine Lösung finden wollte.

Ich schrieb noch eine Weile mit Simon und Katie, ohne jedoch das Thema Doro zu erwähnen. Damit musste ich irgendwie allein klarkommen.

DER ERSTE SPATENSTICH

Es war das erste Mal in meinem Leben, dass ich ganz offiziell der Schule fernbleiben durfte, denn der Vorstand des Reitvereins und auch Frau Köhler hatten auf meine und Simons Anwesenheit beim feierlichen ersten Spatenstich der neuen Reitanlage bestanden. Immerhin seien wir es gewesen, die das alles ermöglicht hatten, denn insbesondere ohne meinen folgenschweren Zusammenstoß mit Dr. Bergner im Eichwald hätte ich niemals Frau Köhler kennengelernt und ohne ihre großzügige Spende wäre das ganze Projekt gescheitert.

Mama und ich holten Frau Köhler ab und fuhren gemeinsam zu dem Grundstück hinter dem Umspannwerk über provisorisch asphaltierte Straßen und durch ein halbfertiges Wohnviertel.

Überall wurde noch fleißig gebaut, aber die ersten Häuser, von denen Herr Dr. Bergner am liebsten noch viel mehr hätte bauen lassen, waren bereits fertig und bewohnt. Ich hatte keinen blassen Schimmer, was mich erwartete, und war ziemlich überrascht, wie viele Menschen sich an diesem sonnigen Dienstagvormittag um elf auf dem Gelände der Wilhelmshöhe eingefunden hatten.

Mama parkte am Ende einer langen Reihe von Autos und

ich sah Papas Dienstwagen. Als Landrat, dessen Kreis den Bau der Reitanlage bezuschusste, war er ebenso eingeladen wie der Bürgermeister, ein Vertreter des Landes Hessen, der Vorsitzende des Landessportbundes und ein Haufen anderer wichtiger Leute. Natürlich waren Herr Dr. Gregori, Herr Schäfer, Herr Stark und alle anderen Vorstandsmitglieder anwesend, aber auch viele andere Menschen, die ich nie zuvor gesehen hatte. Frau von Richter, Vivien, Frau Schlichte und Frau Uhde gingen mit Tabletts voller Sektgläser herum. Simon stand neben Herrn Weyer und winkte mir, als er mich kommen sah.

Die Bagger hatten bereits die Wiesen an der B8 in eine riesige kahle Fläche verwandelt, in deren Mitte auf einem quadratischen grünen Teppich ein paar Stuhlreihen standen. Die Leute drängten sich um einen Tisch, auf dem ein Miniaturmodell der Reitanlage aufgebaut war.

»Lotte!« Simon kam auf mich zu, er wirkte aufgeregt. »Siehst du den blonden Typ da drüben, der mit dem Gregori quatscht?«

»Ja.« Ich nickte.

»Das ist Peter Hanemann«, raunte Simon. »Der kleinere mit den Aknenarben im Gesicht ist sein Kompagnon. Die Georgshof-Mafia ist komplett aufmarschiert!«

Die Georgshof-Mafia! Ich musste schmunzeln. Simon fielen wirklich immer äußerst treffende Ausdrücke ein!

»Ich habe vom Weyer erfahren, dass sie wirklich alle in den Verein eintreten wollen«, fuhr Simon mit leiser Stimme fort. »Der alte Gregori hat sich fast in die Hose gemacht vor Glück – siebenundvierzig Neuanmeldungen innerhalb eines Monats, das hat es noch nie gegeben. Dieser verkalkte Opa kapiert echt gar nichts!«

Er schnaubte verächtlich.

»Die wollen das also echt durchziehen.« Ich musterte die fremden Leute, die sich so selbstgefällig umsahen, als ob das ganze Gelände schon ihnen gehören würde, voller Unbehagen.

»Sieht ganz danach aus.« Simon ergriff meine Hand. »Komm, schau dir das Modell an! Kein Wunder, dass die scharf darauf sind. Das wird eine Spitzen-Reitanlage, die dazu noch absolut verkehrsgünstig gelegen ist.«

Ich folgte ihm und wir drängten uns durch die Leute. Ein Mann erklärte den Honoratioren gerade das Modell und beantwortete alle neugierigen Fragen.

»Wow!«, staunte ich. »Das sieht ja toll aus!«

Zwar hatte ich schon Pläne zu Gesicht bekommen, aber diese Miniatur führte mir nun vor Augen, wie viel mehr Platz wir in Zukunft haben würden.

»Na, Lotte.« Mein Vater erschien hinter mir und lächelte. »Heute ist euer großer Tag, nicht wahr?«

»Oh ja!« Ich strahlte. »Dafür haben wir gekämpft.«

»Hallo, Herr Steinberg«, sagte Simon.

»Hallo, Simon.« Mein Herz klopfte aufgeregt, als Papa ihm nun die Hand reichte. »Da habt ihr zwei wirklich etwas auf die Beine gestellt. Ihr könnt stolz darauf sein.«

Pünktlich um elf ging es los. Simon und ich durften ganz vorne in der ersten Reihe sitzen, die meisten anderen Leute stellten sich ringsum hin. Zuerst sprach Herr Schäfer, der zweite Vorsitzende des Vereins. Er erzählte von der beengten Situation im alten Stall und der jahrzehntelangen Suche nach einem geeigneten Grundstück für einen Neubau. Dann dankte er dem Bürgermeister und allen anderen Geldgebern, unter ihnen Frau Köhler, die aber nur bescheiden abwinkte.

»Unser ganz besonderer Dank«, sagte er schließlich und sah Simon und mich an, »gilt aber vor allen Dingen unseren jugendlichen Mitgliedern. Auf Initiative von Charlotte Steinberg und Simon Orthmann haben die jungen Leute ein unglaubliches Engagement gezeigt und letztendlich damit ganz entscheidend dazu beigetragen, dass wir uns heute hier versammeln und den ersten Spatenstich für den Neubau feiern können. Nicht zuletzt deshalb ist es die Jugendförderung in allen Sparten des Reitsports, die Frau Köhler zur Bedingung für ihre großzügige Spende gemacht hat und die in die Satzung des Vereins aufgenommen werden wird. Die Verwirklichung dieses Neubaus ist ein Beweis dafür, welch große Dinge junge Menschen leisten können, wenn sie sich gemeinsam engagieren. Auch aus diesem Grunde freuen wir uns sehr, dass wir mit Herrn Michael Weyer einen ebenso engagierten wie motivierten Reitlehrer für unseren Verein gefunden haben, der ab dem 1. Juli auch ganz offiziell Verstärkung durch seine Lebensgefährtin Vivien Buchwaldt erhält, deren Name vielen von Ihnen bekannt sein dürfte. Frau Buchwaldt ist die erfolgreichste Einzelvoltigiererin der vergangenen Jahre. Wir sind optimistisch, dass es gemeinsam mit Frau Buchwaldt gelingen wird, auch das Voltigieren auf ein sehr hohes Niveau zu bringen.«

Immer wieder brandete während der Rede Applaus auf. Mein Blick fiel auf Peter Hanemann und seine Leute, die von der Nachricht, dass der Reitverein ausdrücklich *alle* Sparten des Reitsports fördern wollte, nicht eben begeistert waren. Ihr Ziel war es schließlich, einen exklusiven Dressurstall aufzuziehen und die störenden Schulreiter und Voltigierer loszuwerden.

Nach Herrn Schäfer sprachen noch mein Vater, der Bürgermeister und der Vorsitzende des Hessischen Reiterverbandes, dann war es endlich so weit.

»Charlotte!« Herr Stark winkte mich zu sich. »Komm, du sollst auch dabei sein.«

»Was? Ich?« Ich sah Simon erschrocken an, aber der grinste nur und nickte. Also fand ich mich plötzlich zwischen lauter Herren in Anzug und Krawatte mit einem Spaten in der Hand wieder. Vor uns standen und knieten zig Fotografen und drückten auf die Auslöser ihrer Kameras, als wir auf ein Kommando alle unsere Spaten in den Boden stachen und eine Schaufel Erde vor uns warfen. Anschließend stürzten sich die Journalisten auf mich, ähnlich wie nach unserem Ritt durch die Stadt im Februar.

»Charlotte, wie fühlt sich das an?«

»Bist du stolz auf das, was ihr erreicht habt?«

»Wie geht es deinem Pferd?«

»Was wünschst du dir für die Zukunft des Vereins?«

Alle möglichen Fragen prasselten auf mich ein.

»Ich wünsche mir, dass auf der neuen Reitanlage die gute Stallgemeinschaft erhalten bleibt und es keine hochgestochene Luxusanlage wird«, sagte ich in die Mikrofone und

Smartphones, die mir vor die Nase gehalten wurden. »Egal ob Spring- oder Dressurreiter, Voltigierer, Turnier-, Freizeit- und Schulreiter – wir verstehen uns alle super. Jeder nimmt Rücksicht auf den anderen und das funktioniert seit vielen Jahren richtig gut, obwohl wir ja im Moment echt wenig Platz haben. Hier oben wird das natürlich anders sein und darauf freuen wir uns alle sehr.«

»Herr Landrat!«, rief jemand meinem Vater zu. »Sind Sie stolz auf Ihre Tochter? Sie ist ja genauso eloquent wie der Herr Papa!«

»Natürlich bin ich stolz«, sagte mein Vater nun zu den Journalisten. »Aber wie ich vorhin bereits in meiner Ansprache sagte, ist es besonders das gemeinschaftliche Engagement der Jugendlichen, das mich tief beeindruckt. So etwas ist heute leider sehr selten geworden, weil die meisten Menschen nur an sich und ihren eigenen Vorteil denken. Was aber auch ungewöhnlich und deshalb erwähnenswert ist, ist das Miteinander zwischen den Erwachsenen und den Jugendlichen. Der Vorstand hat die Initiative der jungen Leute in beispielloser Weise unterstützt. Das ist in meinen Augen vorbildliche Vereinsarbeit.«

Und die konnte schnell zerstört werden, wenn es Leute wie diesem arroganten Hanemann und seiner Truppe gelingen sollte, eine Mehrheit im Vorstand zu bekommen.

Die Journalisten sprachen noch mit Herrn Stark, Frau von Richter und Herrn Weyer, dann zerstreute sich die Gesellschaft.

»Charlotte?«

Ich drehte mich um und vor mir stand der Architekt, den

der Verein engagiert hatte. Er war derjenige, der vorhin das Miniaturmodell erklärt hatte.

»Kennst du mich noch?«, fragte er mich nun lächelnd.

»Äh … ich … ich weiß nicht«, stammelte ich. Irgendwie kam er mir bekannt vor, aber ich wusste nicht, wo ich ihn schon einmal gesehen hatte.

»Jens Wagner. Ich habe letztes Jahr Gento gekauft«, sagte er nun.

»Natürlich!«, rief ich erfreut. »Mit Anzug und Krawatte sehen Sie ganz anders aus als in Reitklamotten! Ich dachte, Sie wären von Beruf Springreiter. Ich wusste gar nicht, dass Sie auch was Richtiges … äh … arbeiten.«

Er lachte amüsiert.

»Im wahren Leben bin ich Architekt«, sagte er. »Aber reiten ist mein Hobby.«

»Wie geht es Gento?«, wollte ich wissen.

»Dem geht's prächtig. Leider habe ich momentan nur wenig Zeit, deshalb steht er viel auf der Koppel«, erwiderte Herr Wagner. »Komm ihn doch mal besuchen! Heftrich ist ja nicht weit weg.«

»Total gerne!«, rief ich begeistert. »Ich habe jetzt übrigens auch ein Pferd und bin schon ein paar Turniere geritten.«

Mama und Frau Köhler wollten los, doch ich würde später mit Frau von Richter oder Herrn Weyer zurückfahren. Wie sich herausstellte, kannte unser Reitlehrer Herrn Wagner, sie duzten sich und redeten über irgendwelche Leute, die ich nicht kannte.

»Was passiert jetzt mit dem Modell von der Reitanlage?«, erkundigte sich Simon.

»Nichts«, sagte Herr Wagner. »Ich deponiere es irgendwo in meinem Büro.«

»Könnten wir es nicht haben?«, bat Simon. »Wir könnten es im Kasino ausstellen, damit es jeder sehen kann.«

»Das ist eine prima Idee!« Der Architekt nickte. »Nehmt es gerne mit. Aber Achtung, es ist ziemlich schwer.«

Simon und Herr Weyer schleppten das Modell, das auf eine Holzplatte geklebt war, zum Geländewagen des Reitlehrers und hievten es vorsichtig in den Kofferraum. Da Simon wieder in die Schule musste, verabschiedeten wir uns und ich kletterte bei Herrn Weyer ins Auto. Jetzt war die Gelegenheit da, um ihm von den heimlichen Plänen der Georgshof-Mafia zu erzählen und ich nutzte sie.

»Diese Leute, die heute dabei gewesen sind«, begann ich, »kennen Sie die?«

»Ja. Sie möchten gerne in den Verein eintreten und auf unsere Reitanlage kommen, wenn sie fertig ist.«

»Wissen Sie auch, was die vorhaben?«, fragte ich, als wir durch den neuen Kreisel fuhren, der in die Alleestraße mündete.

»Was sollen sie denn vorhaben?«

»Sie wollen bei den nächsten Vorstandswahlen im Juni ihre eigenen Leute in den Vorstand wählen und dann die Satzung ändern«, sagte ich. »Sie möchten nämlich aus der neuen Reitanlage einen reinen Dressurstall machen, ohne Schulbetrieb und Springreiter.«

»Wie kommst du denn auf so was?«, fragte mich der Reitlehrer verdutzt.

Ich erklärte ihm, dass Katie zufällig noch in einer Whats-

App-Gruppe des Georgshofes war und dadurch alle Pläne kannte.

»Das könnte sogar klappen«, sagte ich. »Bei den letzten Vorstandswahlen waren gerade mal achtundzwanzig Leute da.«

Herr Weyer antwortete nicht sofort, schien über das Gehörte erst einmal nachdenken zu müssen. Vielleicht begriff er auch, was das für ihn selbst und seinen Job bedeuten konnte.

»Darüber sollten wir mit dem Vorstand sprechen«, sagte er nach einer ganzen Weile und runzelte die Stirn. »Unbedingt.«

Ich frohlockte innerlich. Der Reitlehrer nahm die Sache ernst!

»Katie hat den ganzen Chat ausgedruckt.« Ich nickte bestätigend. »Ich schreibe ihr, dass sie das heute alles mitbringen soll.«

»Das gibt's doch gar nicht!« Herr Schäfer setzte seine Lesebrille ab und blickte konsterniert in die Runde. Auch die anderen Vorstandsmitglieder schüttelten fassungslos die Köpfe.

»Hanemann und Sikowsky planen tatsächlich, den Reitverein mit einer Satzungsänderung auszuhebeln und dann auf der neuen Reitanlage ihr eigenes Ding zu machen!«, rief Herr Stark empört.

»Was sind das eigentlich für Leute?«, erkundigte sich Frau Seifert.

Noch am selben Abend hatte sich der Vorstand – mit

Ausnahme von Herrn Dr. Gregori, der verhindert war – zu einer außerordentlichen Sitzung im Kasino zusammengefunden. Katie hatte wie versprochen einen Ausdruck des gesamten WhatsApp-Chats vorgelegt.

»Peter Hanemann ist ein Dressurreiter, der schon in verschiedenen Ställen gearbeitet hat«, erklärte Herr Weyer. »Allerdings nie als Angestellter oder Pächter, sondern immer auf eigene Rechnung. Das heißt, er hat die vorhandene Infrastruktur der Reitanlagen genutzt und dort sein Geld durch Beritt und Unterricht verdient. Die Reitanlagenbesitzer waren froh, dass er ihnen den Stall vollgemacht hat, deshalb haben sie sein ›Geschäftsmodell‹ akzeptiert. Hanemann hat eine feste Anhängerschar, die mit ihm seit Jahren von einer zur anderen Reitanlage zieht, aber jetzt wird es eng, denn der Sohn des Georgshof-Besitzers will selbst mit seinen Einstellern Geld verdienen.«

»Unsere Reitanlage ist eine der ganz wenigen hier in der Gegend, die Vereinseigentum ist. Die meisten Reitanlagen gehören Privatleuten«, erklärte Herr Stark. »Der Vorstand ist quasi Geschäftsführer. Und wenn sie den Vorstand bilden, haben sie die Reitanlage praktisch für umsonst. Sie müssen nicht mal Pacht bezahlen oder eine Abgabe an einen Eigentümer.«

Für einen Augenblick herrschte Stille im Kasino.

»Das müssen wir verhindern!«, rief Herr Schäfer in die Stille.

»Aber wie denn?«, fragte Frau Dr. Weber, die Schriftführerin.

»Wir müssen unsere Mitglieder aktivieren«, sagte Simon.

»Wenn fünfzig statt achtundzwanzig kommen, können wir eine feindliche Übernahme durch die Georgshof-Mafia verhindern.«

»Der – *was?*«, fragte Gunther irritiert.

Katie und ich stießen uns an und kicherten.

»So nennen wir den Hanemann und seine Leute«, erklärte Simon.

»Na ja, nicht ganz unpassend«, schmunzelte Herr Stark. »Und wie ich euch kenne, habt ihr auch schon ein paar Ideen.«

»In der Tat.« Simon räusperte sich. »Nichts gegen Herrn Dr. Gregori, seine Verdienste für den Verein sind unbestritten. Aber wir würden vorschlagen, dass er Ehrenvorsitzender wird und aus dem geschäftsführenden Vorstand ausscheidet.«

»Ich bin dafür!«, rief Alex vom Tresen aus und hob sein Bierglas.

»Weiter«, forderte Herr Schäfer Simon auf, ohne auf die Bemerkung seines Sohnes einzugehen.

»Wir würden weiterhin vorschlagen«, fuhr Simon fort, »Herrn Schäfer zum ersten Vorsitzenden zu wählen und Herrn Stark zum zweiten. Außerdem sollte Herr Weyer im Vorstand sein, als Sportwart, zum Beispiel. Die drei könnten gleichberechtigte Geschäftsführer werden. Und in der Satzung müsste ausdrücklich drinstehen, dass der Reitverein alle Sparten des Reitsports gleichberechtigt fördern muss.«

»Wie der reden kann«, flüsterte Katie mir beeindruckt ins Ohr. »Wie ein Erwachsener. Irre!«

Es wurde noch eine ganze Menge gesprochen und überlegt, Herr Stark sagte, dass inzwischen zweiundfünfzig Anträge auf eine Vereinsmitgliedschaft vorlägen, unter anderem von einem Herrn Dr. Schneider aus Sulzbach und seiner Frau. Dabei warf er mir einen Blick zu.

»Bingo!«, murmelte ich wenig überrascht. Das waren die Eltern von Inga, die wahrscheinlich den Lügenmärchen ihrer Tochter glaubten und uns eins auswischen wollten. Interesse an Pferden hatten sie selbst nämlich beide nicht.

Als wir das Kasino später verließen, hatte ich das gute Gefühl, etwas Entscheidendes in die Wege geleitet zu haben. Der Vorstand war gewarnt und konnte die Absichten der Georgshof-Mafia durchkreuzen.

Westernpferde und Suppenhühner

Schon am nächsten Tag hatten die Lokalzeitungen große Artikel über den ersten Spatenstich abgedruckt und überall war ich erwähnt und auf den Fotos mit abgebildet. Irgendjemand hatte die Zeitungsartikel ausgeschnitten und ans Schwarze Brett gehängt. Oliver und Karsten bogen um die Ecke und blieben neben mir stehen.

»Hast du schon die neuen Pferde gesehen?«, fragte Karsten.

»Nein! Wann sind sie gekommen?«

»Vor einer Stunde erst.«

Ich war natürlich neugierig und folgte den beiden Jungs. Die letzten drei Boxen im Stall, die dunkelsten, standen schon seit einer Weile leer und dort waren vorübergehend die Pferde von Vivien einquartiert worden.

Cassidy war ein Dunkelfuchs mit einer schmalen Blesse und vier weißen Beinen, Indy ein ausgesprochen hübscher Grauschimmel mit einer langen dunklen Mähne und einem dunklen Schweif und Oki eine helle Fuchsstute mit einer breiten Blesse und drei weiß gestiefelten Beinen.

»Echte Cowboypferde! Vivien hat sie beide in Amerika gekauft!« Karstens Augen glänzten vor Begeisterung. »Sie haben sogar richtig geile Westernsättel mit lauter Silberzeugs dran!«

»Also, wenn man hier in Zukunft auch westernreiten kann, dann höre ich doch nicht auf mit dem Reiten«, sagte Oliver. »Das ist nämlich voll cool!«

Die beiden Jungs waren Feuer und Flamme – und sie waren nicht die Einzigen. Im ganzen Stall waren die beiden Westernpferde Gesprächsthema Nummer eins und alle waren gespannt auf den Abend, denn Vivien hatte angekündigt, das Programm, das wir für Isa und ihren zukünftigen Mann vorführen wollten, um eine Western-Schaunummer zu erweitern. Bereits am Wochenende hatten Isa und Daniel mit ein paar Freunden hinter der Reithalle gearbeitet und das alte Gerümpel, das sich im Laufe der Jahre unter dem Schleppdach angesammelt hatte, in einem Container entsorgt. Herrn Stark war das sehr unangenehm gewesen, denn eigentlich war das Aufräumen Sache des Vereins, aber Isa hatte nur gelacht und erwidert, es sei ihr Dankeschön an den Verein, in dem sie sich ihr ganzes Leben lang wohlgefühlt habe.

Nun war alles so sauber und aufgeräumt, wie ich es noch nie gesehen hatte. Tische und Bänke standen in ordentlichen Reihen, eine Musikanlage und eine Bar waren aufgebaut worden, an den Querbalken hingen Lichterketten und Lampions. Neben dem Schleppdach standen ein großer Grill, Tische für das Büffet und ein fahrbarer Bierstand, den Gunther von einem befreundeten Getränkehändler ausgeliehen hatte. Es würde ein großes Fest geben, sogar das Wetter schien mitzuspielen, denn vom angekündigten Gewitter war nichts zu sehen, und meine Eltern hatten mir erlaubt, bis zwölf Uhr wegzubleiben!

Herr Weyer zog mit dem Traktor den Reitplatzboden gerade und bewässerte ihn mit dem Wasserfass, damit es später nicht staubte. Dann bauten wir gemeinsam das Dressurviereck auf und stellten die Sprünge bereit, die wir später für die Springquadrille brauchten.

Um 18 Uhr strömten die ersten Gäste herbei. Bei einem Polterabend war es eigentlich Brauch, altes Geschirr mitzubringen und auf den Boden zu werfen, ganz nach dem Motto »Scherben bringen Glück«, aber weil die Feier in einem Reitstall stattfand, hatten Isa und Daniel in ihrer Einladung darum gebeten, davon abzusehen. Im Stall flochten Dragon-Mum, Katie, Vivien, Gaby und Beate im Akkord die Schulpferde ein, die heute Abend dabei sein würden. Wie immer bei solchen Anlässen herrschte auf der engen Stallgasse und in der Sattelkammer ein heilloses Chaos, aber diesmal war eine gute Portion Wehmut dabei, denn nach über sechzig Jahren, nach zahllosen großen und kleinen Turnieren, Tagen der offenen Tür, Reitabzeichenprüfungen, Weihnachtsfeiern und Faschingsreiten, war es wohl das allerletzte Mal, dass hier ein solches Ereignis stattfinden würde, dessen war sich jeder bewusst. Aber gleichzeitig war auch jedem klar, wie wunderbar es war, Teil dieser ganz besonderen Stallgemeinschaft zu sein.

»Es ist so traurig, dass Isa weggeht«, sagte ich zu Katie und Beate. »Aber irgendwie ist es schön, hier noch einmal ein solches Fest zu erleben.«

»Das stimmt«, nickte Katie. »Ich kann gar nicht glauben, dass Doro nicht dabei sein will.«

Das konnte ich auch kaum glauben. Seit drei Jahren hatten wir alles, was im Reitstall geschah, gemeinsam erlebt und nun war sie nicht dabei, wenn Isa ihren Abschied feierte!

»Sie ist über das lange Wochenende nach Berlin gefahren«, warf Beate ein. »Das hat sie mir zumindest erzählt.«

Das stimmte nie und nimmer! Viel eher glaubte ich, dass sie jetzt in ihrem Zimmer saß und vor Zorn kochte, weil sie zu stur und zu stolz war, um sich bei mir zu entschuldigen! Je länger Doros Schweigen andauerte, umso breiter wurde der Graben zwischen uns, bis er eines Tages womöglich unüberbrückbar war. Unser Streit erschien mir mittlerweile lächerlich. Sollte ich vielleicht doch den ersten Schritt machen und einfach zu ihr hingehen? Aber dann fiel mir wieder ein, was sie Oliver und Karsten neulich in der Eisdiele erzählt hatte, und ich verwarf den Gedanken.

»Hat es eigentlich mit der Reitbeteiligung an Nado geklappt?«, erkundigte sich Katie.

»Oh ja!« Beate strahlte. »Ab 1. Juni!«

Doro meinte es wohl tatsächlich ernst!

»Steht nicht rum und haltet Maulaffen feil!«, rief Alex von der Stalltür aus und klatschte in die Hände. »Es wird ernst, Männer! Die Erwachsenenquadrille zum Abreiten in die Halle! Und diesmal ordentlich nachgurten, Fritz!«

»Worauf du dich verlassen kannst«, erwiderte Fritz Schauer, der bei der Willkommensfeier für Herrn Weyer Anfang Februar mit dem Sattel unter Farinas Bauch gerutscht war und so unfreiwillig aus der Quadrille eine wahre Lachnummer gemacht hatte.

Nach der Erwachsenenquadrille war unsere Springquadrille der nächste Programmpunkt, deshalb gingen wir los, um unsere Pferde zu satteln. Simon und Schtari ersetzten Doro, und Katie sprang mit Asset für Ralf ein, weil Abendschwärmie seit ein paar Tagen lahmte und nicht mitgehen konnte. Aus den Lautsprechern erklang das Rondo Veneziano und diesmal schien bei den erwachsenen Reitern nichts schiefzugehen, sie bekamen einen Riesenapplaus von allen Gästen.

»Seid ihr so weit?« Alex tauchte in der Reithalle auf. »Wisst ihr noch, wie ihr reiten müsst?«

»Ja, natürlich«, rief Oliver. »Wir können das mittlerweile im Schlaf!«

Alex warf ihm einen argwöhnischen Blick zu.

»Ich glaube, ich gebe besser trotzdem Kommandos«, sagte er.

»Hoffentlich weißt du sie noch«, frotzelte Karsten, und Alex winkte ihm mit einem Zettel.

»Wozu das Gehirn strapazieren, wenn man sich etwas aufschreiben kann?«, meinte er und grinste.

Vor der Reithalle formierten wir uns zu einer Abteilung und trabten auf den Platz. Isa und Daniel thronten in zwei Ehrensesseln auf der Rasenböschung, und Isa war schon jetzt zu Tränen gerührt, denn sie hatte überhaupt nicht damit gerechnet, eine solche Vorführung von uns als Abschiedsgeschenk zu bekommen. Wir marschierten nebeneinander auf und grüßten das Brautpaar. Die Musik setzte ein und wir galoppierten zu zweit nebeneinanderher, Katie und ich an der Spitze.

»Was ist denn los, Alex?«, rief Oliver, als wir zum drittenmal um die ganze Bahn galoppierten. »Wo bleiben die Kommandos?«

»Ich hab den falschen Zettel eingesteckt!«, rief Alex zurück und die Zuschauer lachten. »Deshalb werde ich jetzt improvisieren! Seid ihr bereit?«

»Klingt zwar gefährlich, aber okay«, rief Simon.

»Paarweise durch die ganze Bahn wechseln mit fliegendem Galoppwechsel bei X!«, kommandierte Alex. »Schlangenlinien durch die Bahn mit drei – nein! – mit fünf Bögen und fliegendem Wechsel bei Erreichen des Hufschlags!«

»Du spinnst wohl!«, protestierte Karsten. »Wie soll denn das gehen?«

»Auf, kommt, das machen wir!« Katie drehte sich im Sattel um und grinste. »Ist doch eine Gaudi!«

»Dein Pferd springt wenigstens fliegende Wechsel«, murrte Karsten, aber dann schien es ihm auch Spaß zu machen. Die tägliche Dressurarbeit mit Wondy zahlte sich aus. Noch vor ein paar Wochen war er total hektisch geworden, wenn ich einen fliegenden Galoppwechsel reiten wollte, aber mittlerweile sprang er sie ganz selbstverständlich, sogar mehrere hintereinander. Alles klappte wie am Schnürchen, auch das Kreuzen funktionierte problemlos und wir bekamen jede Menge Beifall und Pfiffe. Wir lobten unsere Pferde ausgiebig und ritten im Schritt am langen Zügel vom Platz, während Alex verkündete, dass es nun eine Pause von einer halben Stunde gäbe. Ich ritt bis zu Wondys Box, schwang mich herunter und sattelte ihn ab.

»Du hast echt eine Bombenkondition, mein Süßer«, staunte ich. »Kein nasses Haar!«

Wondy schnaubte und zog in Richtung Box, wo bereits ein großer Haufen duftendes Heu auf ihn wartete. Wojtek, der neue Pfleger, fütterte viel großzügiger als Herr Schmidt oder der mürrische Herr Pfeffer. Er war zwar schweigsam, aber nett und sehr freundlich zu den Pferden. Die meisten Leute im Stall hofften, dass er bleiben würde. Um Herrn Schmidt schien sich außer uns kaum noch jemand zu sorgen.

Mein Pferd stürzte sich gierig auf sein Abendheu und ich fischte meine Klamotten aus seinem Futtertrog. Es war ein bisschen mühsam, ohne Stiefelknecht aus den engen Reitstiefeln rauszukommen, aber schließlich gelang es mir. Ich versteckte mich in einer Ecke der Box, damit mich nicht jemand, der zufällig vorbeikam, in der Unterhose sah, zog die weiße Reithose aus und schlüpfte in die Jeans, wobei mir ein paar Strohhalme in die Hosenbeine gerieten. Das kitzelte elendig! Und wo waren die Chucks abgeblieben? Ich hatte sie doch unter Wondys Futterkrippe gelegt!

»Was machst du denn hier?« Simon lehnte sich auf die untere Hälfte der Boxentür und grinste belustigt, weil ich unter dem Heuberg nach meinen Turnschuhen graben musste.

»Ich dachte, es geht schneller, wenn ich mich hier umziehe«, gab ich zu und lachte ein wenig verlegen. Rasch zog ich meine ausgelatschten pinkfarbenen Converse Chucks an und griff nach der Reithose und den Stiefeln.

»Machst du bitte mal den Riegel auf?«, bat ich Simon.

»Nur wenn ich einen Kuss dafür kriege«, erwiderte er und pflückte einen Heuhalm aus meinen Haaren.

»Hier?!?« Ich riss die Augen auf. »Und wenn uns jemand sieht?«

»Die sind doch alle am Reitplatz.«

Simon legte seine Hand an meine Wange, wir sahen uns an. Von ferne drangen Stimmen, Gelächter und Musik zu uns herüber. Ich schloss die Augen und er küsste mich.

»Noch mal, bitte«, flüsterte ich, ohne die Augen zu öffnen, meine Knie waren ganz weich. »Das ist so schön!«

Später saßen wir am Rand des Reitplatzes zwischen unseren Freunden und verfolgten die Vorführung der Voltigiergruppe, die mich immer wieder faszinierte. Ich war ein paarmal voltigiert, bevor ich mit dem Reiten angefangen hatte, aber mangels Talent hatte ich bald wieder aufgehört. Auch wenn ich eigentlich ziemlich sportlich war, so verwandelte ich mich in einen steifen Mehlsack, wenn es ans Turnen ging. Wie weit die besten Voltigiererinnen des Vereins jedoch von der Perfektion entfernt waren, zeigte Vivien eine Viertelstunde später. Gaby longierte Cassidy, und der große Fuchs galoppierte so gleichmäßig wie ein Uhrwerk im Kreis. Er trug einen weißen Voltigiergurt, eine weiße Trense, weiße Ausbinder und weiße Bandagen, was einfach toll aussah. Vivien erschien in einem hautengen, silbern glitzernden Anzug und hatte ihr langes blondes Haar zu einem Dutt aufgesteckt.

»Uh, das sieht ja cool aus«, bemerkte Susanne. »In Silber!«

»Finde ich auch«, sagte Ralf. »Wieso zieht ihr Mädels nicht alle solche Anzüge an?«

»Genau, aber wenn ihr verschiedene Farben anzieht, würdet ihr aussehen wie die Teletubbies«, grinste Oliver boshaft.

»Haha, *sehr* witzig!« Susanne, Dani und Annika funkelten ihn böse an, aber die Jungs fanden das irre komisch.

Die Leichtigkeit, mit der Vivien nun den Aufgang aufs Pferd machte und sofort aus dem Schulterstand in eine Kerze ging, entlockte allen Zuschauern ein bewunderndes Raunen.

»Das ist ja Wahnsinn!«, flüsterte Beate hinter mir hingerissen. »Wie kann man sich bloß derart perfekt bewegen?«

»Ich könnte das noch nicht mal auf dem Boden, geschweige denn auf einem galoppierenden Pferd!«, bemerkte Katie.

Vivien turnte ihre komplette Kür, mit der sie vor zwei Jahren Weltmeisterin geworden war.

»Das ist überirdisch!«, schwärmte Bille. »Ich hab echt eine Gänsehaut.«

So ging es wohl jedem von uns. Als sie fertig war, sprangen wir auf und applaudierten begeistert und diesmal war Isa so gerührt, dass sie die Tränen nicht mehr zurückhalten konnte. Wer bekam schon von einer Weltmeisterin eine Vorführung zur Hochzeit geschenkt?

Es wurde allmählich dunkel, als Vivien und Herr Weyer mit den beiden Westernpferden auf den Reitplatz ritten. Rings um das Dressurviereck waren Fackeln entzündet worden, bei deren Anblick jedes unserer Pferde wohl die Krise gekriegt hätte. Indy und Oki schien das aber kein bisschen zu stören. Aus den Lautsprechern ertönte Countrymusik und ein paar Leute kicherten, als sie unseren Reitlehrer statt in Reithosen und Reitstiefeln in Jeans und mit einem Cowboyhut auf dem Kopf im Westernsattel sahen.

»Ich find's voll cool!«, schwärmte Oliver. »So will ich auch reiten!«

Herr Weyer grinste breit, es schien ihm Spaß zu machen.

Indy und Oki gingen in allen drei Gangarten am ganz langen Zügel, den Kopf tief, den Rücken aufgewölbt, aber sie konnten genau dasselbe wie unsere Pferde, die englisch geritten waren: Schenkelweichen, Volten, Galopptraversalen, Rückwärtsrichten. Nur sah es bei den Westernpferden viel müheloser aus, beinahe spielerisch. Vivien zeigte mit dem Grauschimmel Indy die Anfänge eines Spins, bei dem sich das Pferd schnell auf der Hinterhand drehte, danach einen Stopp aus vollem Tempo. Während sie in rasendem Galopp rund um das Dressurviereck ritt, stand Oki am langen Zügel da und zuckte nicht einmal mit dem Ohr, als Indy an ihr vorbeischlitterte und anhielt.

»Diese Pferde haben Nerven wie Drahtseile«, sagte jemand. »Ich frage mich, warum nicht viel mehr Westernpferde als Schulpferde eingesetzt werden.«

Anschließend saßen wir alle beisammen unter dem Schleppdach, es wurde gelacht und gequatscht, gegessen und getrunken. Ich saß zwischen Katie und Beate, wir ließen uns Bratwürstchen, Steaks, Nudelsalat und Kinderbowle schmecken. Schließlich überreichten Merle, Jutta und Gaby ihrer Freundin Isa feierlich das Erinnerungsfotobuch, das natürlich danach von Hand zu Hand ging und gerade unter den Älteren für viel Erheiterung sorgte, denn Isas Freundinnen hatten zum Teil uralte Fotos und Zeitungsartikel gefunden und eingescannt, auf denen sich manch einer wiedererkannte.

»Ui, guckt mal!«, kicherte Bille. »Das hier ist Alex! Mit langen Haaren, oje …«

»Wie der aufm Pferd sitzt!«, grinste Beate. Wir beugten uns tiefer über das Fotobuch und lachten. Das Foto zeigte Alex auf einem großen Braunen über einem Hindernis. Er war offenbar hinter die Bewegung geraten und streckte die Beine nach vorne. Die Reitkappe war ihm bis über die Augen gerutscht, sein Pferd hatte den Rücken weggedrückt und das Maul aufgerissen. Ein wirklich ungünstiger Schnappschuss!

»Hört mal, was da steht«, flüsterte Bille. »Ich lach mich tot! Alexander Schäfer auf Flummi, für den Reitverein Bad Soden, gelang in *stilistisch hervorragender Manier* und mit der schnellsten fehlerfreien Runde der Sieg im L-Springen!«

Wir konnten uns nicht mehr beherrschen und lachten los.

»Macht ihr euch etwa auf meine Kosten lustig?«, erkundigte sich Alex, der am Nachbartisch saß. Er hatte Ohren wie ein Luchs.

»Nein! Wie kämen wir denn wohl dazu?« Bille versuchte mühsam, ernst zu bleiben und wir anderen setzten unschuldige Mienen auf. »Wir bewundern bloß, wie … äh … elegant du auf dem Pferd sitzt.«

Alex stand so plötzlich auf, dass die Bank, an dessen anderem Ende nur Gunther saß, Übergewicht bekam und umkippte.

»Kannst du nicht mal ein Wort sagen, bevor du aufspringst?«, schimpfte der Jugendwart ärgerlich und rappelte sich wieder auf.

»Zeigt mal das Album her!«, verlangte Alex, ohne auf Gunther zu achten.

»Abgefahren!« Oliver reichte es ihm und grinste breit. »Ein echtes Vorbild für die Reiterjugend.«

Alex furchte die Stirn, blähte die Nasenlöcher und betrachtete das Bild mit grimmiger Miene.

»Wer hat dieses Konvolut hier verbrochen?«, rief er laut. »Ich werde auf Schadensersatz klagen, wenn nötig bis zum Bundesverfassungsgericht! Dieser Zeitungsartikel erfüllt den Tatbestand der Beleidigung nach Paragraph 185 StGb!«

»Das waren Merle, Gaby und ich«, erwiderte Jutta unerschrocken. »Ehrlich, Alex, wir haben schon das netteste Bild herausgesucht. Es gab noch viel schlimmere!«

»So so.« Alex warf ihr einen durchdringenden Blick zu, stemmte eine Hand in die Seite und hob die Stimme. »Ihr drei habt euch also in konspirativer Weise zusammengesetzt und aus niederen Motiven in alten Archiven gegraben, einzig mit dem Ziel, Personen zu verunglimpfen und der Lächerlichkeit preiszugeben, was?«

»Er sieht sich mal wieder als Staatsanwalt im Gerichtssaal«, spottete Gunther. »Der Jurastudent im sechsten Semester.«

»Schweigen Sie, Angeklagter!«, donnerte Alex ihn mit funkelnden Augen an. »Sonst werde ich Sie wegen Missachtung des Gerichts abführen lassen.«

Gunther winkte nur grinsend ab, aber wir bogen uns vor

Lachen. Es war einfach zu herrlich, wenn Alex solche Reden schwang! Wer ihn nicht kannte, musste annehmen, dass Alex ernsthaft wütend war, aber es war einfach nur seine Art.

»Wen interessiert schon der Stil?«, sagte Alex und grinste. »Mit diesem hässlichen Steiftier, das irreführenderweise den Namen ›Flummi‹ trug, habe ich immerhin zwanzig L-Springen gewonnen.«

»Was fällt dir ein, mein Pferd derart zu beleidigen?«, mischte sich nun Herr Herzinger ein. »Immerhin war es das einzige Pferd, mit dem du überhaupt eine Chance auf Turnieren hattest. Dein eigenes Suppenhuhn damals hat doch mit den Hindernisstangen im Parcours jedes Mal Mikado gespielt!«

Die anderen Männer, die bei Herrn Herzinger am Tisch saßen, wieherten vor Lachen und klopften sich auf die Schenkel.

»Suppenhuhn!« Alex schnappte empört nach Luft und ließ das Erinnerungsfotobuch auf den Tisch fallen. »Du *wagst* es, meinen treuen Warino, der Hunderte von Schleifen gewonnen hat, als Suppenhuhn zu bezeichnen?«

»Hunderte?«, mischte sich Herr Stark nun schmunzelnd ein. »Über welches Pferd reden wir hier? Etwa diesen Braunen mit der schiefen Blesse?«

Im Nu entspann sich an den Nachbartischen eine lebhafte Diskussion über die Vorzüge und Nachteile von Pferden, die seit Jahren, wenn nicht gar Jahrzehnten nicht mehr im Stall waren.

»Ach, ist das herrlich!« Katie wischte sich die Lachtränen ab. »Wie ich diese Reitergespräche liebe!«

»Ich auch!«, erwiderte ich. »Ich könnte stundenlang zuhören.«

»Als wir damals den Stall angeguckt haben, hätte ich niemals gedacht, dass ich mich hier so wohlfühlen würde«, sagte Katie.

»Und wir haben nicht gedacht, dass du so nett sein kannst«, entgegnete Ralf. »Wie geht's eigentlich Draco?«

Und dann hatten auch wir mehr als genug »Wisst ihr nochs«, über die wir lachen konnten.

KEIN WEG ZURÜCK

Gegen elf Uhr zog das bereits für den Nachmittag angekündigte Gewitter auf. Donner grollte in der Ferne, hin und wieder zuckte ein Blitz durch den dunklen Himmel. Die meisten Gäste nahmen das zum Anlass, aufzubrechen, um trockenen Fußes nach Hause zu kommen. Auch Katie und ihre Mutter verabschiedeten sich. Oliver, Ralf und Karsten waren längst verschwunden, denn sie wollten noch auf die Party eines Kumpels gehen. Den ganzen Abend hatte ich überlegt, wie ich es anstellen konnte, noch einmal mit Simon allein zu sein. Es fiel mir schwer, so zu tun, als sei er mir gleichgültig, aber wenn ich dauernd neben ihm gesessen oder gestanden hätte, wäre es auffällig und spätestens morgen Gesprächsthema im Stall gewesen. Schließlich kam ich auf die Idee, ihm eine Nachricht zu schreiben.

Ich muss nach Hause. Wollen wir uns noch mal kurz an der Straßenecke vorne treffen?

Ja! ☺, antwortete er prompt. Es war halb zwölf, bis ich mich von Isa verabschiedet hatte und losging. Ich machte noch einen kurzen Umweg zu Wondy, um ihm eine Gute Nacht zu wünschen, und ging dann mit klopfendem Herzen die Auffahrt hinunter. Simon war schon weggefahren, aber im allgemeinen Aufbruch fiel es niemandem auf, dass ich direkt nach ihm verschwand. Wie verabredet wartete er auf mich und nahm mich in die Arme, als ich um die Ecke bog. Ich schmiegte mich an ihn und wir sahen uns einfach nur schweigend an. Der Wind rauschte in den Baumkronen, erste schwere Tropfen fielen und es duftete nach Sommer und feuchtem Asphalt. Es war so schön und ein so perfekter Moment, wie man ihn nur selten im Leben erlebt.

»Ich muss los, sonst komm ich mitten ins Gewitter«, sagte Simon leise. »Sehen wir uns morgen?«

»Klar!« Ich schlang meine Arme um seinen Hals und wir küssten uns.

»Hhhhhrrrm! Also so was! Auf offener Straße!«, sagte plötzlich eine raue Stimme hinter mir und wir zuckten auseinander. Ich hatte gar nicht bemerkt, dass jemand die Straße entlanggekommen war, und blickte nun erschrocken in das faltige Gesicht von Frau Oehmsen, einer alten Nachbarin, die ihren fetten Beagle Sally ausführte. So ein blöder Mist! Ausgerechnet diese Klatschtante! Garantiert würde sie morgen nichts Besseres zu tun haben, als sofort meine Mutter anzurufen, um ihr zu erzählen, dass sie mich mit einem Jungen gesehen hatte! Simon setzte seinen Helm auf, schwang sich auf seinen Roller und knatterte davon.

»Du bist doch die kleine Steinberg!«, sagte Frau Oehmsen nun neugierig. »Wissen deine Eltern, dass du nachts an Straßenecken mit jungen Männern herumpoussierst?«

»Äh – was tue ich?«, fragte ich verblüfft.

»Na, du hast dich doch gerade von diesem Motorradfahrer, der gleich das Weite gesucht hat, abküssen lassen!« Das klang richtiggehend vorwurfsvoll. »In deinem Alter!«

»Ich werde in zwei Wochen fünfzehn!«, entgegnete ich.

»Früher wurden junge Frauen, die so etwas getan haben, als leichte Mädchen bezeichnet«, fuhr die alte Hexe fort und ihre Augen glitzerten voller Sensationsgier. Der fette Beagle kackte genau neben mir auf den Bürgersteig.

»Äh, Ihr Hund hat da gerade was fallen lassen«, sagte ich. »Und ich muss jetzt auch nach Hause! Schönen Abend noch, Frau Oehmsen!«

»Ja, ja, schönen Abend, schönen Abend«, brummte die Alte, nestelte ein Tütchen aus ihrer Jackentasche und bückte sich. »Nachts unter Laternen stehen und herumküssen, tse! Zu meiner Zeit durften wir in dem Alter abends gar nicht allein draußen herumlaufen!«

Direkt über uns krachte ein Donner und ich beeilte mich, nach Hause zu kommen. Als ich mit eingezogenem Genick an Frieses Haus vorbeirannte, sah ich, dass in Doros Zimmer noch Licht brannte. Von wegen Berlin, dachte ich verärgert. Selbst schuld, dass sie diese schöne Feier verpasst hatte!

Vor unserer Haustür blieb ich unter dem Vordach stehen. Der Regen rauschte vom Himmel.

Was sollte ich jetzt tun? Abwarten, bis die alte Oehmsen meiner Mutter am Telefon irgendwelche Lügengeschichten auftischte, oder sollte ich ihr zuvorkommen und selbst meinen Eltern von Simon und mir erzählen? Vielleicht wusste Katie Rat! Ich tippte ihr eilig eine Nachricht und schickte sie ab. Zehn vor zwölf! Hoffentlich war sie noch wach und las meine WhatsApp … ah ja, da war schon ihre Antwort!

Klarer Fall, schrieb Katie. *Du musst deinen Alten von dir und S erzählen! Sie kennen ihn ja und es gibt echt schlechtere Typen als ihn. Drück dir die Daumen!!!!*☺

»Puh!«, murmelte ich und holte tief Luft, dann steckte ich den Haustürschlüssel ins Schloss und ging rein.

Das war wirklich eine richtig blöde Situation, um seinen Eltern zu erzählen, dass man in einen Jungen verliebt war. Aber genau das musste ich jetzt tun. Oder lieber doch nicht? Sollte ich besser abwarten, ob die Oehmsen wirklich anrief und dann alles herunterspielen und behaupten, sie hätte sich verguckt, die alte Tante?

»Ah, da bist du ja!« Papa tauchte im Flur auf und warf einen Blick auf die Uhr. »Und das auch noch pünktlich. War es schön?«

Mama erschien hinter ihm und ich konnte an ihren zusammengekniffenen Lippen sofort erkennen, dass es Ärger geben würde, mir war nur nicht ganz klar, warum. Ich beschloss deshalb, erst mal die Unschuldige zu spielen.

»Ja, es war einfach toll!«, schwärmte ich also begeistert. »Die Vorführungen haben alle super geklappt und dann hat Vivien noch ihre Weltmeisterschaftskür gezeigt und die beiden Westernpferde vorgeritten, die sie mitgebracht hat!«

»Aber Doro war nicht dabei, oder?«, fragte Mama scheinbar harmlos, aber ich witterte eine Falle.

»Nein. Sie hat Beate erzählt, sie wäre in Berlin«, erwiderte ich. »Deshalb reitet sie auch am Freitag bei Isas Hochzeit nicht mit zur Kirche.«

»Frieses waren heute Abend hier«, ließ Mama endlich die Bombe platzen. »Doro ist nicht in Berlin.«

»Hab ich mir irgendwie gedacht.« Ich nickte. »Frau Friese hat mir neulich erzählt, dass Doro keinen Spaß mehr am Reiten hätte.«

»Und das liegt an dir, sagt sie«, behauptete Mama.

Für einen Moment glaubte ich, wieder mitten in einem verrückten Traum zu stecken.

»Wie bitte? An *mir?*«, fragte ich ungläubig. »Was hab ich denn damit zu tun?«

Papa räusperte sich.

»Wir müssen das ja nicht hier im Flur besprechen«, schlug er vor. »Lasst uns ins Esszimmer gehen.«

Eine Minute später saß ich am Esstisch, meine Eltern hatten mir gegenüber Platz genommen – wie bei einem Verhör! Fehlte nur noch, dass Mama mir mit einer grellen Lampe ins Gesicht leuchtete. Mit jedem Wort, das sie sagte, wurde ich wütender und mein vager Vorsatz, großmütig einen Schritt auf meine ehemals beste Freundin zuzugehen, löste sich in Rauch auf. Offenbar hatte Doro ihren Eltern ein Riesenlügenmärchen aufs Ohr gedrückt, um vor ihnen gut dazustehen, und die, besorgt und enttäuscht, hatten nichts Eiligeres zu tun gehabt, als das sofort meinen Eltern zu erzählen. Ich konnte es nicht fassen! Immer hatten wir alle Probleme unter uns geregelt, unsere Eltern waren außen vor, das war eine Art Ehrenkodex – in der Schule wie auch im Stall. Und jetzt machte Doro einen auf verzweifelt und drehte die ganze Sache so, als würde ich sie übelst mobben!

Mir gelang es, die Klappe zu halten, bis meine Mutter fertig war mit den Vorwürfen, obwohl ich vor Zorn kochte.

»Man wirft eine Freundschaft nicht einfach weg, weil man plötzlich einen Freund hat und eine neue beste Freundin!« Meine Mutter hatte diesen vorwurfsvollen Tonfall drauf, den ich hasste.

Sogar von Simon hatte Doro, diese linke Ratte, ihren Eltern erzählt! Das würde ich ihr niemals verzeihen.

»Was hast du dazu zu sagen?«, fragte Mama inquisitorisch.

Damit war das Verhör eröffnet.

»Das ist alles totaler Mist«, erwiderte ich. »Kein Wort davon ist wahr!«

»Ich habe erwartet, dass du genau das sagen würdest«, entgegnete Mama kopfschüttelnd, als sei ich eine notorische Lügnerin. »Ich bin tief enttäuscht von dir, weil du nicht den Mut hast, dein Fehlverhalten einzugestehen.«

Jetzt reichte es aber wirklich!

»*Waaaas?*« Ich sprang empört auf. »Ich habe mich nicht falsch verhalten! Doro hat mich hintergangen, sie hat Herrn Weyer angelogen und mich beschimpft!«

Und dann erzählte ich meinen Eltern die ganze Geschichte aus meiner Sicht, und ließ kein Detail aus.

»Doro war früher immer und in allem besser als ich«, schloss ich schließlich. »Sie kann es einfach nicht ertragen, dass ich auf einmal erfolgreicher bin, das bessere Pferd habe, im Stall von allen respektiert werde, weil ich zusammen mit Simon etwas hinbekommen habe, wozu sie keine Lust hatte!«

Meine Mutter blickte mich aus schmalen Augen skeptisch an, nicht sicher, ob sie mir Glauben schenken sollte oder nicht, und das verletzte mich noch tausend Mal mehr als die ganzen Lügen und Gemeinheiten, die meine ehemals beste Freundin verbreitete.

»Du hast schon mal jemand anderem mehr geglaubt als deiner eigenen Tochter!«, warf ich meiner Mutter vor. »Hinterher tat es dir leid, aber erst hast du mich zur Schnecke gemacht. Erinnerst du dich?«

»Ja, ich erinnere mich«, gab meine Mutter widerstrebend zu. »Aber das hier ist etwas ganz anderes.«

»Nein!«, rief ich. »Es ist genau dasselbe! Ihr glaubt den Lügen von Doro mehr als mir. Aber ihr könnt gerne Herrn Weyer anrufen und auch seine Freundin, die stand nämlich daneben, als Doro ›Leck mich‹ zu mir gesagt hat! Und ihr könnt Katie fragen, wie schnell Doro sich verzogen hat, als wir auf das Thema Inga und Corsario zu sprechen kamen! *Ich* habe sie garantiert nicht gegen irgendwen ausgetauscht! Sie hat ein verdammt schlechtes Gewissen, weil sie hinterhältig war und sich mit Inga gegen mich zusammengetan hat! Und jetzt schämt sie sich. Nur deshalb geht sie nicht mehr in den Stall.« Noch nie zuvor in meinem ganzen Leben war ich derart zornig gewesen. Der schöne Abend war ruiniert. »Ich blöde Kuh habe heute Abend sogar noch überlegt, ob ich zu Doro gehen und ihr einfach die Hand hinhalten soll, weil es mir leidtat, dass sie aus lauter Sturheit den Abschied von Isa verpassen würde! Bloß gut, dass ich das nicht gemacht habe!«

Meine Eltern wechselten einen kurzen Blick und sagten keinen Mucks mehr, Papa sah regelrecht betroffen aus.

»Das hört sich ja nun tatsächlich völlig anders an«, räumte er nach einer Weile ein. Mama hingegen brachte ein solches Eingeständnis nicht über sich, sie musste gleich noch mal nachhaken – typisch!

»Und was ist an der Behauptung dran, du hättest einen Freund?«

Ich starrte sie an.

»Die«, erwiderte ich, »ist ausnahmsweise richtig. Ich bin mit Simon Orthmann zusammen. Seit Ostern.«

Zack! Damit war es raus. Ich straffte die Schultern und wappnete mich innerlich, erwartete einen Sturm der Entrüstung, eine Moralpredigt, Vorwürfe, Drohungen und Schlimmeres, aber zu meiner Überraschung war das Gegenteil der Fall.

»Simon ist ein netter und gut erzogener Junge«, fand Papa. »Sein Vater ist übrigens bei mir im Rotary Club.«

Als wäre das ein Gütesiegel!

»Ich habe mir schon so etwas gedacht, als ich euch bei der Stadtverordnetenversammlung beobachtet habe. Es war ja kaum zu übersehen, dass er schwer in dich verliebt ist.«

»Na ja. Du hättest wahrhaftig eine schlechtere Wahl treffen können«, sagte Mama, was bei ihr schon einem Lob gleichkam.

Ich war sprachlos vor Verblüffung. Da sollte noch jemand die Erwachsenen verstehen! Sie konnten sich wegen Lappalien wie einer miesen Note, zu spätem Nach-Hause-Kommen, zu viel Computerspielen oder irgendeiner blöden Fernsehsendung wie verrückt aufregen, aber wenn es um wirklich große Dinge ging, reagierten sie plötzlich erstaunlich cool.

»Also.« Papa unterdrückte ein Gähnen. »Ich glaube dir, was du uns erzählt hast, Lotte. Menschen verändern sich nun mal, Freundschaften zerbrechen, das ist leider normal. Im Laufe der Jahre wird man immer wieder enttäuscht. Wir wollen dir nicht vorschreiben, mit wem du befreundet sein sollst, aber wenn es so gewesen wäre, wie Doro das ihren Eltern erzählt hat, dann wären wir von dir enttäuscht. Denn so kennen wir dich nicht.«

»Und du?«, fragte ich meine Mutter. »Glaubst du mir auch?«

»Hm ja«, brachte sie immerhin über die Lippen und damit musste ich mich zufriedengeben.

Das Verhör war beendet, ich wünschte den beiden eine Gute Nacht und ging hoch auf mein Zimmer. Völlig erschöpft warf ich mich auf mein Bett. Was für ein Tag!

Mein Handy summte. Simon und Katie hatten mir beinahe gleichzeitig geschrieben! Ich ging erst ins Bad, wusch mich und putzte mir die Zähne und überlegte dabei, welches Gefühl überwog: meine Freude darüber, dass meine Eltern so locker auf die Neuigkeit von Simon und mir reagiert hatten, oder mein Zorn auf Doro. Ich hörte Phil nach Hause kommen und versuchte, schleunigst in meinem Zimmer zu verschwinden. Ihm würden die Augen aus dem Kopf fallen, wenn er das von Simon und mir erfuhr! Ich kuschelte mich in mein Bett und schrieb zuerst Simon, dass meine Eltern über uns Bescheid wüssten und scheinbar nichts dagegen einzuwenden hatten. Dann schrieb ich eine sehr viel längere WhatsApp an Katie.

Krasssss!!!!, antwortete sie nur wenige Minuten später.

Aber sehr geil mit S! Freu mich auf dich morgen! Um 14 Uhr im Stall?

Ich schickte ein »Daumen hoch«-Emoticon als Antwort, legte das Handy weg und knipste die Lampe aus.

So fühlte es sich also an, wenn man seine beste Freundin verlor, dachte ich. Obwohl ich total müde und erschöpft war, konnte ich nicht einschlafen. Ich lag auf dem Rücken, die Arme hinter dem Kopf verschränkt und starrte in der Dunkelheit an die Decke. Das Gewitter war inzwischen weitergezogen, nur das stete Rauschen des Regens drang durch das schräg gestellte Fenster. Mein erster heißer Zorn auf Doro machte einem Gefühl tiefer Enttäuschung und Trauer Platz. Was hatte ich falsch gemacht? Hatte ich mit meiner Vermutung, sie sei eifersüchtig auf mich, recht oder steckte vielleicht noch mehr dahinter?

Eines war mir jedoch klar: meine Freundschaft mit Doro war nach über vier Jahren ein für alle Mal beendet! Nach allem, was passiert war, gab es kein Zurück mehr – niemals! Aber … wie würde ich reagieren, was sollte ich tun, wenn ich ihr das nächste Mal begegnete? Beim bloßen Gedanken daran krampfte sich mein Magen zusammen und ich fühlte mich ähnlich unbehaglich wie damals, als ich fürchten musste, Inga über den Weg zu laufen. Abgesehen davon, dass unsere Pferde im gleichen Stall standen und wir beide im Jugendvorstand waren, wohnte Doro im Nachbarhaus! Schlaflos wälzte ich mich hin und her und fragte mich, ob es meiner ehemals besten Freundin wohl genauso erging oder ob sie glaubte, sie käme mit ihrer haarsträubenden Story durch. Um halb drei beschloss ich, ihr zu schreiben.

Ich machte das Licht an und ergriff mein Handy. Es kostete mich einige Überwindung »Liebe Doro« zu schreiben, aber mit diesen Worten begann ich meine Nachricht an sie.

Liebe Doro, meine Eltern haben mir heute Abend gesagt, dass du deinen Eltern erzählt hast, ich würde dich mobben und ich sei schuld daran, dass du nicht mehr reiten willst. Ich hab ehrlich gesagt keine Ahnung, wie du darauf kommst und was ich getan haben soll. Eigentlich hab ich gehofft, dass du mal mit mir reden würdest und dass dir unsere Freundschaft etwas bedeuten würde. Ich habe kein Problem mit dir, du warst meine beste Freundin und von meiner Seite aus wärst du das auch immer geblieben. Gute Nacht, Lotte.

Ich bastelte eine halbe Stunde an den wenigen Sätzen herum, löschte sie immer wieder und schrieb sie neu, aber dann schickte ich die Nachricht schließlich ab. Und zehn Minuten später schlief ich endlich ein.

Am nächsten Morgen schaute ich als Erstes auf mein Handy, aber Doro hatte auf meine nächtliche WhatsApp nicht reagiert. Auch als wir um zwölf Uhr aus der Kirche kamen, hatte sie nicht geantwortet. Den ganzen Tag wartete ich vergeblich auf ihre Antwort.

Wie ich es vorhergesehen hatte, hatte die alte Oehmsen auf dem Heimweg von der Kirche meine Mutter abgepasst und ihr brühwarm erzählt, dass sie mich beim Herumpoussieren mit einem Rocker überrascht hätte. Das war wirklich zu komisch!

Als ich abends aus dem Stall zurückkam, rief Papa mich in sein Arbeitszimmer. Er hatte ein langes Telefonat mit

Herrn Friese geführt, allerdings hatte er vorher tatsächlich Herrn Weyer angerufen, der ihm bestätigt hatte, dass sich die Sache mit der Longenstunde für Josie genauso abgespielt hatte, wie ich es erzählt hatte.

»Herr Friese hat mich später zurückgerufen und sich mehrfach bei mir entschuldigt«, sagte Papa zu mir. »Die ganze Geschichte ist ihm äußerst unangenehm. Offenbar hat Doro zugegeben, dass sie nicht die Wahrheit gesagt hat.«

»Okay«, erwiderte ich nur. Ich fand es einfach unmöglich, wie sich unsere Eltern mit Dingen beschäftigten, die sie rein gar nichts angingen! Und dass ausgerechnet Doro, die sonst immer jedes Problem unbedingt selbst klären wollte, so etwas angezettelt hatte, war mir noch unbegreiflicher.

»Er hat vorgeschlagen, Doro und du, ihr solltet euch miteinander aussprechen und …«

»Nein, Papa!«, unterbrach ich ihn entschieden. »Auf keinen Fall! Ich hab Doro geschrieben und sie kann sich bei mir melden oder sie kann's lassen. Wenn sie es nicht tut, ist die Sache für mich erledigt! Ich laufe ihr ganz sicher nicht hinterher! Wie du gestern schon gesagt hast: Freundschaften zerbrechen manchmal.«

Mein Vater akzeptierte das und ich war entlassen.

Auf meinem Zimmer begann ich damit, die Einladungen zu meiner Geburtstagsfeier zu schreiben, aber dann entschied ich mich anders und zerriss sie alle wieder. Ich hatte keine Lust mehr auf eine Kindergeburtstagsfeier im Kasino. Lieber würde ich Katie und Simon zu einer Pizza einladen und das war's!

Plötzlich wurde meine Zimmertür aufgerissen und Phil kam herein.

»Was hör ich da?«, sagte er aufgebracht. »Du bist mit dem Orthmann zusammen? Was ist mit dem Bruder von Katie?«

»Kleines Ablenkungsmanöver«, grinste ich.

Er starrte mich an, als sei mir unversehens ein zweiter Kopf gewachsen.

»Das ist ja voll eklig! Meine Schwester und der Oberspacko! Ich glaub's ja nicht!«

»Hallo? Wenn du meinen Freund beleidigen willst, kannst du dich vom Acker machen!«, entgegnete ich verärgert.

»Ey, das kann nich' dein Ernst sein!« Phil schüttelte fassungslos den Kopf. »Der Typ ist so was von ... uncool! Ich mein, wie der sich schon anzieht! Und dann fährt der auch noch so 'nen total strangen Roller und knechtet in 'nem *Obstladen!*«

Er lachte verächtlich.

»Simon ist kein bisschen uncool!«, sagte ich kühl. »Ich finde es sogar extrem cool, dass er nicht genauso ein Vollidiot ist wie alle anderen Jungs, die nur abhängen, dumme Sprüche reißen oder am Computer rumdaddeln. Außerdem hat er was im Kopf!«

»Er hat was *am* Kopf«, erwiderte Phil. »Der ist ein total ätzender Spießer, der alles besser weiß! Ey, ich kenn den aus der Schule!«

»Ich kenn ihn aus dem Stall.« Ich stand auf. »Und ich mag ihn, deshalb hör auf, schlecht über ihn zu reden!«

»Ich red über den, wie's mir passt!« Mein Bruder verschränkte die Arme vor der Brust. »Wenn meine Kumpels das erfahren, dann weiß ich jetzt schon, was die sagen! Das ist voll peinlich.«

»Raus!« Ich versetzte ihm einen Stoß. »Du und deine Kumpels, ihr seid peinlich! Ich schäme mich, wenn ich euch irgendwo sehe. Und die Mädels, mit denen ihr abhängt, sind genauso ätzend wie ihr – hohle Schminktussis, die nur ihre Handys, Klamotten und Typen im Kopf haben.«

»Wenn du nicht meine Schwester wärst, wär's mir egal.« Phil machte keine Anstalten, mein Zimmer zu verlassen.

»Ach ja?« Ich lachte spöttisch. »Woher kommt auf einmal deine Geschwisterliebe? Dich interessiert's doch null, was ich so mache. Warum kümmert es dich, mit wem ich zusammen bin?«

»Weil ...«, begann er, aber dann winkte er ab. »Eigentlich passt du gut zum Orthmann. Du bist genauso 'ne beknackte Spießerin.«

»Weißt du was, Phil?«, sagte ich mit gesenkter Stimme. »Ich kenne ziemlich viele Mädchen, die für Simon schwärmen! Sogar bei uns auf der Schule hat er einen richtigen Fanklub. Ich kenne aber kein einziges Mädchen, das *dich* toll findet oder einen von deinen verpickelten Kumpels. Ist doch komisch, oder?«

Das Gesicht meines Bruders verzerrte sich vor Zorn.

»Wir Mädchen mögen nämlich Jungs, die sich benehmen und sich ausdrücken können!« Ich stach ihm mit meinem Zeigefinger gegen die Brust. »Wir finden es cool, wenn einer nicht so ist wie alle anderen. Wenn sich einer traut, mal was zu unternehmen und zu organisieren, statt nur rumzumaulen und zu meckern! Aber das kapiert ihr ›coolen‹ Typen nicht! Ihr denkt echt, wir fänden eure dämlichen Sprüche witzig, und merkt gar nicht, dass wir eigentlich voll über euch lachen!«

»Halt die Klappe!«, zischte Phil böse. »Ich rede nicht mehr mit dir! Solange du mit dem Orthmann rummachst!«

Irgendwann einmal hatte ich meinen großen Bruder gemocht, aber seit ein paar Jahren war er einfach unausstehlich. Umso besser, wenn er nicht mehr mit mir redete.

»Oh mein Gott, welche Strafe!«, spottete ich deshalb. »Hoffentlich heiratet er mich, dann hätte ich für ewig meine Ruhe vor dir!«

Phil funkelte mich wütend an und verließ mein Zimmer. Er schmetterte meine Tür so fest zu, dass ein Bilderrahmen von der Wand fiel, und wenig später hämmerten dumpfe Bässe durchs ganze Haus und ließen die Wände beben. Es dauerte nur Sekunden, bis Mama von unten »Philipp! Mach die Musik leiser!«, brüllte und weil er es natürlich nicht hören konnte, rannte sie wenig später fluchend die Treppe hoch und riss seine Zimmertür auf.

»Vollidiot!«, murmelte ich und hängte das Bild wieder auf. Genau wie Simon wurde Phil in diesem Jahr siebzehn und würde im nächsten Jahr Abi machen, aber er benahm sich einfach peinlich und kindisch. Was für ein himmelweiter Unterschied zwischen den beiden!

Wiedersehen mit Gento

Won Da Pie schlug mit dem Schweif und schüttelte immer wieder den Kopf, obwohl ich ihm eine Fliegenhaube angezogen hatte. Die Kriebelmücken waren heute Abend wieder einmal besonders blutrünstig. Seit Tagen war es heiß und es wurde zunehmend schwüler, schon bei der kleinsten Anstrengung brach einem der Schweiß aus. Herr Weyer hatte vor der ersten Springstunde den Reitplatz gewässert, doch mittlerweile staubte es schon wieder.

»Als Nächstes reitet ihr die Folge blau-weißer Steilsprung, in einer gebogenen Linie mit sechs Galoppsprüngen auf den gelben Oxer und dann mit fünf Galoppsprüngen auf die Doppeloxer-Kombination!«, rief der Reitlehrer.

In der letzten Springstunde des Abends waren wir nur noch zu viert und konnten technisch anspruchsvollere Distanzen trainieren. Katie gelang mit Asset die Folge perfekt. Dann war Beate an der Reihe. Sie war schon immer gut geritten, aber seitdem sie fast täglich ritt, war sie noch viel besser geworden. Sie kam mit Nado richtig gut zurecht und ich fragte mich, wieso Doro ihr Pferd für so viel schlechter hielt als meines. Nado sprang vorsichtig und geschmeidig und hatte auch mit höheren Sprüngen keine Probleme. Sie ritt jeweils einen Galoppsprung mehr und musste die Aufgabe wiederholen. Auch Simon musste mit Schtari zwei Mal reiten, dann war ich an der Reihe. Won Da Pie war schon immer fleißig auf die Hindernisse zugaloppiert, ihm machte das Springen einfach Spaß, doch in der letzten Springstunde war er so heiß geworden, dass ich ihn kaum noch hatte halten können. Auch heute hatte ich meinen Kampf mit ihm, er machte zwischen den Hindernissen Luftsprünge und keilte danach aus wie ein Wildpferd.

»Mehr Kontrolle, Lotte!«, rief Herr Weyer zum wiederholten Mal.

»Wie denn?«, rief ich verzweifelt. »Er rennt mir unterm Hintern weg und mir tun jetzt schon die Hände weh!«

»Warte mal kurz«, antwortete er. »Ich hole ein anderes Gebiss.«

Er verschwand in Richtung Stall und ich massierte mir die linke Schulter, die richtig wehtat. Auf der Terrasse des Kasinos saß Alex mit ein paar Leuten, ein dunkelhaariger Mann winkte mir zu.

»Wer ist das denn?«, fragte ich Simon. Ich war nicht direkt kurzsichtig, aber meine Augen brannten vom Staub und dem Schweiß, der mir übers Gesicht lief.

»Das ist doch der Architekt, oder?« Er kniff die Augen zusammen.

»Ach ja, der Herr Wagner!« Jetzt erkannte ich den Mann auch. »Das ist der, der damals dem Lauterbach Gento abgekauft hat.«

Der Reitlehrer kehrte mit einer Trense und einem anderen Gebiss zurück und schnallte sie Won Da Pie nun an den Kopf, nachdem er ihm meine Trense abgenommen hatte.

»Das ist ein Pelham«, erklärte er mir. »Es ist eine Kombination aus Trense und Kandare, durch die Kinnkette und die längeren Schenkel kann der Reiter mehr Druck auf die Laden des Pferdemauls ausüben.«

»Ist das nicht zu scharf?« Ich war besorgt.

»Nein, du hast eine sehr feine Hand, Lotte.« Herr Weyer zog die Zügel durch das Martingal und reichte sie mir. »Wir probieren jetzt einfach mal aus, wie dieses Gebiss deinem Pferd gefällt. Viele Pferde mögen es und gehen damit viel zufriedener.«

Ich nahm die Zügel auf und ritt Wondy ein paar Runden im Trab und im Galopp. Er schien nichts gegen diese schärfere Zäumung zu haben und raste nicht mehr wie ein Besinnungsloser auf die Hindernisse zu. Schließlich ritt ich die Folge und Wondy ließ sich wunderbar regulieren. Nachdem jeder von uns einzelne Abschnitte des Parcours gesprungen war, ritten wir ihn komplett durch. Diesmal begannen Beate und Simon, für Katie und mich erhöhte Herr Weyer alle Hindernisse.

»Willst du zuerst?«, fragte Katie mich und ich nickte.

Wondy sprang einfach traumhaft! Dadurch, dass ich ihn besser halten konnte, wurde er nicht mehr so flach, sondern knallte regelrecht in die Luft. Der letzte Oxer war gewaltig! Wondy spitzte die Ohren, zog an und sprang so hoch und weit, dass ich hinter die Bewegung geriet und über dem Sprung aus dem Sattel katapultiert wurde.

»Mist!«, rief ich noch, dann fühlte ich mich für ein paar Sekunden schwerelos und landete ziemlich unsanft im Sand. Wondy fiel in Trab und kehrte zu mir zurück wie ein

Hund. Er blieb direkt vor mir stehen, sah mich ein bisschen verwundert an und schnaubte.

»Das ist ja der Hammer! Was für ein Sprung!«, rief Alex begeistert von der Terrasse aus. »Der ist ja mindestens einen Meter höher gesprungen als nötig!«

Das Gefühl hatte ich auch gehabt. Es war einfach überwältigend, welches Springvermögen mein Pferd besaß. Je höher und breiter die Hindernisse wurden, desto höher und weiter sprang Wondy, und das völlig mühelos!

»Hast du dir wehgetan?« Herr Weyer kam angelaufen, aber ich stand schon wieder auf den Beinen und wischte mir den Sand von der Reithose. Ich ergriff den Zügel, klopfte Wondys Hals und saß wieder auf.

»Weißt du, warum das passiert ist?«, fragte Herr Weyer mich.

»Ich habe ihn zu sehr festgehalten«, antwortete ich. »Deshalb hat er einen Galoppsprung mehr gemacht und kam zu dicht.«

»Ganz genau.«

»Ich reite die letzte Folge noch einmal«, sagte ich und Herr Weyer nickte.

»Lass ihn nach dem Steilsprung etwas mehr Tempo gehen. Mit fünf Galoppsprüngen passt es ideal!«

»Alles klar.« Ich wischte mir mit dem Unterarm den Schweiß aus den Augen, nahm die Zügel auf und galoppierte an. Wondy war noch genauso frisch wie zu Beginn der Springstunde, die drückende Hitze schien ihm nicht das Geringste auszumachen.

Wir überwanden die Doppelsteil-Kombination, danach

den Wassergraben. Sieben Galoppsprünge bis zur Mauer – perfekt! Ich widerstand dem Impuls, mein Pferd zurückzunehmen, sondern ließ es nach der Landung weiterziehen. Eins, zwei, drei, vier, fünf – Absprung! Wir flogen in einem weiten Bogen über den schwindelerregend breiten Oxer und landeten gemeinsam. Ich klopfte meinem Pferd glücklich den Hals, die Zuschauer oben auf der Terrasse applaudierten.

»Sehr gut, Lotte!«, rief Herr Weyer zufrieden. »Das war perfekt geritten. Ich denke, zum Springen solltest du in nächster Zeit immer das Pelham nehmen.«

Draußen vor der Schranke warteten die Teilnehmer der Westernreitstunde, die im Anschluss an die letzte Springstunde auf dem Platz stattfand. Oliver und Karsten waren extra zum Zuschauen gekommen. Nach dem Trockenreiten spritzte ich Won Da Pie ab, zog sein Fell mit dem Schweißmesser ab und brachte ihn in seine Box. Dann verabschiedete ich mich von Simon, der noch für eine Klausur lernen musste, und ging mit Katie hinauf auf die Terrasse. Oliver, Karsten und Beate saßen am vordersten Tisch mit dem besten Blick auf den Reitplatz.

»Kommt her!« Beate winkte uns. »Ich hab euch schon was zu trinken bestellt.«

»Du bist ein Schatz«, sagte Katie. »Meine Kehle ist völlig ausgedörrt.«

»Und ich hab das Gefühl, als hätte ich den halben Reitplatz im Mund.« Ich ließ mich auf einen der beiden freien Stühle neben Beate fallen, ergriff die Cola und trank durstig ein paar große Schlucke.

»Hallo, Katie«, sagte Herr Wagner, der Gento-Besitzer, der mit Alex und Herrn Weyer am Nachbartisch saß. Katie wandte sich überrascht um.

»Ach, hi, Jens! Was machst du denn hier?«

»Ich bin doch der Architekt der neuen Reitanlage«, erwiderte Herr Wagner. »Und als Alex mir erzählt hat, dass heute Abend Springstunde ist, dachte ich mir, ich komme mal vorbei.«

»Ich habe dich dieses Jahr noch auf gar keinem Turnier gesehen«, stellte Katie fest. »Keine Lust mehr?«

»Eher keine Zeit«, gab er zu. »Mein Pferd schiebt eine ruhige Kugel auf der Koppel.«

»Er hat letztes Jahr Gento gekauft«, bemerkte ich. »Das war mein Pflegepferd.«

»Ach!« Katie riss die Augen auf. »Der Gento von Jens ist *dein* Gento!«

»Genau.«

»Dein Pferd springt wirklich fantastisch, Charlotte«, sagte Herr Wagner nun zu mir. »Und du reitest sehr gut.«

»Danke!« Ich lächelte. »Aber ich verkaufe Wondy niemals!«

»Oh nein, darauf wollte ich auch nicht hinaus.« Er lachte. »Ich hatte vorhin eine ganz andere Idee.«

»Aha?« Ich trank in einem Zug die Cola aus.

»Wie wäre es, wenn du mal zu uns in den Stall kommst und Gento reitest?«, fragte er. »Ich habe ohnehin beschlossen, ihn nächstes Jahr auf eure neue Anlage zu stellen und weil ich so wenig Zeit habe, suche ich eine zuverlässige Reitbeteiligung.«

Bei jedem seiner Worte wurden meine Augen ein bisschen größer. Mein Gento würde zurückkommen! Und gerade eben hatte mich sein Besitzer gefragt, ob ich ihn mal reiten wollte! Träumte ich?

»Also ich … äh … ja … total gerne!«, stammelte ich wie eine Idiotin.

»Wenn du willst, fahre ich dich«, mischte sich Herr Weyer ein. »Bei Jens im Stall steht ohnehin ein Pferd, das mich interessiert. Da könnten wir gleich zwei Fliegen mit einer Klappe schlagen.«

»Oh, ich will mitkommen!«, rief Katie.

Und so war es beschlossene Sache. Gleich am kommenden Samstag wollten wir nach Heftrich fahren und ich würde meinen süßen Gento wiedersehen!

Meine Eltern hatten nichts dagegen einzuwenden, dass ich mit Herrn Weyer und Katie nach Heftrich fuhr, um Gento zu besuchen. Sie wussten ja, wie sehr ich an dem braunen Wallach gehangen hatte, und wünschten mir viel Spaß. Während der Fahrt war ich so aufgeregt wie selten.

»Wenn du mit ihm zurechtkommst, könnten wir nächstes Jahr mit vier Pferden aufs Turnier fahren«, schmiedete Katie schon Zukunftspläne. »Da Simon Schtari ja nicht auf Turnieren reiten will, werde ich das dann machen.«

Simon hatte immer davon geträumt, Turniere zu reiten, aber jetzt, wo er die Möglichkeit dazu gehabt hätte, fehlte ihm die Zeit. Neben seinem Job im Obstladen lernte er sehr viel für die Schule, denn er wollte ein gutes Abi machen, um Jura studieren zu können.

»Moment, Moment!«, bremste ich die Euphorie meiner Freundin. »Herr Wagner hat keinen Ton davon gesagt, dass ich Turniere reiten soll.«

»Also, ich hab das so verstanden!«, behauptete Katie. »Was meinst du, Micha?«

»Ich würde erst mal abwarten, wie Lotte mit dem Pferd zurechtkommt«, erwiderte der Reitlehrer vernünftig und ich pflichtete ihm bei.

Nach einer halben Stunde Fahrt waren wir da. Die Reitanlage lag auf dem Kamm eines Hügels, man hatte eine herrliche Aussicht über die umliegenden Wiesen und Wälder. Ringsum standen Pferde in kleinen Gruppen auf endlos weiten, weiß eingezäunten Koppeln, die mit Baumgruppen bestanden waren. Das war wirklich ein Pferdeparadies! Ein leichter Wind wehte und es war hier oben im Taunus nicht so heiß und schwül wie bei uns. Auf dem geschotterten Hof zwischen dem Dressurplatz und der Reithalle stand nur das Auto von Gentos Besitzer. Wir betraten den Stall und gingen die Stallgasse entlang. Offenbar waren die meisten Pferde auf den Koppeln, denn die meisten Boxen standen leer. Vor einer der Boxen war ein braunes Pferd angebunden und ich erkannte es sofort.

»Gento!«, rief ich leise, so, wie ich ihn früher immer gerufen hatte. Der braune Wallach hob den Kopf, seine Ohren zuckten nach vorne und dann wieherte er laut.

»Er hat mich erkannt!« Die Tränen schossen mir in die Augen. »Nach so langer Zeit!«

Ich lief zu ihm hin und schlang meine Arme um seinen Hals.

»Gento, mein Süßer!«, flüsterte ich. »Wie schön, dass ich dich wiedersehe!«

Das Pferd war ganz aufgeregt und rieb seine Nüstern an meiner Schulter.

»Da könnte ich ja regelrecht eifersüchtig werden!« Jens Wagner trat mit einem Putzkasten in der Hand aus der Sattelkammer und grinste. »Schaut euch das an! Mir wiehert er nicht entgegen, wenn ich in den Stall komme!«

»Mädchen und Pferde«, entgegnete Herr Weyer. »Das große Mysterium.«

»Darf ich ihn putzen?«, fragte ich.

»Ja, gerne.« Herr Wagner reichte mir den Putzkasten, dann verschwand er mit dem Reitlehrer im Stall, um nach dem Pferd zu schauen, für das Herr Weyer sich interessierte.

Gento sah gut aus, er war vielleicht ein bisschen zu dick, aber sein Fell glänzte. Ich striegelte ihn gründlich und jeder Zentimeter seines Körpers war mir unglaublich vertraut. Im letzten Sommer war die Welt für mich zusammengebrochen, weil ich fest davon überzeugt war, ihn für immer verloren zu haben.

Katie fotografierte Gento und mich wie eine Wilde.

Er war ein wenig größer und kräftiger als Wondy, aber tatsächlich sah er ihm sehr ähnlich. Ich kratzte noch die Hufe aus, dann schnallten Katie und ich Gamaschen an seine Beine und sattelten ihn. Wenig später führte ich ihn hinaus auf den Springplatz. Ich war ziemlich nervös und hatte ganz weiche Knie. So oft hatte ich davon geträumt! Was, wenn ich nun von Gento enttäuscht war oder überhaupt nicht mit ihm zurechtkam?

»Soll ich mich zuerst draufsetzen?«, fragte Herr Wagner.

»Ich kann auch gleich reiten«, erwiderte ich. Seitdem ich in Frankreich alle Pferde von Nicolas hatte reiten dürfen, hatten fremde Pferde den Schrecken für mich verloren. Ich setzte meine Kappe auf, verkürzte die Steigbügel und saß auf. Zum ersten Mal saß ich auf Gentos Rücken! Wow! Ich strahlte, als er sich nun in Bewegung setzte. Er hatte sehr schwungvolle Gänge, so ähnlich wie Wondy, aber viel weicher. Im Maul war er ganz fein und er reagierte unglaublich sensibel auf die kleinste Hilfe. Hätte ich ihn vor einem Jahr reiten dürfen, wäre ich nie und nimmer mit ihm zurechtgekommen! Herr Weyer und Katie bauten ein paar der Hindernisse, die auf dem Reitplatz herumstanden, niedriger, und Herr Wagner gab mir Tipps, wie ich Gento reiten musste.

»Gento ist vom Typ her deinem Pferd ähnlich. Er springt sehr gerne und zieht von selbst die Sprünge an«, sagte er. »Aber du hast bei ihm nicht so viel in der Hand. Behalte einfach den Kontakt zum Pferdemaul, aber zieh nicht.«

»Okay.« Ich nickte und erinnerte mich daran, wie oft ich danebengestanden und zugesehen hatte, wenn Herr Lauterbach auf dem Reitplatz mit Gento trainiert hatte. Und nun saß ich in seinem Sattel und durfte mit diesem wunderbaren Pferd springen!

Ein paarmal ging es über ein Kreuz, dann über einen kleinen Steilsprung und einen niedrigen Oxer. Gento war aufmerksam und vorsichtig, er hatte genug Vorwärtsdrang, war aber längst nicht so heftig wie Wondy. Das machte es mir viel leichter. Es musste wirklich ein Traum sein, ein solches Pferd jeden Tag reiten zu dürfen!

Nachdem ich einen kleinen Parcours gesprungen war, parierte ich durch zum Schritt, klopfte Gento den Hals und ließ ihm die Zügel lang.

»Ich muss dich gar nicht fragen.« Herr Wagner lächelte zufrieden. »Man sieht dir an, dass du dich auf ihm wohlfühlst!«

»Oh ja!« Ich strahlte. »Er lässt sich einfach toll reiten!«

Ich glitt aus dem Sattel und streichelte Gentos Kopf.

»Ich möchte ihn gerne noch den Sommer über hier stehen lassen«, sagte Herr Wagner. »Dann kann er die Koppeln genießen. Aber zum Herbst würde ich ihn zu euch in den Stall stellen. Vielleicht kannst du deine Eltern fragen, ob sie damit einverstanden sind, wenn du eine Reitbeteiligung an Gento übernimmst.«

»Das Problem ist, dass meine Eltern kein Geld für ein zweites Pferd haben«, erwiderte ich und es tat mir jetzt schon leid, dass irgendjemand anderes das Glück haben würde, dieses Pferd reiten zu dürfen.

»Ich will kein Geld.« Herr Wagner schüttelte den Kopf. »Ich möchte eine zuverlässige Reiterin, die ihn drei oder vier Mal pro Woche reitet. Und eventuell auch auf Turnieren vorstellt.«

»Echt?«

»Ja. Du hast Talent. Und mit Micha hast du einen guten Trainer.«

Das war ja alles zu schön, um wahr zu sein!

»Ich werde mit meinen Eltern reden«, sagte ich überglücklich. »Wenn ich das mit der Schule hinkriege, haben sie sicher nichts dagegen.«

»Prima.« Herr Wagner ging in Richtung Stalltür, doch dann fiel ihm noch etwas ein. »Ach ja, Alex sagte mir, du suchst für dein Pferd eine Sommerkoppel, wenn du im Urlaub bist. Du könntest ihn hierher bringen und er kann mit Gento zusammen auf die Koppel gehen.«

»Oh … okay«, antwortete ich.

»Siehst du, was habe ich gesagt?« Katie grinste zufrieden, als wir mit Gento in den Stall gingen. »Nächstes Jahr starten wir voll durch und ich wette, du kommst in den Kader, wenn du weiter so reitest!«

»Kneif mich mal«, sagte ich zu ihr. »Ich kann das alles gar nicht glauben!«

»Doch! Es ist wahr, Mist-Schwester!« Katie umarmte mich und lachte und ich war einfach nur glücklich.

Herr Schmidt sagt adieu

Die entscheidende Jahreshauptversammlung rückte näher und wir erwarteten gespannt, was dort geschehen würde. Würde der Rundbrief an die Mitglieder Wirkung zeigen? Konnte er all jene, die sonst zu bequem waren, um an einer solchen Versammlung teilzunehmen, ausreichend motivieren? Der Jugendvorstand war eingeladen, auch wenn wir bei den Vorstandswahlen noch nicht stimmberechtigt waren, und Katie würde ebenfalls da sein, schließlich war ihre Mutter die Kasino-Betreiberin.

Wir hatten Hoffnung geschöpft, denn mit Vivien, Herrn Weyer und Jens Wagner waren gleich drei neue Mitglieder dazugekommen, die sicherlich in unserem Sinne stimmen würden. Und Herr Stark hatte gesagt, unser Flyer hätte bestimmt viel bewirkt und einige Leute mobilisiert, man habe ihn sogar einem Sonderrundschreiben an alle erwachsenen Mitglieder noch einmal beigelegt. Auch Frau Köhler hatte eine Einladung erhalten, denn sie sollte, als Dank für ihre großzügige finanzielle Hilfe, an diesem Abend die Ehrenmitgliedschaft erhalten.

Tatsächlich war man unserem Vorschlag gefolgt und Herr Gregori war auch sofort dazu bereit gewesen, vom geschäftsführenden in den Ehrenvorstand zu wechseln. Er merkte wohl selbst, dass er all den Anforderungen, die der Neubau der Reitanlage mit sich brachte, nicht mehr gewachsen war.

»Wieso haben die nicht einfach die Anträge von Hanemann und Konsorten abgelehnt?«, fragte Katie, während wir am Abend vor der Versammlung die Sättel und Trensen unserer Pferde in die Sattelkammer brachten. Der Sommer legte gerade eine Pause ein, draußen war es kühl und regnerisch, deshalb sollte die Westernreitstunde gleich in der Reithalle stattfinden. Indy und Oki konnten die große Nachfrage allein nicht bewältigen, deshalb hatten an Pfingsten noch zwei weitere Quarter Horses in den Stall Einzug gehalten, eine superbrave braune Stute mit dem Namen Twister und ein Fuchswallach, der Sparky gerufen wurde. Erstaunlich viele der erwachsenen Reiter stiegen von der englischen auf die Westernreitweise um. Heute Abend ritten außer Oliver und Karsten zwei ältere Damen, die eigentlich bereits die Reiterei an den Nagel gehängt hatten, sich aber auf die nervenstarken Westernpferde trauten.

»Keine Ahnung«, antwortete ich. Vielleicht haben sie sich über so viele Neumitglieder gefreut. Sie konnten ja nicht ahnen, was die im Schilde führen.« Ich war neugierig, ob die Eltern von Inga wohl morgen erscheinen würden, nachdem ihre Tochter damals aus dem Verein ausgeschlossen worden war. Ganz sicher brauchte die Georgshof-Mafia jede einzelne Stimme ihrer Anhänger, sonst hatte sie keine Chance.

»Hat Doro sich eigentlich mal bei dir gemeldet?«, wollte Katie wissen.

»Nein. Nicht mal an meinem Geburtstag.«

Den hatten wir schließlich doch im Kasino gefeiert, allerdings in ziemlich lockerer Runde. Katies Mutter hatte Pizza gemacht und die hatten wir gemeinsam mit Simon, Beate, Bille, Oliver, Karsten, Ralf und Kristina gefuttert. Meine Freunde hatten mir alle zusammen eine neue Schabracke geschenkt und von Simon hatte ich wunderschöne Reithandschuhe bekommen. Mein Bruder hatte sogar sein Schweigen gebrochen und mir gratuliert, aber von Doro hatte ich nichts gehört.

Wir verließen die Sattelkammer und da stand auf einmal ein Mann vor uns, der sich auf zwei Krücken stützte.

»Hallo, Lotte«, sagte er. »Hallo, Katie.«

Ich musste zweimal hinschauen, um Herrn Schmidt zu erkennen! Er war rasiert, hatte frisch gewaschene und kurz geschnittene Haare, trug saubere Jeans, ein T-Shirt und darüber die graue Kapuzenjacke, die wir ihm geschenkt hatten. Vor allen Dingen aber hatte er sein Gebiss eingesetzt und wirkte dadurch um Jahre jünger!

»Ha… hallo, Herr Schmidt!« Ich war verblüfft von der Veränderung, die mit dem immer so ungepflegten und schmutzigen Pferdepfleger vor sich gegangen war. »Wie geht es Ihnen?«

»Danke, soweit ganz gut.« Herr Schmidt lächelte verhalten. »Das Bein macht mir ein wenig zu schaffen. Ist drei Mal operiert worden. Aber wenigstens leb ich noch. Hätte mir auch den Hals brechen können.«

Ich erinnerte mich mit Grauen an den Abend, als ich ihn gefunden hatte: blutüberströmt und bewusstlos.

»Ich wollte mich von euch verabschieden und mich bedanken«, sagte Herr Schmidt. »Meine Schwester kommt gleich und holt mich ab.«

»Wohin gehen Sie denn?«, fragte ich. »Werden Sie nicht mehr hier arbeiten?«

»Nein, das kann ich wohl nicht mehr.« Er schüttelte den Kopf. »Sechzehn Jahre war ich hier. Hab vier Reitlehrer erlebt. Na ja, irgendwann ist es halt auch mal rum. So 'nen schweren Job kann ich nicht mehr machen mit der kaputten Hüfte.«

»Sie haben ja auch echt genug geschuftet«, sagte ich verständnisvoll. »Ihre Rente haben Sie sich verdient.«

»Na, so alt bin ich auch noch nicht!«, erwiderte Herr Schmidt. »Bis zur Rente hab ich noch fünfzehn Jahre. Ein paar Jährchen muss ich also schon noch arbeiten.«

Das erstaunte mich. Ich hatte Herrn Schmidt immer für uralt gehalten, aber wenn er noch fünfzehn Jahre arbeiten musste, war er gerade mal fünfzig und nicht etwa siebzig, wie ich geschätzt hatte.

»Ich werd' mich bei meiner Schwester etwas erholen. Und für danach hat Frau von Richter was für mich gefunden. Keine Ahnung, wie sie das angestellt hat.«

Ich warf Katie einen raschen Blick zu, aber meine Freundin zuckte nur mit den Schultern. Offenbar wusste sie auch nichts davon, dass ihre Mutter Herrn Schmidt einen Job besorgt hatte.

»He, Herr Schmidt!« Oliver bog mit Karsten um die Ecke, gefolgt von Herrn Weyer, Vivien und Alex. »Da sind Sie ja endlich wieder! Wir haben Sie ganz schön vermisst!« Er grinste breit. »Ich hab Ihr Radio mal ordentlich sauber gemacht. Aber den Sender hab ich nicht verstellt!«

Zu unserer Verblüffung lief Herrn Schmidt plötzlich eine Träne über die Wange.

»Das Radio …«, begann er mit belegter Stimme. »Das Radio wollt' ich dir schenken. Als … als Erinnerung an mich. Ich brauch's ja jetzt nicht mehr, wo ich jetzt diesen … diesen Eierpott von dir habe mit den ganzen schönen Liedern drauf.«

»Danke«, sagte Oliver leise.

Herr Schmidt nahm beide Krücken in eine Hand und zauste mit der anderen Olivers Haar.

»Bist 'n prima Kerl«, flüsterte er heiser. »So 'n Sohn wie dich hätt' ich gerne gehabt.«

Ich sah erstaunt, dass Oliver, der sonst immer einen Scherz parat oder Unsinn im Kopf hatte, plötzlich mit den Tränen kämpfte. Und dann schloss er den Mann in die Arme.

»Verdammt, ich muss nicht mal heulen, wenn ich einen traurigen Film gucke«, versuchte er zu scherzen, aber Herr Schmidt weinte auch.

»Ihr seid wirklich … was Besonderes«, murmelte der Pferdepfleger. »Vielen Dank für alles und für euer Geschenk.«

Dann schüttelte er uns reihum die Hand. Bei mir bedankte er sich dafür, dass ich ihn als den besten Pferdepfleger der Welt bezeichnet und ihm das Leben gerettet hatte.

»Bist ja eigentlich 'n guter Bub«, sagte er zu Alex und zwinkerte ihm zu. »Auch wenn du's keinem zeigst!«

Zum Schluss reichte er Katie die Hand.

»Deine Mutter ist schwer in Ordnung. Und du auch. Hast zwar 'n bisschen gebraucht, aber du hast auch 'n goldenes Herz, wie deine Mutter.«

Katies Lippen zitterten und dann brach auch sie in Tränen aus und umarmte Herrn Schmidt.

»So, jetzt muss ich aber los.« Er fuhr sich mit einem Taschentuch über die Augen. »Ich will ja noch den ganzen Mistviechern hier Lebewohl sagen. Ich werd die alten Kackmaschinen ganz schön vermissen. Und euch natürlich auch.«

Herr Schmidt nestelte umständlich seinen Schlüsselbund aus der Hosentasche und reichte ihn Herrn Weyer nach einem kurzen Zögern.

»Das sind die Stallschlüssel. Und die Schlüssel von der Wohnung.«

Die Endgültigkeit dieses Augenblicks wurde mir plötzlich in seinem ganzen Ausmaß bewusst und ich schluchzte auf. Wieder ging ein Mensch, der ein fester Bestandteil meines Lebens gewesen war, für immer!

»Was meinte er wohl eben mit ›Eierpott‹?«, erkundigte sich Katie leise.

»Ich hab ihm meinen alten iPod geschenkt«, erklärte Oliver, als sei es nichts Besonderes. »Damit er im Krankenhaus seine gruselige Volksmusik hören kann.«

»Echt? Du hast ihm den ganzen Krempel draufgeladen?«

»Jepp. Helene Fischer, Andrea Berg, die Kastelruther Spatzen, die Wildecker Herzbuben und so einen Kram.« Oliver grinste schräg. »War schon 'ne Herausforderung.«

»Wow!« Katie war tief beeindruckt und ich ebenso. Da

taten die Jungs immer so abgebrüht und klopften coole Sprüche, und dann so was! Ohne jemandem von uns etwas zu sagen, war Oliver zu Herrn Schmidt ins Krankenhaus gefahren und hatte ihm seinen iPod geschenkt!

»Passen Sie auf sich auf, Herr Schmidt!«, rief Oliver dem Pferdepfleger nach. »Alles Gute!«

Und dann stimmte er die Reitstall-Hymne an, die wir im Januar zum Abschied von Herrn Kessler gedichtet hatten, und wir sangen alle mit.

»Jetzt reicht's aber«, murmelte Herr Schmidt so ruppig, wie wir es von ihm gewohnt waren, doch man konnte ihm ansehen, dass es ihm trotz allem guttat. Wir blickten ihm schweigend nach, als er die Stallgasse, die er wohl Millionen Mal entlanggelaufen war, ein letztes Mal hinunterhumpelte und sich von jedem Pferd einzeln verabschiedete.

»Da geht er hin, unser Schmidtchen«, sagte Alex so bewegt, wie ich ihn noch nie gesehen hatte. »Die Menschen, die man sein halbes Leben lang gekannt hat, verschwinden einfach. Daran merkt man, dass man alt wird.«

Die Georgshof-Mafia triumphiert

An dem Tag, an dem abends die Jahreshauptversammlung stattfinden sollte, hatte ich in der zweiten großen Pause eine gruselige Begegnung. Zum ersten Mal seit dieser hässlichen Szene in der Sattelkammer im vergangenen Herbst sprach Inga mich auf dem Schulhof an. Ich hatte keine Chance mehr zu verschwinden, als sie direkt auf mich zusteuerte.

»Naaaa!« Sie lächelte schleimig und verstellte mir den Weg.

»Hallo«, erwiderte ich reserviert.

»Und? Bist du schon aufgeregt?«, wollte sie wissen.

»Wieso sollte ich das sein?« Ich tat überrascht, aber innerlich war ich längst nicht so gelassen, wie ich mich gab.

»Na, heute Abend gibt's ja eine wichtige Versammlung.« Der lauernde Blick aus Ingas blassblauen Augen erinnerte mich an meinen Albtraum und ließ mich schaudern. Es schien sie wirklich schwer zu beschäftigen, was im Reitstall vor sich ging.

»Stimmt, die Jahreshauptversammlung. Muss dich ja nicht mehr interessieren«, gab ich zurück.

Ingas Lächeln erlosch kurz und für einen winzigen Moment zuckte jener hasserfüllte Ausdruck über ihr Gesicht, der mich daran erinnerte, wozu sie fähig war.

»Wenn du dich da nur nicht irrst«, entgegnete sie kryptisch und wandte sich ab.

Da beschloss ich, in die Offensive zu gehen. »Ach stimmt, du gehörst ja auch zu den Anhängern von diesem komischen Guru Hanemann, die mit ihm von einem Stall zum anderen ziehen«, sagte ich mit einem herablassenden Lächeln. »Sind nicht sogar deine Eltern extra in den Verein eingetreten?«

Inga fuhr herum, ihr Lächeln wurde zu einer zornigen Grimasse.

»Ihr werdet euch wundern«, knirschte sie. »Vor allen Dingen diese selbstgerechten Idioten vom Vorstand. Es wird sich alles ändern. Und du, du kannst dir jetzt schon mal überlegen, in welchen Stall du deinen hässlichen Klepper stellst.«

»Ich glaube, die neue Reitanlage wird mir sehr gut gefallen.« Ich musste noch mehr grinsen. »Eigentlich schade, dass du sie nie sehen wirst. Immerhin hast du Stallverbot auf Lebenszeit.«

Der Pausengong ertönte, aber Inga ging mir nicht aus dem Weg.

»Ich hab noch genug gute Freunde im Stall und dich kann keiner leiden«, zischte sie. »Ich werde in den Jugendvorstand gehen, sobald Peter was zu sagen hat. Mit Cordula und Simon kann man wenigstens etwas anfangen und solche wie dich braucht kein Mensch!«

»Ich kann mir nicht vorstellen, dass Simon sich mit dir freiwillig an einen Tisch setzen würde«, antwortete ich.

»Ach ja?« Inga lachte so überheblich, als wüsste sie mehr

als alle anderen Menschen auf der Welt. »Simon und ich haben uns immer *sehr gut* verstanden. Ich habe ihn erst neulich wieder mal zufällig getroffen und da hat er mir voll das Ohr abgekaut. Er hat sogar den Schal von mir …«

»Du hast ihn nicht *zufällig* getroffen, sondern du stalkst ihn, du Lügnerin«, unterbrach ich sie kühl. »Es ist ihm voll peinlich, dass du jeden Tag im Obstladen aufkreuzt, kurz bevor er Schluss machen will, und ihn volllaberst. Er hat's mir erzählt. Ach, offenbar weißt du gar nicht, dass Simon und ich zusammen sind. Das hat deine Busenfreundin Cordula wohl noch nicht mitgekriegt, oder?«

Inga wurde erst knallrot, dann blass, ihr Mund klappte auf. Der fassungslose Ausdruck auf ihrem Gesicht entschädigte mich für all das, was sie mir angetan hatte.

»Deinen Schal ist er übrigens als Wichtelgeschenk losgeworden«, informierte ich sie im Weggehen. »Und das Mädchen, das ihn bekommen hat, hat das Ding sofort im Mülleimer entsorgt.«

Damit ließ ich sie stehen und ging zum Schulgebäude hinüber. Ich zitterte innerlich, denn eigentlich hasste ich solche Auseinandersetzungen. Aber irgendwie hatte es mir auch gutgetan, Inga endlich mal die Meinung zu sagen.

Am Abend holte Simon mich um kurz vor sieben zu Hause ab. Mama öffnete ihm die Tür und ich hörte vom Badezimmer aus, wie sie sich unten im Flur mit ihm unterhielt. Papa kam auch dazu. Mein Herz klopfte wie verrückt und meine Hände zitterten, als ich meine Haare zu einem Knoten frisierte. Simon sprach mit meinen Eltern! Hoffentlich sagten sie nicht irgendetwas Peinliches zu ihm, jetzt, wo sie wussten, dass er mein Freund war! Phil tauchte in der Tür des Badezimmers auf.

»Der schöne Simon ist da«, teilte er mir mit und musterte mich von Kopf bis Fuß. »Hast dich ja tierisch rausgeputzt.«

Ich trug einen Jeansminirock, eine weiße Bluse und nagelneue Chucks – das war ja wohl kaum das, was man »rausgeputzt« nennen konnte.

»Raus!«, sagte ich nur, ohne den Blick vom Spiegel zu wenden.

»Bist schön genug für den schönen Simon«, frotzelte mein Bruder, dann ging er die Treppe hinunter. Stattdessen tauchten Cathrin und Flori auf.

»Ist das dein Freund, Lotte?«, bestürmten mein kleiner Bruder und meine Schwester mich aufgeregt.

»Ja, das ist mein Freund«, bestätigte ich leicht genervt und lauschte mit einem Ohr nach unten.

»Hey«, hörte ich Phil zu Simon sagen. »Was geht, Alter? Meine Schwester blockiert seit 'ner Stunde das Bad, um sich aufzumotzen.«

Ich verdrehte die Augen. Wieso musste Phil so ein bescheuertes Zeug reden? Ich hatte gerade einmal zehn Minuten im Bad gebraucht und aufgemotzt hatte ich mich nun wirklich nicht. Egal!, dachte ich, holte tief Luft, schulterte meinen Rucksack und ging nach unten. Simon sah total süß aus mit seinem verwuschelten dunklen Haar und den braunen Toffifee-Augen! Ihm klappte ein wenig der Mund auf, als er mich die Treppe hinunterkommen sah, und störte sich nicht daran, dass sich das Publikum durch meine jüngeren Geschwister, die kichernd an mir vorbeischlüpften, vergrößerte.

»Wow, du siehst spitze aus, Lotte«, sagte er bewundernd. »Ich hab dich noch nie anders als in Jeans oder Reitklamotten gesehen!«

»Danke!« Ich wurde tatsächlich rot und strahlte.

Meine Eltern und mein großer Bruder standen da und guckten neugierig.

»Können wir?« Ich wollte so schnell wie möglich verschwinden.

»Ja, klar.« Simon öffnete mir galant die Haustür, dann wandte er sich an meine Eltern. »Ich bringe Lotte spätestens um elf zurück.«

»Na, dann viel Erfolg heute Abend«, wünschte Papa uns.

»Danke.« Simon ergriff meine Hand und ich atmete erleichtert auf, als wir endlich draußen waren.

»Du bleibst hier, Cathrin!«, hörte ich die Stimme meiner Mutter.

»Aber ich will doch nur sehen, ob sie sich küssen!«, erwiderte meine Schwester, dann fiel die Haustür ins Schloss.

»Oh Mann, meine Familie ist voll peinlich!«, stöhnte ich. »Hoffentlich haben meine Eltern dir keine blöden Fragen gestellt!«

»Keine Sorge, haben sie nicht.« Simon legte seinen Arm um meine Schulter. »Ich finde sie eigentlich ziemlich cool. Sie haben mich für Samstag zum Mittagessen bei euch eingeladen.«

»Waaaas?« Ich blieb stehen. »Echt jetzt?«

»Ja.«

»Und? Kommst du?«

»Natürlich.« Simon grinste. »Es sei denn, du willst es nicht.«

»Klar will ich das! Das ist doch super! Und ich hatte so eine Angst, dass sie … na ja … nicht so begeistert sind, wenn ich einen Freund habe!«

»Ich bin ja nicht irgendwer«, erwiderte Simon, selbstbewusst wie eh und je.

Da musste ich lachen. Ich schlang ihm die Arme um den Hals und küsste ihn.

Hand in Hand gingen wir weiter. Als wir um die Ecke bogen, sah ich, dass die Straße unterhalb des Reitplatzes bereits vollkommen zugeparkt war, sogar in der Auffahrt standen Fahrzeuge. Überall fuhren Autos im Schritttempo herum, im ganzen Viertel schien es keinen einzigen freien Parkplatz mehr zu geben.

»Was ist das denn?«, fragte ich verwundert. »Hat hier irgendjemand eine Feier?«

»Nein. Aber heute Abend ist Jahreshauptversammlung.« Simon drückte meine Hand und war plötzlich richtig aufgeregt. »Das wäre ja ein Ding, wenn die alle dorthin wollten!«

Wir sahen uns an, dann rannten wir los. Und es war tatsächlich so! Katie kam uns strahlend entgegen.

»Das Kasino ist total überfüllt!«, rief sie. »Bis jetzt haben sich schon über hundert Leute in die Anwesenheitsliste eingetragen! Wenn das so weitergeht, müssen die meisten stehen.«

Wir eilten die Stallgasse entlang und die Treppe hoch,

doch dann ging nichts mehr. Vor der Eingangstür des Kasinos hatte sich eine Schlange gebildet, die bis hinaus auf die Straße reichte.

»Ist die Georgshof-Mafia auch schon da?«, erkundigte sich Simon bei Katie.

»Ja, die sind schon vor einer halben Stunde eingelaufen«, gluckste sie und rieb sich fröhlich die Hände. »Aber damit haben sie wohl nicht gerechnet!«

Endlich gelangten wir ins Kasino. Gunther und Herr Dittmann räumten die Tische nach draußen, damit es mehr Platz gab, andere trugen die Bänke der Biertischgarnituren herein. Herr Gregori saß da und strahlte glücklich wie ein Honigkuchenpferd, Herr Stark war ganz rot im Gesicht vor Aufregung und Dragon-Mum und Vivien arbeiteten im Akkord, um alle Getränkebestellungen zu erfüllen.

»Katie! Lotte!«, rief Frau von Richter, als sie uns erblickte. »Helft bitte mal dabei, die Getränke auszugeben!«

Simon verschwand, um den Männern beim Bänketragen zu helfen, Katie und ich wurden in null Komma nichts mit Schürzen ausgestattet und schleppten Tabletts voller Gläser durch das Gedränge und machten mit einem Kugelschreiber Striche auf Bierdeckel.

»Ob da noch jemand den Überblick hat, wer was bezahlen muss?«, fragte ich Katie, als wir an der Theke auf die nächste Ladung warteten.

»Meine Mom sicher.« Katie schob sich eine Haarsträhne hinter das Ohr und grinste. »Sie ist voll in ihrem Element, schau sie dir doch nur an! Mensch, dieser Job hier im Kasino war echt das Beste, was mir passieren konnte.«

»Wieso dir?«

»Sie ist zu Hause total entspannt! Ich hab null Stress mehr mit ihr.« Katie senkte die Stimme. »Die Frau hat einfach 'ne Aufgabe gebraucht.«

Vivien schob mir ein Tablett mit sechs vollen Biergläsern hin. Ihre Wangen waren gerötet, sie schwitzte, aber sie grinste. Auch ihr machte die Arbeit offensichtlich Spaß.

»Das ist für die Herren in der zweiten Reihe«, sagte sie zu mir und ich lief los.

Der Vorstand hatte hinter einem langen Tisch an der Kopfseite des Kasinos Platz genommen. Um Punkt halb acht stand Herr Schäfer auf, klopfte mit einem Löffel gegen ein leeres Glas und eröffnete die Sitzung. Das Stimmengemurmel wurde schwächer und erstarb schließlich. Er begrüßte alle Anwesenden und stellte fest, dass ordnungs- und termingerecht zur Sitzung eingeladen worden war.

»Wir freuen uns sehr, dass so viele Vereinsmitglieder heute hierhergekommen sind«, sagte er und fuhr sich mit einem Taschentuch über die Stirn. Obwohl die Fenstertüren zur Terrasse weit geöffnet waren, herrschten in dem großen Raum geradezu tropische Temperaturen. »Laut Liste sind 232 Mitglieder anwesend und das ist ein Rekord! Außerdem möchte ich unsere zahlreichen neuen Mitglieder ganz herzlich in unseren Reihen begrüßen und im Verein willkommen heißen.«

Applaus brandete auf. Simon tauchte auf und lehnte sich neben Katie und mir an die Theke. Zügig wurde ein Tagesordnungspunkt nach dem anderen abgehandelt – Bericht des zweiten Vorsitzenden über das vergangene Jahr, Bericht des Jugendwarts über die Aktivitäten der jugendlichen Mitglieder, Bericht des Kassenwarts, Bericht der Kassenprüfer und Entlastung des Vorstandes.

»Unter Tagesordnungspunkt sieben kommen wir nun zu einem sehr erfreulichen Punkt, nämlich zur Ernennung von zwei Ehrenmitgliedern«, fuhr Herr Schäfer fort. »Unser langjähriger erster Vorsitzender Herr Dr. Hubert Gregori wird auf eigenen Wunsch aus dem geschäftsführenden Vorstand ausscheiden und in den Ehrenvorstand des Vereins wechseln. Außerdem wird Frau Hannelore Köhler die Ehrenmitgliedschaft verliehen.«

Herr Schäfer und Herr Stark überreichten Frau Köhler und Dr. Gregori Urkunden und irgendwelche Anstecknadeln, immer wieder wurde applaudiert.

»Uah! Auch das noch!«, flüsterte Simon, als Herr Dr. Gregori nun aufstand und zu einer Dankesrede ansetzte. »Konnte ihn niemand daran hindern?«

Nach zehn Minuten der langatmigen Rede wurden die Zuhörer allmählich unruhig.

»Wenn er gleich noch von seinen Rennsiegen anno 1914 anfängt, dreh ich dem Mikro den Strom ab«, sagte Simon finster. Alex, der in der letzten Reihe direkt vor uns saß, wandte sich um.

»Nicht so respektlos, Orthmann«, grinste er. »Der Mann hat große Verdienste um unseren Verein erworben.«

»Vor oder nach dem Zweiten Weltkrieg?«, konterte Simon.

»Er ist immerhin schon in den Achtzigerjahren des zwanzigsten Jahrhunderts angekommen«, tröstete Alex meinen

Freund. »Nur noch etwas Geduld, an das, was danach passiert ist, kann er sich eh nicht mehr erinnern.«

Tatsächlich neigte sich die Rede von Herrn Dr. Gregori dem Ende entgegen und dann war es endlich so weit: Der neue Vorstand sollte gewählt werden!

Zuerst wurde ein Wahlleiter bestimmt, der alte Vorstand räumte seine Plätze, bis auf die Schriftführerin, die weiterhin das Protokoll schrieb. Der Wahlleiter begrüßte die beiden Kandidaten, die sich um das Amt des ersten Vorsitzenden bewarben: Herrn Schäfer und ein Herr Dr. Armin Marquardt, ein dicker Mann mit dichtem grauweißem Haar, der sich mit ein paar Worten vorstellte.

»Ich denk, der Hanemann wollte Vorsitzender werden!«, tuschelte ich Katie zu.

»Quatsch. So was würde der nie machen! Dann müsste er ja echt Verantwortung übernehmen«, erwiderte sie spöttisch. »Der Marquardt ist einer der treuesten Fans vom Hanemann. Er ist ihm geradezu hörig.«

»Ich beantrage eine geheime Wahl«, sagte jemand und der Wahlleiter ließ über den Antrag abstimmen. Tatsächlich war die Mehrheit aller Anwesenden für ein geheimes Wahlverfahren, was einige Zeit in Anspruch nehmen würde. Glücklicherweise war der Vorstand darauf vorbereitet gewesen und ließ nun die Zettel verteilen. Katie und ich bedienten die durstigen Leute, während der Wahlleiter und die Schriftführerin mit dem Auszählen der Stimmzettel beschäftigt waren, aber ihren Mienen war deutlich anzusehen, dass da gerade etwas gewaltig schieflief. Hanemann und Konsorten wirkten hingegen entspannt und fröhlich.

»Nach Auszählung aller Stimmzettel kommen wir zu folgendem Ergebnis«, verkündete der Wahlleiter schließlich. »Auf den Kandidaten Schäfer entfallen 80 Stimmen, auf den Kandidaten Marquardt 152 Stimmen …« Der Rest des Satzes ging in Jubel und Applaus unter, die neuen Mitglieder klopften sich gegenseitig auf die Schultern, alle anderen saßen wie erstarrt da und konnten nicht glauben, was soeben geschehen war.

»Oh mein Gott!«, flüsterte ich entsetzt und sah Simon an, der genauso fassungslos war wie ich.

Der Plan der Georgshof-Mafia war aufgegangen – ihr Kandidat war der neue erste Vorsitzende des Bad Sodener Reitvereins! Lächelnd nahm Dr. Marquardt die Wahl an, setzte sich neben die Schriftführerin und begann nun, die Versammlung zu leiten.

Wie gelähmt verfolgten Simon, Katie und ich, wie ein Fremder nach dem anderen in den Vorstand gewählt wurde. Herr Stark, Frau Seifert und Gunther unterlagen jeweils den Gegenkandidaten. Ich dachte an Ingas Prophezeiung und mir wurde übel. Sie hatte recht, ich musste mir einen neuen Stall suchen, denn ganz sicher würde es für Won Da Pie keinen Platz mehr auf der neuen Reitanlage geben!

»Ich muss hier raus!«, stieß ich hervor. »Mir wird schlecht!«

Ich stürmte durch die Glastür nach draußen, Simon und Katie folgten mir. Wir setzten uns auf die Treppenstufen vor der Eingangstür und waren zu schockiert, um irgendetwas sagen zu können.

Alles war verloren! Unser Kampf für die neue Reitanlage

nützte uns nichts mehr, sondern nur noch diesen Fremden, die unseren Verein zerstören wollten. Ich legte mein glühend heißes Gesicht auf die Knie und begann zu weinen.

Was die Zukunft wohl bringt?

In dem Moment trillerte Katies Handy.

»Der Georgshof-Chat«, sagte sie und tippte auf das WhatsApp-Symbol. Ich sah, wie ihr alles Blut aus dem Gesicht wich.

»Was ist?«, wollte ich wissen.

»Das ist ja der Hammer!« Sie starrte erst mich, dann Simon an. »Hört zu! Hier schreibt einer im Chat: ›*Und? Hat's geklappt? Wie viele von denen konntet ihr kaufen?*‹ und ein anderer antwortet: ›*Noch keine News, dauert noch. Sieht aber gut aus. Über 100 haben die Kohle genommen.*‹ Und weiter: ›*Ja! Ja! Es hat geklappt! Sie haben alle für uns gestimmt!!! Armin, Gregor, Ulli, Uwe, Rosi und Vera sind der neue Vorstand! Die absolut beste Idee von Armin.*‹ Und die Nächste schreibt: ›*Geld regiert die Welt und alle sind käuflich!*‹«

Katie blickte auf.

»Was soll das bedeuten?«, fragte ich verwirrt.

»Unfassbar!« Simon sprang auf und rannte weg, nur zwei Minuten später tauchte er mit Alex im Schlepptau auf und bat Katie, den Chatverlauf noch einmal vorzulesen.

Alex presste die Lippen zusammen und legte die Stirn in Falten.

»Wenn es das bedeutet, was ich glaube«, sagte er langsam, »dann haben die Leute vom Georgshof hundert Mitglieder des Vereins bestochen, damit sie heute Abend für Marquardt und seine Leute stimmen. Das wäre ja ein Ding!«

»Wir können es aber nicht beweisen!«, erwiderte Simon.

»Wieso?« Alex wies auf Katies Handy. »Da ist doch der Beweis! Und ein anderer Beweis sind für mich die Leute, die heute Abend hier sitzen! Ich bin seit meiner Geburt in diesem Verein, aber die Hälfte von denen habe ich noch nie gesehen. Das sind Eltern von ehemaligen Voltigierkindern oder Reitschülern, die null Verbindung zum Verein haben, aber mit Geld hierhergelockt wurden.«

Er ballte die Hände zu Fäusten.

»Kommt, lasst uns wieder reingehen«, sagte er. »Jetzt gibt's den großen Showdown!«

Der neue Vorstand war mittlerweile beim Punkt »Sonstiges« der Tagesordnung angekommen und brachte gerade die geplante Satzungsänderung zur Abstimmung. Es war klar, dass sie abgelehnt werden würde.

»Moment mal!«, rief Alex laut, ergriff Katie am Handgelenk und zog sie hinter sich her durch die Bankreihen nach vorne. Simon und ich folgten den beiden. Alle starrten uns erstaunt an.

»Ich melde erhebliche Zweifel an der Korrektheit dieser Wahl an!« Alex baute sich vor dem Tisch des Vorstandes auf und blickte in die Menge.

»Wer von Ihnen hat dafür Geld erhalten, damit er heute Abend für Herrn Marquardt und seine Leute stimmt und nicht für die Kandidaten des Reitvereins?«, fragte er.

Ich traute meinen Augen nicht, aber eine blonde Frau hob tatsächlich die Hand. Sie bemerkte ihren Fehler sofort und lief blutrot an, als Alex sie nun fixierte. Ein empörtes Murmeln wurde im Saal laut.

»Vielen Dank, gute Frau!«, rief Alex triumphierend. »Und wer von Ihnen hat noch Geld angenommen?«

»Was soll denn das?«, rief Herr Dr. Marquardt aufgebracht und sprang auf. »Was fällt Ihnen überhaupt ein?«

Er war dunkelrot im Gesicht und sah so aus, als würde er jeden Moment aus seinem zu engen Hemd platzen.

»Was fällt *Ihnen* ein, sich hier einen Wahlsieg kaufen zu wollen?«, entgegnete Alex angriffslustig.

Einige der Georgshofer sprangen auf, schrien und lamentierten, aber Alex blieb vollkommen gelassen. Ich bemerkte den Blick, den Peter Hanemann mit seinen Spießgesellen wechselte.

»Diese junge Dame hier«, fuhr Alex ungerührt fort, »ist zufällig Mitglied bei einer WhatsApp-Gruppe des Georgshofes. Wahrscheinlich ist sie irrtümlich in diese Gruppe aufgenommen worden, aber das tut hier nichts zur Sache. Viel interessanter sind die Nachrichten im Chat, die in den letzten dreißig Minuten eingingen. Katie, würdest du sie bitte mal vorlesen?«

Nachdem Katie den Inhalt des Chats vorgelesen hatte, herrschte für ein paar Sekunden Totenstille im Saal. Dann fing die Blonde an zu schluchzen, weil sie wohl begriff, was sie angerichtet hatte. Alex klaubte mit einer großen Geste die Anwesenheitsliste von dem Tisch hinter sich und überflog die Namen.

»Gisela Rohländer!«, rief er und hob die Augenbrauen. »Wer von Ihnen ist das? Sind Sie das?«

Er deutete auf eine Frau mit dünnem hellbraunem Haar, die so aussah, als ob sie sich am liebsten in einem Mauseloch verkrochen hätte. Sie hielt noch immer ihr Smartphone in der Hand und selbst auf die Entfernung konnte ich sehen, dass es vibrierte und leuchtete. Gleichzeitig kamen bei Katie immer neue Chatbeiträge an.

»Wissen Sie überhaupt, dass Wahlbeeinflussung und Bestechung *Straftatbestände* sind?« Alex, ganz in seinem Element, wandte sich an den neuen Vorstand. »Hiermit beantrage ich, die Wahl für ungültig zu erklären und erneut durchzuführen. Und zwar diesmal öffentlich!«

Da brach ein wahrer Tumult los. Die Leute schrien sich gegenseitig an, beschimpften und beschuldigten sich. Herr Dr. Gregori saß in der ersten Reihe mit seiner Urkunde in der Hand und begriff überhaupt nichts mehr. Herr Stark und Herr Schäfer diskutierten mit Herrn Marquardt und den anderen. Peter Hanemann stand mit finsterer Miene auf und wollte das Kasino verlassen, aber Dragon-Mum trat ihm in den Weg, wie der Erzengel Gabriel.

»Zeche prellen ist genauso verboten«, sagte sie und zückte ihr Portemonnaie. Katie, Simon und ich sahen ungläubig zu, wie nun über die Hälfte aller Leute aufstand und ging, die meisten schweigsam und zutiefst beschämt. Alex sprach mit der weinenden Blondine, die der Georgshof-Mafia unabsichtlich die Tour vermasselt hatte, Dr. Marquardt und seine Leute räumten kleinlaut den Vorstandstisch. Der Eklat war perfekt, als die Blonde zu Protokoll gab, dass ihr

Herr Dr. Marquardt persönlich zweihundert Euro gezahlt hatte, damit sie auf die Jahreshauptversammlung ging und für die neuen Kandidaten stimmte.

»Aber woher hatten Sie die Mitgliederdaten?«, wollte Herr Schäfer von Marquardt wissen.

»Eine junge Frau namens Cordula hat uns die Daten besorgt«, gestand er schließlich. »Sie ist wohl hier im Jugendvorstand.«

»Hab ich's mir doch gedacht«, sagte Simon zu mir und Katie. »Kein Wunder, dass sie heute Abend gar nicht erst aufgetaucht ist!«

Es wurde noch eine Weile geredet, dann erklärten sich die Mitglieder, die noch nicht geflüchtet waren, mit einer Annullierung der Wahl und einer Neuwahl einverstanden. Innerhalb von einer halben Stunde hatte sich das Kasino dramatisch geleert, die gesamte Georgshof-Mafia war verschwunden, inklusive Ingas Eltern, dazu die Hälfte aller anderen Mitglieder. Und Frau von Richter hatte sie alle abkassiert.

Der Wahlleiter erklärte die Wahl offiziell für ungültig und forderte die restlichen Anwesenden zu einer erneuten Abstimmung auf.

»Ich würde sagen, das ist einstimmig«, stellte er erleichtert fest. »Damit ist Herr Schäfer zum ersten Vorsitzenden des Reitvereins gewählt. Nehmen Sie das Amt an?«

»Ja.« Alex' Vater nickte und daraufhin brach großer Jubel los.

Alle anderen Vorstandsmitglieder wurden ebenso einstimmig gewählt: Herr Stark, Herr Weyer, Frau Seifert, Frau

Dr. Weber, Frau von Richter als Vergnügungswartin und Gunther als Jugendwart. Ebenso einstimmig wurde die Satzungsänderung angenommen, die besagte, dass der Reitverein alle Sparten des Reitsports fördern und keine Reitweise besonders bevorzugt werden sollte.

Später, als alle Mitglieder gegangen waren, saßen nur noch der Vorstand samt der frischgebackenen Ehrenmitglieder zusammen. Katie und ich halfen Dragon-Mum und Vivien beim Spülen der vielen Gläser, aber Herr Schäfer bat uns, die Arbeit für einen Moment zu unterbrechen und an den Tisch zu kommen.

»Die Zukunft unseres Reitvereins, wie wir alle ihn kennen und bewahren möchten, ist gerettet«, sagte er mit ernster Stimme. »Heute Abend haben wir etwas erlebt, was ich bisher für unmöglich gehalten hatte. Eine Gruppe von Menschen hat gezielt unlautere Methoden angewendet, um andere Leute zu beeinflussen. Dass dies nicht zum Erfolg geführt hat, verdanken wir unseren couragierten jugendlichen Mitgliedern.«

»Und mir«, warf Alex, der mit Jens Wagner, Herrn Weyer und Vivien am Tresen stand, ein.

»Aber natürlich, und dir«, lächelte sein Vater. »Du warst großartig, mein Junge.«

»Hört, hört!«, sagte Herr Stark und wir klatschten alle.

»Danke, danke!«, wehrte Alex bescheiden ab. »War mir ein Vergnügen. Vielleicht werde ich jetzt ja auch Ehrenmitglied.«

Wir lachten, erleichtert und froh, dass alles doch noch ein gutes Ende gefunden hatte.

»Eine so schöne Reitanlage, wie wir sie bauen, weckt leider Begehrlichkeiten«, fuhr Herr Schäfer fort. »Wir dürfen aber nicht vergessen, dass wir die Fördermittel und die finanzielle Unterstützung von Frau Köhler nur deshalb bekommen haben, weil wir die breite Basis unseres Sports fördern und nicht nur eine Handvoll Eliten. Das muss so bleiben und dafür werden wir nun vier weitere Jahre sorgen können. Wenn ich ehrlich bin, blicke ich jetzt ziemlich unbesorgt in die Zukunft, denn wir haben heute wieder erleben dürfen, dass unser Nachwuchs couragiert ist und das Richtige zu tun weiß. Charlotte, Katie, Simon, Alex – wir erheben unsere Gläser auf euch, die Zukunft unseres Vereins! Danke für euer Engagement!«

Alle Vorstandsmitglieder klatschten und wir grinsten uns an. Wir waren ein echt gutes Team, das hatten wir heute wieder einmal bewiesen.

Es war kurz vor elf, als Simon mich nach Hause brachte.

»Was für eine Aufregung«, sagte er. »Ich dachte zwischendurch echt, alles sei verloren.«

»Ich auch«, erwiderte ich. »Ich habe mir schon überlegt, in welchen Stall ich Wondy wohl stellen würde.«

»Was für ein Glück, dass Katie diesen Chat gelesen hat!«

Wir blieben am Zaun von Frieses stehen. Und plötzlich war alles so klar und so einfach, alle Befürchtungen lösten sich in Nichts auf. Ich hatte zwar Doro als Freundin verloren, aber Katie war vielleicht sogar die bessere, ehrlichere Freundin, denn sie war kein bisschen eifersüchtig und es gab keine alten Probleme, die unsere Freundschaft belasteten. Gento würde wieder in den Stall kommen und ich durfte ihn reiten! Auf der neuen Reitanlage würde alles so bleiben, wie es war, wahrscheinlich würde sogar vieles besser werden, auch ohne Isa, Gaby und Herrn Schmidt. Das Schönste war aber, dass ich Simon hatte und es sich von Tag zu Tag besser anfühlte, seine Freundin zu sein.

»Ich muss dir noch etwas sagen, Lotte«, gestand er in diesem Moment und zog mich in seine Arme. »Ich hab das noch nie gesagt, also nimm's mir nicht übel, wenn ich mich verhasple oder so …«

»Okay …« Ich blickte ihn gespannt an. Was würde jetzt wohl kommen? Simon strich mir eine Haarsträhne aus dem Gesicht und sah mich an.

In den Büschen zirpten die Grillen, irgendwo bellte ein Hund. Die Luft war noch immer warm und es duftete nach Flieder und nach Sommer.

»Ich liebe dich, Charlotte Steinberg«, flüsterte Simon.

Eine Gänsehaut des Glücks rieselte mir über den Rücken und die ganze Nacht bekam einen rosafarbenen Glanz. Rosa mit ganz vielen Sternchen. Es war einfach perfekt, so wie es war, und am liebsten hätte ich in diesem Moment die Zeit angehalten, um diese drei Worte noch länger auszukosten.

Ich schlang meine Arme um Simons Hals, mein Gesicht war seinem ganz nahe. »Ich liebe dich auch, Simon Orthmann«, erwiderte ich. »Für immer und immer …«

»Hhhhrrrrmmmm.« Jemand räusperte sich hinter mir und ich drehte mich um.

»Oh, hallo Papa.« Ich lächelte verlegen.

»Guten Abend, Herr Steinberg«, sagte Simon. »Wir haben uns leider etwas verspätet, das war meine Schuld.«

»Na ja. Die paar Minuten.« Papa grinste und zwinkerte mir zu. »Das ist alles noch im grünen Bereich. Komm, Alissa, ich glaube, wir stören.«

Er ging weiter und unser Hund folgte ihm.

Simon und ich grinsten uns an, dann küsste er mich.

»Sehen wir uns morgen?«, fragte er.

»Natürlich«, antwortete ich und lächelte. »Morgen und übermorgen und überübermorgen!«

TRAUMHAFTES WINTER-FOTOSHOOTING

Nicht nur im Sommer lassen sich wunderschöne Fotoshootings mit deinem Pferd verwirklichen – auch der Winter bietet mit glitzerndem Schnee, dampfenden Atemwölkchen und der besonders mystischen Atmosphäre traumhafte Bilder. Worauf wartest du noch?

LICHT UND FARBKLECKSE: Im Winter herrschen andere Lichtverhältnisse als im Sommer – dennoch lassen sich auch bei grauem Himmel tolle Fotos schießen. Sollte man Glück haben und einen Sonnenauf- oder Sonnenuntergang vor die Linse bekommen, können sich hier schöne Lichtreflexe im Schnee oder Schattenspiele ergeben. Damit dein Foto durch den Schnee nicht nur weiß, weiß, weiß wirkt, ist es schön, wenn du gezielt einzelne Farbkleckse einplanst – vielleicht wirfst du deinem Pferd ja eine rote Tagesdecke über oder du suchst dir für den Hintergrund eine urige Holzhütte?

Lass deiner Fantasie freien Lauf!

FÜR BEATEE

Neuhaus, Nele:
Charlottes Traumpferd – Erste Liebe, erstes Turnier
ISBN 978 3 522 50654 0
Umschlaggestaltung: Johannes Wiebel, punchdesign
unter Verwendung von Bildern von Shutterstock.com
Innentypografie und Satz: Arnold & Domnick, Leipzig
Reproduktion: DIGIZWO GbR, Stuttgart
Druck und Bindung: GGP Media GmbH, Pößneck

FSC www.fsc.org
MIX
Papier aus verantwortungsvollen Quellen
FSC® C014496